Katja A. Freese

Der Rückwärtsleser

Katja A. Freese

Der Rückwärtsleser

Roman

Govinda-Verlag
Neuhausen • Jestetten

Herausgegeben von Ronald Zürrer

Interessierte Leser sind herzlich eingeladen, sich mit dem Verlag in Verbindung zu setzen:

Schweiz: Govinda-Verlag, Postfach 257, 8212 Neuhausen 2

Deutschland: Govinda-Verlag, Postfach 1226, 79795 Jestetten

Internet: govinda.ch

Erste Auflage – September 2003

Umschlaggestaltung: Anandini Zürrer, Zürich
Umschlagbild: ©Premium, Düsseldorf
Lektorat: Martina Reichert, Reutlingen
Layout: Helmut Kunkel, Jestetten

Gesamtherstellung: Ueberreuter Buchproduktion GmbH
Printed in Austria

ISBN 3-906347-59-1

Ich selbst mir selbst

INHALT

Prolog 9
I. Der Leser 10
II. Monolith 25
III. Phantasma 70
IV. Rückzug 100
V. Alpträumer 149
VI. Der Spurenleser 192
VII. Drehpunkt 226
VIII. Blutquelle 244
IX. Vorwärts 264

PROLOG

ER WAR EIN LESER. Kein Konsument, eher ein Liebhaber, einer, dem die Bücher ein Bekenntnis waren. Zweifellos stellten sie für ihn die geeignete Leidenschaft dar: anregend, aber gefahrlos. Wenn Bücher an die Stelle von Menschen treten, werden Dramen nur hinter Buchrücken erlebt.

Doch was ist, wenn man sich findet hinter einem dieser sicher geglaubten Buchdeckel, wenn man das Drama selbst wird, das man herbeiliest?

Was ist, wenn man anfängt zu lesen und rückwärts in die Geschichte fällt?

I

Der Leser

Zwei Bücherstapel lagen vor ihm auf dem Fensterbrett. Er hatte diese acht Bücher von seiner letzten Englandreise mitgebracht. Der niedrige Stapel bestand aus den schon gelesenen Enttäuschungen, der andere Stapel von fünf Büchern reckte sich ihm noch vielversprechend entgegen. Diese Auslese stammte aus einem Londoner Antiquariat, in dem es nach den Worten vergangener Jahrhunderte gerochen hatte. Zwei Stunden war Lucan dort geblieben, hatte sich langsam durch die Regalreihen bewegt und sich wie immer von den Titeln verleiten lassen, ohne den Inhalt zu prüfen.

Jetzt nahm er eines der unerforschten Bücher vom Stapel und fuhr mit dem Zeigefinger über den Einband. Reizvollerweise war jedes dieser Exemplare von einem namenlosen Schreiber verfaßt. *Warum hat man euch abgelehnt? Zu revolutionär, zu stumpfsinnig, zu gestelzt? Und doch hat euch ein Schriftenliebhaber verlegt* … Entschlossen fuhr sein Finger zum Rande des beigefarbenen Buchdeckels. Er blätterte vorsichtig die ersten Seiten um und las den altertümlichen Schriftzug: *The Third Poetry*, die «dritte Poesie». Die Worte konnten noch alles verheißen, man war noch in der Lage, über die Geschichte zu phantasieren, die dort im geschlossenen Dunkel wartete. Würde die Lektüre ihm Ablenkung verschaffen? Es wäre nicht das Unwesentlichste, was ein Buch tun konnte. Doch vielleicht hatte es noch mehr zu geben, konnte mit ihm sprechen, in Wort und Bild, mit sinnlichen Stimmen und abseitigen Gedanken. So ein Werk würde all seine Achtung verdienen, und er begann gespannt zu lesen. Das Hineinfinden in die englische Sprache fiel ihm wie immer nicht schwer. Während er noch stand, zeichneten seine Augen einen Weg über das Papier – ein, zwei Seiten und noch eine weitere ... Er ließ das Buch kurz sinken und versuchte, einen Nachklang des dort Gesagten auszumachen. Er las etwas unbeteiligter weiter. «Die dritte Poesie» wirkte bemüht und konstruiert, und ihr Protagonist blieb auch nach hundert Seiten ein belangloser Charakter.

Die Enttäuschung formte eine tiefe Kerbe zwischen Lucans Augenbrauen, da er heute diese Sucht zu lesen hatte, jetzt aber zu ernüchtert war, als daß er es sofort mit dem nächsten Roman hätte versuchen wollen. Bedauernd fügte Lucan dem Stapel der gescheiterten Geschichten ein weiteres Buch hinzu und verließ seine Bibliothek. Dieser Raum war seine absolut private Zufluchtsstätte, die außer ihm niemand betreten durfte. Nicht einmal Nora hatte Zutritt. Bei ihrem Einzug und seiner Eröffnung des Bücherverbotes hatte sie, wie auf so viele seiner Eigenheiten, sehr gelassen reagiert. Vielleicht war sie deshalb der einzige Mensch, mit dem er sich ein Zusammenleben vorstellen konnte.

Lucan wunderte sich manchmal, daß Nora gar nicht wissen wollte, wieso sie nicht in sein Bücherzimmer durfte. Ihm war es, als wenn all seine geheimen Gedanken den Raum bevölkerten und sichtbar zwischen den Büchern steckten, und das war zu privat, um es jemanden entdecken zu lassen.

Lucan durchwanderte planlos die große Wohnung. Der Teil des Altbaus, der nicht durch Noras Hände verwandelt worden war, wirkte ungemein leer. Die weißen Wände standen vorwiegend nackt und ohne Zierat da, und die wenigen Möbelstücke zeichneten auch nicht mehr als stumme Geraden an die Wände. Lucan gefiel es so; er brauchte diese helle Kargheit als Kontrast zu seiner dunkelroten Bibliothek. Denn hier, in der weißen Reinheit, konnte er denken, ohne daß sich die geformten Gedanken an irgendeiner Ablenkung die dünnen Knochen hätten stoßen können.

Unter dem efeuverhangenen Fenster seines Schlafzimmers setzte sich Lucan unschlüssig aufs Bett und nahm den schwarzen Füllfederhalter vom Nachttisch. Er wandte ihn so lange behutsam hin und her, bis sich das Sonnenlicht auf dem Goldstreifen der Hülle brach. Es war das Geschenk von Nora zu seinem sechsundzwanzigsten Geburtstag, dazu hatte sie ihm ein teures, in Leder gebundenes Schreibbuch gekauft. Sie hatte es ihm ohne Kommentar gegeben, und er hatte sich ohne Kommentar bedankt. Lucan hatte lange vor den beiden Gegenständen gesessen und sich gefragt, ob Nora annahm, daß er selbst heimlich schrieb. Vielleicht hielt sie – genau wie sein Freund Tibor – ihn, den Schriftenliebhaber, für einen Schreiber. Lucan war sich nicht ganz sicher, wieso er es niemals versucht hatte, denn Gedanken gab es genug, aber sie schienen es nicht wert, zu Papier gebracht zu werden, sie waren zu unvollkommen. Lucan ließ den Stift sinken und stieß einen leeren Seufzer aus. *Mein Leben besteht nur aus gedachten Versuchen.*

Einer Eingebung folgend, langte Lucan hinüber zu seiner Kommode. Er schob Chaucers *Canterbury Tales* ein wenig zur Seite, während er eine der Schubladen öffnete. Mit einem Griff befreite Lucan das Schreibbuch aus seinem Versteck. Ein paar Zeilen standen dort, die einzigen, die ihren Platz darin gefunden hatten, nicht lange, nachdem er das Geschenk erhalten hatte.

Ich bin kein Schreiber.

Wieso, zum Teufel, scheint jeder zu denken, daß ich zwangsläufig einer sein will oder bin?

Ich habe es nie behauptet, nie dergleichen ausgesprochen noch angedeutet.

Ich bin kein Schreiber. Ich bin ein Leser. Ich verehre gute Werke, suche sie, schätze sie.

Das ist alles.

Tibor sagt: Schreiben ist keine Entscheidung, entweder der Drang ist da oder nicht. Entweder. Oder.

Tibor hat den Trieb. Tibor ist Schriftsteller. Er opfert ein paar Stunden Schlaf die Woche. Das Genie scheint ihm gnädig zu sein. Er ist gut.

Beim Schreiben braucht er seinen Intellekt nicht, schaltet ihn aus, produziert. Er hat keinen Anspruch, braucht niemanden, der ihm sagt, daß er gut ist. Er würde in jedem Fall weitermachen.

Wieso schreibst du nicht, Lucan? Du liebst die Schrift, hast eine Fixierung auf Worte. Wieso nicht? fragt er.

Ich genieße die Neigung anderer, ertrage kein fades Mittelmaß, muß es nicht, habe es nicht nötig, messe mich bestimmt nicht mit dem, was es wert ist, festgehalten zu werden. Unerreichbare Ansprüche.

Und der Drang? fragt er.

Reicht er aus, um Schriftsteller zu sein, ohne jemals eine wahrhaftige, ewigkeitswerte Zeile verfaßt zu haben? Nein.

Ich hätte den Trieb, wenn ich die eine Zeile hätte. Ich habe sie nicht.

Das war alles. Die Gedanken hatten nach beinahe einem Jahr noch immer Bestand, nichts hatte sich geändert.

Lucan nahm den Füllfederhalter, zog die Hülle von der vergoldeten Feder und setzte sie entschlossen unter die bereits vorhandenen Sätze. Unter das *Ich habe sie nicht* schrieb er groß und energisch:

Ende. Aus.

Er klappte das Buch zu und schlug es in der unberührten Mitte wieder auf. Es war so leer und hell und fragend wie das Laken, auf dem es ruhte. Das auffordernde Weiß höhnte ihm entgegen, und in diesem Moment, in diesem Raum, war alles so monochrom wie er selbst. Innen/Außen.

Die Türklingel störte Lucan auf, es klang, als würde ein Schwarm metallischer Wespen durch die Wohnung surren. Umgehend schlug er das Buch zu und verstaute es in der Schublade. War das etwa schon Tibor? *Beacht-*

lich pünktlich. Er öffnete die Tür und sah seine Stiefschwester um den letzen Treppenbogen kommen.

«Pascale? Hallo!» begrüßte er sie verwundert. Die große Frau blieb vor ihm stehen und glättete in automatischer Geste ihr Haar. «Hallo! Ich hoffe, ich störe nicht.»

«Tja, ich habe leider nur ein paar Minuten Zeit, weil ich gleich noch Besuch bekomme.»

«Verstehe. Ich will sowieso nicht lange bleiben.»

Lucan ließ Pascale in die Wohnung ein und nahm ihr den Mantel ab, ehe er mit ihr in die Küche ging. «Verschafft mir irgendein besonderer Anlaß die Ehre, oder was ist los?»

Pascale griff in ihre Ledertasche und sagte: «Erstens habe ich das geliehene Buch dabei. Eine lohnenswerte Lektüre, genau wie du gesagt hast ...» Sie legte den braunen Band auf den Tisch und setzte sich. «Zweitens lade ich dich und Nora zu meinem Geburtstag am Montag ein. Nichts Großes, nur ein paar Verwandte. Ihr kommt doch, oder?»

«Ich denke schon. Hast du irgendwelche bestimmten Wünsche?» fragte er, während er Kaffee aufsetzte.

«Nein, nein, ich vertraue da ganz auf deinen Geschmack. Allerdings ...» Pascale sah sich mit hochgezogenen Augenbrauen in der Küche um, während die Kaffeemaschine röhrte und begann, heißen Dampf auszuspucken, «allerdings sagt mir die wagemutige farbliche Wahl der Küchenwände zu dem Linoleumboden nicht gerade zu. War das wirklich deine Idee?»

Lucan belächelte Pascales diskrete Anmaßung.

«Nein, war es nicht, aber ich finde, es sieht ganz *entzückend* aus.»

Die Kaffeemaschine gab ein lautes Gurgeln von sich, welches klang, als kochte sie den letzten Kaffee ihrer Laufbahn.

«Na ja», sprach Pascale nachsichtig, «wie läuft es denn so mit Nora? Ich bin schrecklich neugierig. Schließlich ist es nicht so einfach, mit dir zusammen zu wohnen!» Sie zwinkerte ihm vertraulich zu.

«Dito. Mit dir hat es ja auch noch keiner lange ausgehalten.»

Pascale zog die akkuraten Brauen kurz zusammen und versuchte, wieder zu lächeln.

«Das mag daran liegen, daß ich nicht bereit bin, mich in meiner Freiheit beschränken zu lassen.»

«Oder es mag daran liegen, daß du die Freiheit von anderen nicht besonders wertschätzt», konterte Lucan nüchtern, woraufhin Pascale scharf einatmete.

«Na schön, lassen wir das», lenkte er versöhnlich ein, «nun, mit Nora ist es wirklich unkompliziert. Außerdem wäre es unsinnig gewesen, wenn sie sich noch eine zusätzliche Wohnung hätte anschaffen müssen. So ist es praktischer.»

Die Kaffeemaschine ächzte ein letztes Mal auf, und Lucan erhob sich, um den Tisch zu decken.

«Wie kommt sie mit ihrem Studium voran?» fragte Pascale und nahm eine der bauchigen Tassen entgegen.

«Sie macht im nächsten Semester ihr Vordiplom.»

«Schön. Sie ist fleißig, was? Wo wir gerade beim Thema sind …», begann Pascale unangenehm bedeutungsvoll und wurde zu Lucans Erleichterung von den Metallwespen seiner Türschelle unterbrochen. Gelassen stand er auf und ging mit einem kurzen Aufatmen zur Tür.

«Ich bin doch nicht etwa zu spät?» fragte Tibor unschuldig, strubbelte sich kurz durch die Haare und drängte sich an Lucan vorbei in die Wohnung.

«Ausnahmsweise kommst du genau richtig!»

«Sieh an! Das ist ja mal was Neues.» Tibor hatte seine Wildlederjacke schon in Richtung Garderobe geworfen.

«Hier riecht's nach Kaffee. Ich nehme an, der ist für mich?» Mit diesen Worten verschwand er in die Küche.

«Hoppla. Hi!» hörte Lucan ihn ausrufen und folgte mit einem Seufzer.

«Setz dich doch!» forderte Lucan seinen Freund auf, der ihn fragend anblickte.

«Tja, dann muß ich es wohl selbst erledigen», wandte sich Tibor alsdann munter an Pascale, und sie stellten sich einander vor.

«Ach, du bist Pascale?» rief Tibor aus. «Ich kenne dich tatsächlich all die Jahre nur vom Hörensagen.» Tibor reichte Pascale ungezwungen die Hand, sagte «angenehm» und holte sich dann eine Tasse aus dem Küchenschrank.

«Wobei habe ich euch denn gerade unterbrochen?» fragte Tibor interessiert und griff mit einer Hand zu dem Buch auf dem Tisch.

«Oh», sagte Lucan süffisant lächelnd und setzte sich, «Pascale wollte mich gerade nach meiner Arbeit fragen, nicht wahr?»

Pascale warf ihm einen aufschlußreichen Blick zu.

«Genau. Also wie läuft's?»

«Zu meiner Zufriedenheit», antwortete er absichtlich knapp, um sie ein wenig zu reizen.

«Was heißt das? Willst du jetzt versuchen, fest beim Verlag unterzukommen, oder nicht?»

Pascale hatte sich nach vorn gebeugt und blickte Lucan humorlos an. Er starrte auf die energische Linie ihres Mundes.

«Ich werde mein Studium fortsetzen und meine Familie weiterhin unglücklich sein lassen. Aber sie haben ja dich als Trostpflaster», sagte Lucan beinahe liebenswürdig.

Tibor schenkte sich Kaffee ein und verfolgte gespannt die Szene.

«Anglistik und Literaturwissenschaft sind ja durchaus brauchbar, aber ich verstehe wirklich nicht, warum du ausgerechnet Ethnologie dazunehmen wolltest! Du müßtest ja noch dein Praktikum ableisten, und drei Monate im Verlag zu fehlen ist eine ziemlich dumme Idee!»

Lucan war es unangenehm, diesen Disput vor Tibor auszutragen, der sich offenbar ausgezeichnet amüsierte.

«Ich interessiere mich nun mal für andere Völker und Kulturen!»

Pascale schnaubte leise. «Ach ja? Aber nicht für Menschen, würde ich sagen.»

Tibors mitreißendes Lachen entschärfte die Situation zum richtigen Zeitpunkt, denn Lucan hatte Pascales letzter Satz zu sehr verblüfft, als daß er ihn mit einer triumphalen Erwiderung hätte parieren können. Auch Pascale verkniff sich einen weiteren Kommentar und wechselte unverhofft das Thema.

«Wie war eigentlich deine Englandfahrt? Hast du ein paar schöne Bücher ausgegraben?»

Tibor nickte eifrig zu den Worten: «Genau das wollte ich auch fragen. Hat es sich diesmal gelohnt?»

Lucan zuckte mit den Schultern.

«Bis jetzt war noch nichts wirklich Vielversprechendes dabei.»

«Na schade.» Pascale hatte zu ihrem gefälligeren Ich zurückgefunden. «Wenn erst einmal meine Bewerbung durch ist, schicke ich dir haufenweise Literatur zu.»

«He, das hört sich spannend an», mischte sich Tibor ein, «habe ich das noch richtig im Kopf, daß du was mit Sprachen machst, Pascale?»

«Richtig. Ich bin Dolmetscherin und gerade dabei, meinen Wirkungskreis nach Großbritannien zu verlegen. Und was machst du?»

«Ich arbeite als freier Mitarbeiter bei einer Zeitung.»

«Interessant», kommentierte Pascale geneigt, während Tibor Lucan einen Blick besonderer Art zuwarf, den er jedoch weder deuten konnte noch mußte, weil er Nora nach Hause kommen hörte. Einen Augenblick später erschien Nora in der Küche. Ihr langes Haar war vom Wind drangsaliert und umrahmte schwer ihr Gesicht. Lucan versuchte oft, Worte für sie zu finden: Sie sah klar aus, ein bißchen morgenhaft, wie durchscheinend. Er hörte eine Weile zu, wie Nora und Pascale Konversation betrieben, bis seine Stiefschwester sich dann verabschieden wollte. Überraschend erhob sich auch Tibor.

«Ja, ich werde auch schon wieder gehen müssen, ich wollte nur noch deinen Schachcomputer haben.»

Lucan blickte Tibor perplex an, doch dieser war zu sehr damit beschäftigt, eine kleine, skurrile Melodie zu summen und die Beschaffenheit seiner Fingernägel genauestens zu studieren. Also holte Lucan ihm das Gewünschte.

«Hier, Tibor, viel Spaß damit!» sagte Lucan dann an der Tür ernst, «es macht, wie in deinem Fall, besonders viel Freude, wenn man gar kein Schach spielen kann.»

Tibor zog geschäftig die Ärmel seiner Jacke zurecht und griff dann nach dem Computer.

«Tja, äh, genauso ist es. Wiedersehen.»

Lucan schloß kopfschüttelnd die Tür hinter den beiden Gästen und wurde von Nora mit einem Kuß begrüßt.

«Es ist Wochenende! Was machen wir beide denn heute Romantisches?» fragte sie ihn.

«Lesen?»

Erst um drei Uhr früh war Lucan wieder zurück in seiner Wohnung und dachte über die letzten Stunden nach, während Nora sich gleich hinlegte. Sie waren an diesem Abend, wie Nora es sich gewünscht hatte, noch tanzen gewesen. Tibor war auch wieder zu ihnen gestoßen und hatte Lucan gleich beschimpft, wieso er ihm Pascale nicht längst vorgestellt hatte.

«Außerdem hättest du freundlicherweise erwähnen können, daß ich Schriftsteller bin.»

«Wieso hast du es nicht selbst erwähnt?» hatte Lucan verständnislos gefragt.

«Das hört sich so blasiert an.»

«Und aus meinem Munde nicht? Sei nicht so kompliziert. Überhaupt, du treibst ja auch was ziemlich Selbstgefälliges, mein Lieber. Aber ganz nebenbei gefragt: Du hast doch nicht etwa Interesse an Pascale? Das würde ich nicht aushalten!»

Tibor hatte sich dazu nur mit einem recht archaischen Laut geäußert.

«Na? Hast du heute schon eine schöne Rochade hingelegt?» hatte Lucan seinen Freund dann noch gefragt.

«Höh?»

«Das, mein Lieber, bedeutet, daß ich meinen Schachcomputer zurückhaben will.»

Obwohl es auf halb vier zuging, wollte Lucan jetzt noch nicht schlafen. Er liebte diese stillen Nachtstunden, in denen nichts und niemand nach ihm verlangte. Alles war perfekt, um sich in ein Buch zu versenken. *Genau das werde ich jetzt auch tun!* Mit einer Kanne grünem Tee begab er sich in seine geheime Zuflucht, gefolgt von den beiden namenlosen Hauskatzen, die sich oftmals mit in das Zimmer stahlen, um sich genüßlich schnurrend auf einen Bücherstapel oder in ein Regal zu legen. Sie störten seine Ruhe nie. Manchmal schien es Lucan sogar, daß sie sich die Geschichten der Bücher, auf denen sie zuweilen lagen, herbeiträumten, und die Vorstellung gefiel ihm.

Zufrieden, hier zu sein, entzündete Lucan einige Kerzen und einen Messingwandleuchter. Der ganze Raum sah durch die antiken Möbelstücke und die zimmerhohe Bücherwand mit fahrbarer Treppe nach vergangener Zeit aus. Aber vor allem waren die Bücher aus etlichen Epochen die Seele des Raumes. Es roch nach Schriften, nach vor langer Zeit eingebundenen Worten. Lucan ging die Buchreihen ab und las ein paar Titel laut vor, aber nichts sagte ihm zu. Vielleicht sollte er mal wieder zu einer weniger alten Entdeckung greifen: Das neuseeländische Epos *The Bone People* von Keri Hulme, das für ihn durchaus Ewigkeitsvoraussetzungen mit sich brachte. Aber dann fiel sein Blick auf die neuen Bücher, die er aus England mitgebracht hatte, und er begab sich zu der Fensterbank des Erkers. Dort lagen vor der nachtblauen Fensterscheibe die noch ausharrenden vier Bücher; erwartungsvoll, lockend.

Lucan nahm sie mit zu seinem samtenen Lieblingssessel. Er mußte eine der Katzen verscheuchen, die sich schließlich äußerst mißlaunig auf die Suche nach einem geöffneten Buch machte, dessen Seiten sie für diese Rückweisung ruinieren konnte. Behutsam ließ Lucan die Bücher auf den Schoß sinken. Er schenkte sich eine Tasse Tee ein und betrachtete die vier verschiedenen Buchdeckel. Spontan vom Titel her sagten ihm die untersten beiden zu. Einmal *Monolith*, das ausnahmsweise von einer Frau geschrieben war, und *Zeitenstürmer*.

Nach einigem Hin und Her las er den *Zeitenstürmer* an und vertiefte sich sogleich in das Geschriebene. Vergessen war der *Monolith*. Bis zum grauenden Morgen blieb er versunken in dem Denken der Protagonisten, die sich ihrer eigenen Wissenschaft über das Leben und seinen Zeitverlauf verschrieben hatten. Es waren einige interessante Gedanken und Mutmaßungen zu finden, und sehr zufrieden schlief er bei Tagesanbruch mit dem Buch in der Hand ein.

Nach zwei Stunden wachte Lucan unwillig auf, weil die Katzen bitter miauten. Sein Kopf war schwer und seine Arme schmerzten, trotzdem lächelte er, als er das Buch zur Seite legte. Die Nacht hatte sich gelohnt. *Schlafen, schlafen* … Müde verließ er mit den beiden silbernen Hausgeistern das Zimmer, um sich ins Bett zu legen, in dem er Nora noch immer friedlich versunken vorfand. *Gut, laß uns mal wieder in einem Bett schlafen.* Lucan mochte nicht immer diese intime Nähe im Schlaf. Manchmal lag Nora so nah bei ihm, daß er das Gefühl hatte, seine Bewegungsfreiheit sei in mehrerer Hinsicht beeinträchtigt, und er wollte seine Träume nicht immerzu mit ihren vermischt wissen. *Wahrscheinlich hat sie nicht einmal bemerkt, daß ich die ganze Nacht nicht bei ihr war. Wie gut, daß heute Sonntag ist! Ich werde lesen, lesen …*

Das blieb ihm allerdings verwehrt, denn er schlief bis zum frühen Abend durch.

«Phantastisch!» Sein lautes Fluchen lockte Nora ins Zimmer, die ihn wissend anlächelte.

«Ich dachte, ich lasse dich besser schlafen, nachdem du ziemlich *früh* ins Bett gekommen bist. Essen wir was zusammen?»

Lucan reckte sich stöhnend und strich sich betreten die dunklen Haare aus dem Gesicht.

«Sei mir nicht böse, aber ich möchte jetzt gern ein bißchen lesen. Ich nehme mir mein Frühstück mit. Einverstanden?»

«Verstehe! Ist es etwas Gutes?»

Er nickte nur bestätigend, was Nora dazu veranlaßte, ahnungsvoll die Augen zu verdrehen.

«Die Phase kenne ich ja bestens. Sag Bescheid, wenn du es durch hast.» Mit diesen Worten verließ sie das Zimmer. Lucan erhob sich schnell, um sich wach zu duschen und sich einen Teller mit belegten Broten und eine Tasse schwarzen Tee zu machen. Dann ließ er sich von seinem Buch zurückrufen. *Endlich wieder etwas Ansprechendes. Schöne Seltenheit.*

Er betrat erneut sein Refugium und stellte das Tablett mit dem Essen auf den kleinen Beistelltisch, um eines der Fenster zu öffnen. Ehe er den *Zeitenstürmer* zur Hand nahm, wollte er die anderen Bücher vorerst beiseite legen, weil seine Wahl gefallen war. Den *Monolithen* legte er zuoberst auf den Stapel. Vielleicht würde es das nächste Buch sein. Hastig warf er einen kurzen Blick auf die ersten Seiten und begann zu lesen, erstaunt und verwundert.

Age outruns our memory.

II

Monolith

Das Buch bestand aus Fragmenten. Es waren gedichtgeweihte Worte und einige längere Passagen. Sie waren verrutscht und kühn zusammengestellt, nicht nur an der damaligen Zeit gemessen. Jetzt war Lucan zu neugierig, um aufzuhören. Schon der verlassen auf einer Seite liegende erste Satz faszinierte ihn.

Diese nüchterne Wehmut machte ihn sprachlos, und wie bei den vielen anderen Schreibern wünschte er auch hier, den Satz selbst ersonnen zu haben. *Age outruns our memory – Wir altern unserer Erinnerung davon …* Gespannt klappte Lucan den Buchdeckel herum, um den Namen des Autors noch einmal zu lesen. Auf dem düsteren Blau glänzte in einem fahlen, abgeblaßten Silber *Monolith* und darüber der Verfassername: Lilith Faye Gwyneth. Er las die drei Worte mehrmals hintereinander und sprach sie probehalber laut aus.

«Lilith Faye Gwyneth.»

Der Name gefiel ihm, hatte so einen eigenartigen Klang, der sich schön und vertraut durch seinen Mundraum bewegte. *Habe ich schon einmal etwas von ihr gehört? Nein, höchst unwahrscheinlich.* Lucan hielt das Buch in beiden Händen und traute sich nicht so recht, es wieder zu öffnen. Was war, wenn er weiterlas und alle anderen Worte tot waren, unbrauchbar, unverständlich, unfertig zusammengelegt? Es wäre schade, da es mit solch einem vielversprechenden Satz begonnen hatte. Zögernd schlug er noch im Stehen die erste Seite auf.

Und in der Schrift
bin ich ein Golem.
Die Erde, aus der ich gemacht,
ist nunmehr Tinte,
der Mund, der spricht,
ist nur die Schrift.
Diese Worte
sind die Hände, die ich reiche.

Ich bin Golem.

So greife meine Hände,
denn das Wasser löst sie auf.
Doch wer die Augen schließen kann beim Lesen,
dem bin ich geblieben.

Lucans Finger blätterten nach dieser Aufforderung willkürlich in die Mitte des Buches.

Frisches
reines Weiß wartet auf
rinnendes Blut.

Das Blut des Dichters,
seine Seelentinte.

Bloße nackte Leere
wartet auf den
sich formenden Mund.

Wilde Wächter
aller Worte.

Die letzten Worte hallten lange in ihm nach. Lucan ließ sie nicht nur genüßlich im Geist herumgleiten, sondern flüsterte sie wie ein Mantra. Die Beschwörungsformel des Dichters. *Wilde Wächter aller Worte. So stelle ich mir den Prozeß des Schreibens vor, genau so. Wenn ich das doch auch tun könnte!* Verlangend zog sich etwas zusammen. Er wollte einen Stift nehmen, die Gefühle, die er jetzt hatte, finden, fesseln. Er wollte die Worte jetzt zu sich zwingen, um das Drängen zu erlösen, das seit Jahren von dieser Sucht sprach und doch bislang kein einziges wahres Wort gefunden hatte. Jetzt war der Antrieb da, sich hinzusetzen und zu schreiben, aber wenn er dann säße, würde sich wie immer jeder Impuls verflüchtigen, der Verstand kam zurück. Resigniert ließ er das Buch sinken. *Wie überaus wahr! Wir altern unserer Erinnerung davon, o ja! Warum lese ich, suche ich? Warum will ich fremden Menschen die Worte und Gedanken stehlen, die sich an mich niemals verschwendet haben?*

«Ach Lucan, du geistiger Blutegel! Entweder du fängst an, deine eigenen Worte zu finden, und läßt die fremden Schriften ruhen, oder du vergißt diese absurde Idee und erfreust dich weiter reuelos an den Einfällen anderer.»

Er hatte es laut zu sich selbst gesprochen, und natürlich wußte er genau, daß er sich bereits zu der letzteren

Möglichkeit entschlossen hatte, selbstverständlich, wie immer. Entschieden fand der *Monolith* den Weg zurück auf den Beistelltisch. Lucan setzte sich hin und aß sein Brot. Dann blätterte er die richtige Seite des *Zeitenstürmers* auf und begann, sich in die Schrift zurückzuflüchten. Nach zwanzig stillen Minuten mußte er zugeben, daß der Text seinen Reiz verloren hatte. Enttäuscht warf er das Buch auf den dunklen Parkettboden und blieb stumm in seinem Sessel sitzen. Er ärgerte sich über das Unvermögen zurückzufinden; zurück in seine gewählte Begrenzung, die er benötigte, um sein Leben auszuhalten. Nichts schien mehr schwarzweiß genug.

LUCAN BLIEB NOCH einige elend lange Minuten in seiner Bücherhölle sitzen, ehe er in die Küche wechselte. Dort traf er auf Nora.

«Na?», fragte sie arglos, «ist dein Buch noch spannend?»

Lucan starrte verstimmt in ihr lächelndes Gesicht.

«Lucan? Warum sagst du nichts?» fragte sie verwirrt und stellte ihr Trinkglas auf den Tisch.

«Es tut mir leid. Ich bin irgendwie unzufrieden.» Lucan versuchte, seine Verärgerung zu übergehen, und Noras Gesicht verdunkelte sich teilnahmsvoll. Lucan starrte auf das ehemalige Senfglas mit den schwarzgrauen Walfischleibern, die aussahen, als würden sie in dem grellgelben Orangensaft treiben.

«Was ist los? Hat es mit dem Buch zu tun? Oder ist es etwas anderes?»

Lucan drehte sich unwillig.

«Nein! Nichts mit dem Buch!» sagte er ungehalten. «Es ist nur ... Ach, ich habe selbst keine Ahnung. Ich habe nur das Gefühl ...» Konsterniert hielt er inne, seine Stirnkerbe hatte eine kritische Tiefe angenommen.

«Mein gesamtes Leben ist immer in einem Schwebezustand, verstehst du? In sicherer Höhe, um mich ja nicht an irgendwelchen schwerwiegenden Dingen versuchen zu müssen. Schließlich könnte es ja sein, daß ich nichts erreichen würde ... Oder aber, ganz gegenteilig, daß es mich zu sehr mitreißen könnte, so daß ...» Sein blasser Mund verzog sich gereizt. «Warum erzähle ich dir das eigentlich alles?»

Lucan kam es vor, als wäre er wie ein verkehrtes Wörterbuch, und er konnte nur beobachten, wie eine Unzahl an Worten aus ihrem eigentlichen Sinn fielen und die gewohnt klaren Konturen trübten. Nora sagte nichts mehr, sondern griff nach dem unausgetrunkenen Glas Saft und schüttete den orangegelben Inhalt mechanisch in den Ausguß der Spüle. Lucan verließ die Wohnung, die Wale hatten ihr farbiges Meer verloren, lagen auf dem Trockenen.

Erst nach zwei Stunden kam er zurück, um Nora aufzusuchen. In ihrem Zimmer war es dunkel, aber er konnte ihren Schatten auf dem Bett erkennen und setzte sich neben sie.

«Nora? Es tut mir leid», sprach Lucan aufrichtig. Einen Moment gewährte ihm der schemenhafte Raum nur leise Atemzüge als Antwort.

«Schon gut!» sagte Nora leise, während sie ihn näher an sie heranzog. Sie küßten sich behutsam.

«Schläfst du bei mir?» erkundigte sie sich beiläufig, aber er schüttelte in der Dunkelheit mit dem Kopf.

«Ich kann jetzt noch nicht schlafen.»

«Das macht nichts.»

Und Nora begann, ihm die Lederjacke auszuziehen.

«So, so.»

LUCAN ÜBERLEGTE KURZ, ob er nicht auch endlich etwas schlafen sollte, doch er hatte das Gefühl, sich nur herumwälzen zu müssen. Also setzte er sich unverzüglich in seine Bibliothek. Er brauchte jetzt etwas, das seiner Stimmung entsprach. Während er die Augen über die gut gefüllten Bücherregale schweifen ließ und den Anblick der glänzenden Lettern genoß, spielte eine Hand mit dem Monolithenbuch. Als es ihm bewußt wurde, zog er es zu sich heran und ließ es in seinen Händen ruhen. Er fühlte sein Gewicht und starrte nachdenklich darauf, bis er eine Seite wählte.

Der Tag im Mitternachtslachen

Tage sind Momente der Sonne. Augenblicke der Mondlosigkeit.

Der Tag ist das Gesicht eines Menschen der kühnen Sichtbarkeit. Ich bewundere es. Doch hungere ich dem blauen Zwielicht entgegen. Dem Nachtaufgang.

Die gezwungene Geschäftigkeit erstirbt sanft und vergeht in Schlaf und Vergessenheit. Die Nacht schmeckt wie mitterne Wahrheit. Die Magie des Seins erscheint an Firmamentes Sternenkörper.

Kühle Hand streicht die Sinnverlorenheit aus der eingeworfenen Stirne, vergräbt kosmisches Pulsieren in meinem Bauch, senkt Mondesblut in meine Adern.

Ich zerspringe fast vor Verstehen und Vertrauen. Ich lache vor lauter Sinnerleben.

Ja, ich umarme Mitternachtsseele. Träume Worte, die sie mir flüstert.

Ich atme …

Der Tag im Mitternachtslachen vergeht. Der weiße, zornige Sog setzt wieder ein.

Versteht je einer, warum ich den eigentlichen Tag nicht mag?

Er verändert die Menschen, die ich liebe. Sie rennen davon. Verfallen zu Alltagskreaturen. Und ich … ich kann nicht so sein. Habe solch fürchterliche Angst davor, den Grund zu leben einfach zu vergessen.

So mancher Tag macht viel zu alt.

Erstaunlicherweise beschrieb die Verfasserin genau das Gefühl, das Lucan oft belästigte, nur hatte er niemals Worte dafür finden können. Er las die Zeilen wieder und wieder, sparte sich das kopflastige Übersetzen, erfühlte einfach die Wortschöpfungen. Er spürte cin Erkennen und Verstehen, aber gleichsam auch diese drükkende Schwere, die von den Worten ausging. Ein eigenartiges Buch. Er legte es verwundert aus den Händen und blieb noch eine ganze Weile in seinem Sessel sitzen, bis er müde und ruhig genug war, um zu schlafen.

In dieser Nacht träumte er einen sehr intensiven, wirren Traum, der wie ein mit Krimskrams vollgestopfter Koffer war. Bilder drängten sich auf, von Büchern, beschriebenen Blättern. Nora, Pascale tauchten auf. Dann sah er sich wieder durch irgendwelche Straßen laufen, die sich dauernd verschoben. Das Wort Paradoxon kam ihm in den Sinn, und er vergaß es wieder.

Am Montagmorgen erwachte Lucan mit schwerem Kopf, nach viel zu wenig Schlaf. Stöhnend machte er sich zu seinem Verlagsjob auf, mit der Aussicht, daß bereits der ganze Tag mit unerfreulichen Aktivitäten verplant war.

Am Abend fuhr er seinen schwarzen Wagen seufzend vor den Neubau, in dem Pascale lebte. Er ließ die Hände vom Steuer gleiten und stöhnte leise.

«Ach komm schon, wir müssen ja nicht lange bleiben. Wir überreichen ihr das Geschenk, trinken etwas und verabschieden uns.»

«Ja, ja! Ich bin nur müde!» sagte Lucan.

Er griff nach dem kleinen Paket auf dem Armaturenbrett und steckte es in seine Tasche.

Als Lucans Mutter ihnen die Wohnungstür öffnete, stellte er amüsiert fest, daß ihr fliederfarbenes Kostüm erstaunlich genau ihrer neuen Haarfarbe entsprach. Mit einem kleinen Lächeln ließ er sich von ihr ins Wohnzimmer ziehen und begann, höflich mit der Verwandtschaft zu plaudern. *Geht's dir gut, Junge? Ja, danke. Wie läuft es mit dem Studium? Wie immer.* Im Gegensatz zu ihm selbst lud Pascale sämtliche Sippschaft stets pflichtgetreu ein.

Auf der Suche nach seiner Stiefschwester lenkte Lucan seinen Blick über die Einrichtung. Vor diesem chromkühlen Hintergrund wirkten die älteren Männer mit ihren Pfeifchen und ihren derben Biergläsern vollkommen fehl am Platze, ebenfalls die eifrig tratschenden Frauen verschiedenen Alters, die kleine Likörgläschen in den Händen hielten und hin und wieder aus den bereitstehenden Schalen eine Praline naschten.

Pascale war noch nicht zu sehen, und Lucan unterhielt sich wieder. Selbst uniforme Gespräche konnten ihn bisweilen entzücken, wenn er sich die Menschen als fiktive Buchfiguren vorstellte, die der Leser wahrscheinlich maßlos überzeichnet finden würde. Er studierte gerade beeindruckt Onkel Erdmanns mimische Eigenheiten und spezifische Redewendungen, als Pascale den Raum betrat. Wie immer präsentierte sie sich mitsamt kultivierter Garderobe und professioneller Liebenswürdigkeit und ließ sich von den Gästen bewundern. Mechanisch zog Lucan das kleine Geschenkpaket aus seiner Tasche und reichte es an Nora weiter, die froh schien, dem Aktionsradius von Onkel Erdmanns feuchter Aussprache zu entkommen.

«Hoffentlich haben wir das Richtige ausgesucht!» bemerkte er leise, während er ihr zu Pascale folgte. Nora schob sich vor, legte kurz die Arme um sie und überreichte ihr das Präsent. Sogleich zerriß Pascale das

Papier und faltete den zum Vorschein gekommenen schwarzen Samtstoff auseinander.

«Grandios! Das ist ein keltischer Narr! Vielen Dank!»

Ihr Blick wanderte zu Lucan, der noch immer hinter Nora stand, während sie den Kettenanhänger in der Hand hielt. Lucan trat einen verhaltenen Schritt vor und war merklich unschlüssig, ob er Pascale ebenfalls umarmen sollte. Diese Situationen waren ihm ganz und gar zuwider. Einen Moment blieb er vor ihr stehen, ehe er sie mit der Inbrunst einer Schaufensterpuppe berührte. Pascale drückte sich an ihn, und Lucan bekam unvermittelt einen Hustenreiz. Der im Raum hängende Zigarettenrauch waberte durch seine Atemorgane. Er ließ die Frau sehr abrupt los und wankte ein wenig steif zur Seite. Sein Gesicht wirkte mit einem Mal blutleer, und ein dünner Schweißfilm legte sich auf seine Haut. Pascale starrte ihn betreten an, während Lucan von seiner heraneilenden Mutter vereinnahmt wurde.

«Was ist los, Liebling?» fragte sie sofort besorgt und schob ihre Brille unruhig zurecht. «Du siehst gar nicht gut aus. Willst du dich setzen?»

Lucan nickte verwirrt und ließ sich von ihr auf einen Ledersessel drücken.

«Es ist doch nicht etwa deine Migräne?»

Lucan griff etwas wehrlos nach Noras Hand, während seine Mutter ihm ein Wasserglas an die Lippen drückte. Es war ihm, als wären eine Menge Blutgefäße hinter seinen Augen implodiert. Hilflos blickte er hoch, die aufgeregt schnatternde Verwandtschaft umringte ihn, und er beugte sich zu Nora.

«Bring mich hier raus! Bitte! Ich halt' es hier nicht mehr aus», flüsterte er eindringlich, und so verabschiedeten sie sich rasch von der enttäuschten Pascale und ihrer Geburtstagsfeier, jedoch nicht ohne eine Kollektion von guten Ratschlägen mit auf den Lebensweg zu bekommen, wie Tante Tillas medizinische Absurdität, die ihm sofortige Besserung durch einen Kopfstand versprach.

«WOHER UM HIMMELS WILLEN soll ich wissen, warum ich Schmerzen habe!» – «Aber es kam so plötzlich. Ist das nicht ungewöhnlich?» Nora strich mit einer Hand über Lucans feucht gewordenen Haaransatz.

«Was soll die sinnlose Fragerei? Ich hatte einen Migräneanfall wie sonst auch. Was zum Teufel ist daran ungewöhnlich? So ist es nun mal. Und jetzt laß mich *bitte* damit in Ruhe, Nora.»

Ihre Hand zuckte zurück. Lucan wand sich unter den noch längst nicht abgeklungenen Schmerzen, die hinter seinem rechten Auge ihren Stützpunkt hatten.

«Lucan», setzte Nora zu sprechen an, wurde aber sogleich unbeherrscht von Lucan unterbrochen.

«Ich kann darüber jetzt nicht nachdenken, ich kann überhaupt nicht mehr sprechen!»

Lucan erhob sich mühsam. Er trat ein wenig unkoordiniert an Nora vorbei und verließ wenig später die Wohnung. Ziellos schleppte er sich durch die Straßen, wußte, daß es in diesem Zustand keinen Ort gab, an dem die Flucht gelingen konnte. Er wollte seinen Körper zurücklassen, und das Gefühl kam nicht nur durch die Kopfschmerzen, es war das eigenartige Empfinden, das ihm beim Aufwachen oftmals in die Tageswelt folgte, unausweichlich; seine Träume sprachen zu laut. Womöglich waren es all die Taten, die er niemals gewagt hatte. Ja, all die *Nichttaten* waren es, die so vernehmlich in seinem Kopf aufbegehrten. Dieses Gefühl hatte er die letzten Wochen wirksam mißachten können, denn er hatte sich voll und ganz auf sein Leben mit Nora konzentriert.

Lucan bemerkte, daß ihn seine Schritte in eine vertraute Richtung gelenkt hatten. Nach ein paar Minuten kam sein Elternhaus in Sicht. Es war ein wuchtiges, graublaues Gebäude mit hohen Fenstern und einem breiten Balkon. Lucan blieb auf der gegenüberliegenden Straßenseite stehen. Es war das Haus seiner Kindheit, das Haus der Geburten und Tode. Hier hatten sie vor unzähligen Jahren Lucans Vater betrauert. Acht Jahre alt war Lucan gewesen, als der geliebte Mensch durch einen Arbeitsunfall verstarb und fortan einfach nicht mehr da war.

«Wo ist er denn jetzt?»

«Er ist beim lieben Gott, da geht es ihm gut.»

«Hat es ihm denn bei uns nicht mehr gefallen? Ist er böse mit uns?»

«Nein, nein. Wie kommst du nur auf so etwas? Gott hat deinen Vater zu sich gerufen, weil es einfach an der Zeit war. Da, wo er jetzt ist, wird er sehr glücklich sein und an uns denken ...»

«Ach? Warum weinen dann alle?»

«Weil er uns fehlen wird.»

«Ja.»

Jahre später hatte sich plötzlich ein anderer Mann an der Seite seiner Mutter befunden. Lucan hatte gelernt, ihn zu mögen, aber er hatte noch etwas anderes, Ungewohntes mitgebracht: Pascale. Es war nicht leicht gewesen, die völlig neue Familienzusammensetzung zu akzeptieren, für keinen von ihnen. Lucan hatte sich durch seine neue Schwester vehement gestört gefühlt, sein Platz war ihm streitig gemacht worden. Es war ein geheimer, langer Kampf zwischen Pascale und ihm gewesen, von dessen Intensität keiner so recht gewußt hatte. Aber Lucans Mutter war glücklich geworden, und das war ihm als das wichtigste erschienen. Pascale war sehr bemüht und hilfsbereit gewesen, genau wie der neue Gefährte, und seine Mutter war aufgeblüht. Sie hatte geblüht, geblüht, und dann war auch dieser Mann zu Gott verschwunden. Lucan, Pascale und seine Mutter waren zu einer kleinen, befremdlichen Gemeinschaft zusammengewachsen.

Lucan seufzte. *Je weniger Menschen man zu sich läßt, desto weniger können wieder gehen. Dumm, aber unumgänglich.* Sein Sinnieren wurde ihm zu trübsinnig. Er drehte um und überlegte, heimzugehen, heim zu jemandem, der ihm schon viel zu wichtig geworden war. Aber als er wieder bei dem dreistöckigen Altbau ankam, war alles dunkel.

Er lief leise durch die Wohnung und fand Nora schließlich im Badezimmer vor. Sie lag tief im Schaum versunken in der großen Badewanne. Nur zwei Teelichter brannten auf dem Wannenrand und ließen große, verzerrte Schatten auf den hellen Fliesen zittern wie auf einer Leinwand.

«Hey», sprach er leise in den Raum, aber es wurde nichts erwidert.

«Störe ich dich?» fragte er vorsichtig und erhielt keine Antwort, so daß ihn Unruhe beschlich. Er hockte sich auf den Boden und betrachtete den Badeschaum auf Noras linkem Knie, der sich leise knisternd auflöste. Was war das für ein Geruch? Lavendel? Ihr Gesicht war gerötet und ihre Augen verschlossen. Sie würde ihm keinen Einlaß gewähren. Wieder wollte er ihr sagen, daß es ihm leid tat, wollte irgend etwas erklären, was er doch nicht zu erklären wußte. Eine Wiederholung. Hatte er das nicht in den letzten Tagen schon einmal tun müssen? *Ich bin widerlich.* Heftig rieb er seine Handflächen aneinander. Was sollte er sagen oder tun? Er mußte sich zurückhalten, sah, daß sie diesmal nicht für seinen Egoismus bereit war.

Lucan erhob sich und verließ den Raum. Er fror, das herbstlich kalte Wetter schien mit in die Wohnung gedrungen zu sein. Lucan warf seinen Mantel auf den Boden, zog sich die schweren Schuhe aus und ging mit einer Decke und einer Tasse blassem Königskerzentee zu seinen Buchfreunden. Er rief sogar die Katzen zu sich, weil er nicht allein sein wollte. Eine von ihnen kam träge angelaufen und fing an zu schnurren, als sie bemerkte, daß ihr Platz heute auf Lucans Schoß sein würde. Flackernder Kerzenschein zauberte eine Illusion von Wärme in sein Refugium, und Lucan schloß erschöpft die Augen.

Er würde gleich in der Lage sein, sich auf etwas zu konzentrieren. Nach ein paar Schlucken des Tees fühlte er sich wohl genug, um ein wenig zu lesen. Er nahm sofort das mitternachtsblaue Buch zur Hand, und mit geschlossenen Augen ließ er seinen Finger die richtige Seite wählen.

Grell
zeigt sich die Wirklichkeit
und bannt die Farben aus dem Geist.

Unser Denken,
das wird Tag und krank.

Denn wenn der Mensch erkennt die Nacht,
ist der Tag aus.

Es waren etwas verschroben geformte Worte, deren Inhalt ihm gefiel und ihm ein wissendes Lachen entlockte. Er schlug die Seite um, und die Überschrift dieser Zeilen lautete: *So wisse, einziger Freund, um mein ewig Herz.*

Die Worte,
die Schrift sind
die peinigendste Qual,
die lauterste Erhebung.

Die Schreiber,
die Leser
verfallen ihrer Kunst.

In Lügen und Gefühl
erflehen sie die Antwort.
Wir tauchen und kreisen
durch der Wahrheit Sinn,
weil wir es müssen.

Denn was an uns ist wahr geblieben?

Lucan lehnte sich zurück und wurde von dieser Aussage verschluckt. Die Schrift und das Wort schienen für die Autorin die gleiche Bedeutung wie für ihn zu haben. Wie konnten diese Worte ihn jedesmal so gänzlich treffen? Lag die Antwort in dem sublimen Zusammenspiel von Gedanke und Sprache?

Lucans Finger strichen über die alten Buchseiten, während die Entzündung innerhalb seines Kopfes wieder präsenter von innen gegen seine Augen preßte und ein ganzes gescheitertes Leben zu beinhalten schien. *Denn was an uns ist wahr geblieben …*

Der Silberkater fixierte Lucan mit dunklen Augen, bis dieser seine Bibliothek verlassen und Nora aufsuchen konnte. Diesmal wandte sie sich ihm nicht nur zu, sondern zog ihn sogar ungestüm zu sich.

«Verzeih mir!» sprach Lucan und erwiderte ihren wilden Griff, und sie umklammerten beide die konkrete Dichte ihrer Körper. Doch Lucan schien es, als sei es Nora nicht nah und nicht abgründig genug, und er versenkte sich in sie mit einer scheinbar neuen Bedeutung.

Lucan öffnete die Augen. Im Zimmer war es so dunkel, daß es ihm einen Augenblick lang suggerierte, es gäbe keine Grenzen mehr. Lucan fühlte Noras Hüfte an seinem Bauch, und er bemerkte ein neues Gefühl in bezug auf ihre Nähe. Das Alleinsein war immer sein bevorzugtes Element gewesen, doch wenn Nora jetzt ginge, würde seine Einsamkeit einen anderen Geschmack bekommen, einen, den zu schmecken er nicht mehr aushalten würde. So bewegte er sich noch weiter auf sie zu und versicherte sich ihrer Anwesenheit.

«Nora? Ich liebe dich. Ich will nicht, daß du etwas anderes glaubst, weil ich nicht jeden Tag aufs neue romantische Bekenntnisse hervorbringe. Vielleicht ist es einfach ...»

Entschlossen fuhr eine Hand hoch zu seinem Mund.

«Ich weiß», sagte sie, ehe sie aufstand, um ihn eine Weile allein zu lassen. Lucan starrte ihrem nackten Schatten hinterher und bemerkte zum erstenmal den Wunsch, ein bißchen mehr wie sie zu sein.

Nach dieser intensiven Nacht fühlte Lucan sich Nora näher als zuvor, suchte geradezu exzessiv ihre Nähe. In der Öffentlichkeit gaben sie ein ungewohntes Bild ab, weil sie nie zu den Paaren gezählt hatten, die bei Treffen mit Freunden besonders körperlich miteinander umgingen. Tibor war der einzige, der einen wohlmeinenden Kommentar abgab.

«Wer hat euch beide denn an den Händen zusammengeschweißt? Ich muß sagen, daß euch das gar nicht gut zu Gesicht steht. Nora, dein Teint wirkt ein wenig zu blaß, wenn seine dunklen Haare ständig so nah an dir dran sind. Ganz ehrlich.»

Aber Lucan hatte gelassen mit den Schultern gezuckt.

Überdies erledigte er seine fast tägliche Arbeit in dem stickigen Verlagsbüro sehr unengagiert, spürte nicht nach anregenden Worten namenloser Schreiber. Auch die fernen Gebiete, in die sein Studium ihn immer zog, hatten in dieser Woche keinen Reiz für Lucan. Seine Schriftenhöhle blieb ebenfalls verschlossen, er mied seine Bücher und versuchte, den dunklen Raum zu vergessen. Aber seine Träume hatte er nicht unter Kontrolle. Eines Nachts, in Noras Armen, befand er sich in einer verregneten Gegend. Er stand auf einer schmalen Steinbrücke und ließ beschriebene Blätter aus der Hand gleiten, um sie dem nebelverwobenen Fluß zu schenken. Es war immer wieder diese kurze Szene, die ihn nach dem Aufwachen verfolgte. Er füllte Hunderte von Blättern in seinen Träumen mit Worten, wie so oft in der englischen Sprache. Er konnte die Worte nicht behalten, nichts davon rekonstruieren. Wie gerne hätte er im Wachzustand einen Blick auf diese losen Papiere geworfen. *Wenn ich nur wüßte, was ich da so besessen aufschreibe …*

Nach einigen Tagen brauchte er sein Nora-Versteck nicht mehr, es verlangte ihn zusehends nach Büchern. Vielleicht schrieb er im Traum, weil er die Dichter vermißte, deren Einfälle ihn stets hatten bereichern können. Er betrat seinen geschätzten Raum und nahm sich ohne Umschweife das eine Buch zur Hand, das zu den wenigen zählte, die ihn scheinbar wirklich kennen wollten. Diesmal legte er es nicht eher von sich, bis er Liliths gesamte Buchstaben und unsteten Zusammenhänge in seinen Drehpunkt für Worte aufgenommen hatte. All ihre Gedichte berührten ihn sonderbar, obwohl sie ihm nicht unbedingt gefielen. Er suchte noch einmal eines der befremdlich klingenden Wortgefüge.

Die Wut formt mich
zu granitbloßen Knochen.

Das ist der undurchtrennbare Stahl
des wilden Schwertes
unter meiner Stirnmitte.

Erstarrtes Wutgeheul
ist gleich mit ewiganhaltend.

Doch als was?

Als Haie, die nicht lieben.
Als Haie, deren Augen wir bekommen.

Zusatz: Blutaugen.
Zusatz: In eisgrau.

Haifischaugen? Genau wie Nora immer zu mir sagt. Haifischaugen. Eigenartig. Lucan ging zu dem kleinen, messingumrahmten Spiegel und blickte hinein. Die Farbe hatte etwas von Stahl, aber sonst? Auffällig war nur der schmale Kranz von dunklem Grün, der wie ein Tannengewinde um seine Pupillen lag. Lucans verstorbener Vater hatte ihm die Farbe vererbt. Sicherlich waren seine Augen etwas ungewöhnlich. Und der Rest … Nora behauptete, daß Lucan so etwas wie eine anmutige Erscheinung besaß, weil alles an ihm sehr schlank und eben wirkte.

Das stumme Starren brachte Lucan auf ein Spiel zurück, das er früher sehr häufig praktiziert hatte: so lange und ohne Zwinkern in die eigenen Augen blicken, bis sich die Konturen des Gesichtes auflösten und gänzlich verformten. Heute sah er einen alten, dunkelhäutigen Mann in seinen Zügen, der sich mit der entstellenden Linie irgendeines unerkannten Tieres mischte. *Genug davon.* Er ging zurück zu seinem Sessel und durchblätterte die sonderbare Seele der fremden Lilith. *Hast du geahnt, daß dein Buch nach so kleiner Ewigkeit gelesen wird? Und hast du gewußt, daß es jemanden bannen kann, der so weit außerhalb deiner Zeit existiert? Manche Gedanken der Menschen ändern sich wohl niemals.*

Das verrückende Werk endete mit den treffenden Sätzen:

Hier gilt es nicht,
das erste Wort zu bringen,
hier verhandeln die Sätze nicht mehr,
die Politik, die uns drückt,
hier ist der Romantik nichts hinzuzufügen,
noch der Obsession.

Hier ist alles gesagt.
Und doch ist es das, was hier fehlt.
Hier fehlt die eigene Antwort,
die durch die Worte gefragt wurde.

Hier gilt es, das letzte Wort zu bringen,
welches da war
zuerst.

«Nora? Hättest du Lust auf einen kleinen Wochenendtrip nach London?», fragte Lucan sie am Donnerstagabend überraschend. – «Was? Du willst schon wieder nach England? Du warst doch erst vor ein paar Wochen mit Tibor da!»

«Schon», sagte er lächelnd, «aber da warst *du* ja nicht dabei!»

«Hm, es wäre schon schön … An welches Wochenende hast du dabei gedacht?»

Als Lucan ihr mitteilte, daß er gern am nächsten Tag losfahren wollte, lachte Nora empört auf. Es bedurfte eines gehörigen Quantums altmodischer Überredungskunst, ehe die Sache sich tatsächlich zu Lucans Gunsten entschied.

Infolgedessen erstreckte sich dann keine 20 Stunden später London feucht und grau vor ihnen. Im Gegensatz zu Nora war Lucan von der Reise kein bißchen erschöpft. Das Gefühl, endlich wieder in London zu sein, elektrisierte ihn und drängte ihn, durch die Stadt zu laufen, vor allem, um sich dort auf die Jagd nach weiteren Büchern zu machen.

Eine passende Unterkunft war nicht so schnell wie erhofft gefunden, und Nora war müde und hungrig, als sie sich endlich für ein einfaches Zimmer in ihrer Preisklasse entschieden hatten. So verbrachten sie den ersten Abend bei einem Essen und einer Flasche Wein. Beides war allerdings lediglich in finanzieller Hinsicht als kostbar zu bezeichnen.

Danach schlenderten sie eine Weile durch die neonbeflimmerten Straßen des Piccadilly Circus und beschlossen spontan, noch für eine Stunde einen Club zu besuchen. Als sie um zwei Uhr in ihrem kleinen Hotelzimmer ankamen, legten sie sich sehr bald ermattet in ockergelben Blumenbezügen schlafen. Gleich, dachte Lucan, gleich nach dem Aufstehen kann ich einkaufen gehen. Er stellte sich genüßlich vor, wie er durch die Antiquariate wandern würde, umgeben von all dem alten Glanz gebrauchter Bücher.

AM NÄCHSTEN VORMITTAG gönnten sie sich nur ein schnelles Frühstück mit einer Art seichtem Kaffee-Imitat und machten sich wieder auf den Weg in die Stadt. Londons atmosphärische Hektik erfaßte sie wie eine soghafte Meeresströmung, und sie ließen sich mit unzähligen anderen Menschen durch die lauten Straßen treiben. Lucan konnte es nicht lassen, Tibor rasch eine hämische Ansichtskarte zu schreiben, deren Bild die königlichen Jagdhunde zeigte, in puderigem Weichzeichner schwimmend.

Hin und wieder verschwanden sie in ein paar vielversprechenden Geschäften, jedenfalls vielversprechend für Nora. Begeistert probierte sie eine stattliche Anzahl von Kleidern und Schuhen an, ehe einige dieser interessanten Kleidungsstücke den Weg in ihre Einkaufstasche fanden. Nora lächelte zufrieden vor sich hin, und Lucan beschloß, daß es Zeit für *sein* Verlangen wurde.

«Nora, ich würde jetzt ganz gern noch in ein bestimmtes Antiquariat gehen. Du hast doch nichts dagegen?»

«Natürlich nicht!» lachte sie und hielt ihre Tüten hoch, «du bist schließlich den halben Tag brav hinter mir hergelaufen.»

Lucan nahm Nora ein paar Taschen ab, und so machten sie sich auf die Suche nach dem Ort der Bücher. Sie verloren mehrmals die Orientierung; zu viele Straßen und Ecken schienen Lucan bekannt vorzukommen.

«Na schön, ich gebe auf. Ich habe keine Ahnung mehr, welches der richtige Weg ist. Vielleicht am Trafalgar Square vorbei? Was soll's? Ich werde jemanden fragen.»

Lucan schaute sich suchend um und sprach dann den Jungen an, der schon eine ganze Weile neben ihnen hergelaufen war. Einige Sekunden blieb dieser stumm und schaute Lucan nachdenklich mit zwei großen, von dichten Wimpern umrahmten Augen an. Plötzlich fing er an zu lächeln, sein hübsches, blasses Gesicht verzog sich erkennend.

«Ah ja, die Augen sind es.»

Lucan hatte kein Problem, das Englisch des Jungen zu verstehen.

«Wie bitte?» fragte er irritiert nach.

«Ach nichts, Sie haben nur sehr ungewöhnliche Augen, das ist alles. Sie wollen also den Weg wissen? Ich kann Sie persönlich hinbringen, muß sowieso in diese Richtung.» Er drehte sich einfach um und ging voran. Nora hob erstaunt die Augenbrauen, während Lucan mit den Schultern zuckte und dem Jungen folgte, dessen magere Gestalt sich gelassen über das Kopfsteinpflaster bewegte. Sein schwarzes Haar fiel auf den Kragen einer Jeansjacke, die schon etwas zerschlissen wirkte. Lucan schätzte ihn auf vielleicht siebzehn Jahre. Nach einer Weile wandte der Junge sich zu Lucan um.

«Sagen Sie, suchen Sie in dem Antiquariat etwas Bestimmtes? Ich kenne mich ein bißchen aus.»

«So?», erwiderte Lucan desinteressiert, doch die zwei dunkelblauen Augen blieben fragend auf ihm ruhen.

«Tja, ich suche tatsächlich etwas Bestimmtes, nämlich Bücher von Lilith Faye Gwyneth. Aber du …»

«Ah, nach Lilith suchen Sie also. Schön. Es hat sich schon lange niemand für sie interessiert. Nicht einmal damals, sie ist nicht sehr bekannt geworden.»

Lucan schwieg verblüfft und sah sich nach Nora um. Als er gerade etwas zu ihr sagen wollte, blieb der Junge plötzlich vor einem unauffälligen Laden stehen.

«Das ist nicht das Antiquariat, das ich gemeint habe.»

«Ich weiß. Aber in dem würden Sie auch nicht finden, wonach Sie suchen.» Der Junge starrte wieder gebannt in Lucans Augen, während er intensiv lächelte. Nora folgte den beiden stirnrunzelnd in das Schriftgelaß und setzte sich sogleich erschöpft auf einen Stuhl, der einladend neben der Tür stand. Beim Tönen der melodischen Türglocke war ein ältlicher Mann aus einem der Hinterzimmer gekommen.

«Mr. Ripley, hier ist ein junger Herr aus Deutschland, der nach Lilith sucht.»

Der Mann kam strahlend auf die beiden zu und schüttelte erst Nora und dann Lucan die Hand.

«Ach was? Das ist ja schön. Sagen Sie, woher kennen Sie Lilith Gwyneth denn? Haben Sie bereits etwas von ihr gelesen?»

«Bislang nur *Monolith*», sagte Lucan und ließ seinen Blick durch den Laden schweifen.

«Ah ja, *Monolith*», sagte Mr. Ripley, «es ist ein etwas wildes Buch, finden Sie nicht? Es ist bei den meisten Menschen ihrer Zeit nicht besonders gut angekommen. Na ja, und heutzutage auch nicht.»

Nun wurde Lucan neugierig, denn der ungewohnt redselige Antiquar war genau die Informationsquelle, auf die er gehofft hatte.

«Das heißt aber, daß sie trotz allem noch mehr Bücher veröffentlicht hat? Wie kann das sein?»

Mr. Ripley lachte gutmütig auf.

«Sehen Sie, das hat die kleine Miss Gwyneth ganz allein Weedon McAlistair zu verdanken. Er hat alle drei Bücher von ihr verlegt. Sie sind damals sehr gute Freunde gewesen. Jaja, so war's.» Mr. Ripley räusperte sich etwas und sagte schließlich: «Schön, dann wollen wir mal nachsehen.»

Der Mann verschwand in seinem Büchermeer. Durch das trübe Licht berührt, glommen hie und da abgenutzte Gold- und Silberprägungen auf den Bucheinbänden auf. Irgendwann einmal hatten diese Bücher nach frischem Druck gerochen und waren unberührt in die Hände ihrer ersten Besitzer gelangt, von denen sie gelesen oder einfach in ein Regal geschoben worden waren. Lucan wandte sich zu Nora um und sah sie noch immer auf ihrem Stuhl sitzen, einen dicken Photoband durchblätternd. Nach ein paar Momenten tauchte Mr. Ripley mit zwei Exemplaren aus seinem papierenen Ozean wieder auf. Lucan lächelte erwartungsvoll und ebenso der Junge, der ihn immer wieder musterte, allerdings auf keine beleidigende oder aufdringliche Art, nein, sogar irgendwie sehr freundlich. Fast war er geneigt zu fragen: «Kennen wir uns?»

«So, junger Mann, hier sind sie. Einmal ihr *Phantasus*, und ihr letztes veröffentlichtes Werk, *Yggdrasil*. Die beiden Bücher sind wirklich sehr schön, wenn man ihre Art zu schreiben mag. Es ist nun mal nicht jedermanns Sache.»

«Ja, vielleicht. – Würden Sie mir verraten, woher Sie das alles wissen? Ich kenne einiges an englischer Literatur, aber dieser Name ist mir noch in keinem Zusammenhang begegnet.»

«Nun, das alles weiß ich, weil mein Urgroßvater, Benjamin Ripley, McAlistair persönlich gekannt hatte. Er hat Weedons gesamte Restbestände aufgekauft, als dieser plötzlich seinen Verlag schloß, um sein Glück irgendwo anders zu suchen. Tja, hat einfach alles im Stich gelassen. Man munkelte später, daß er wieder nach Schottland zurückgekehrt sei und sich in eine Art Kloster zurückgezogen habe, was weder mein Großvater noch mein Urgroßvater glaubten. Dazu war McAlistair einfach nicht der Typ, wie sie sagten. Nein, wohl gar nicht. Na ja … wozu alte Geschichten aufwärmen?»

«Mr. Ripley», meldete sich plötzlich wieder der Junge zu Wort, «vielleicht interessiert sich Ihr Kunde für Liliths Hinterlassenschaften.»

«Ach Unfug», wurde er zurechtgewiesen, aber Lucans Neugierde war geweckt.

«Was denn für Hinterlassenschaften, wenn ich fragen darf?»

«Ach herrje, ein Haufen alter Kram, lose Manuskriptseiten, ein paar Bilder …»

«Und ihre Tagebücher!» warf der Junge ein.

«Alles unvollständig und kaum leserlich wegen ihrer eigenwilligen Handschrift. Ich habe noch keinen getroffen, der das hätte entziffern können. Wer also sollte daran Interesse haben?»

Lucan nickte nur zu den Worten, und der Junge blickte ihn unbestimmt an.

«Gut, dann würde ich gerne zahlen.»

Mr. Ripley nahm Lucan die beiden Bücher aus der Hand, um sie in Papier zu wickeln. Der Preis, den Lucan schließlich zahlen mußte, war lächerlich niedrig. Der Buchmensch lächelte ihm augenzwinkernd zu, während er Nora und Lucan noch einen schönen Aufenthalt wünschte. Der Junge ging mit ihnen hinaus.

«Hören Sie, wollen Sie mir nicht Ihre Adresse geben? Für den Fall, daß ich etwas entdecken sollte, was Sie interessieren könnte?»

Doch Lucan starrte zerstreut auf den Menschen vor sich.

«Natürlich geben wird dir unsere Adresse», schaltete sich Nora ein und schrieb schnell alles auf einen Bon, den sie aus einer ihrer zahlreichen Tüten fischte. Der Junge lächelte, bedankte sich und steckte Nora seine eigene Adresse zu.

«Dann noch viel Spaß in London!» wünschte er, ehe er noch nachdenklich hinzufügte: «Vielleicht wollen Sie noch wissen, wo Lilith gewohnt hat?»

Lucan war müde geworden, aber Nora schien das neue Spiel *«Wer ist Lilith?»* geheimnisvoll und amüsant zu finden.

«Sicher. Ist es hier in der Nähe?» fragte Nora munter.

«Leider nicht, aber ich kann es Ihnen auf einer Karte von Mr. Ripley zeigen.»

Während Nora sich mit dem fremden Jungen über den geholten Stadtplan beugte, setzte sich Lucan erschöpft auf einen niedrigen, moosbewachsenen Mauervorsprung und ließ seinen Blick über das Antiquariat schweifen. Er blendete das Geplauder der beiden aus. *Ich will doch nur etwas von ihr lesen.* Endlich waren sie fertig, und der Junge entfernte sich winkend.

«Wollen wir das Haus suchen?» fragte Nora begeistert, aber Lucan schüttelte den Kopf.

«Laß uns zum Hotel zurückgehen.»

«Gut, wie du willst. Dann machen wir es eben morgen.»

«Sicher.»

Sie machten sich wieder auf den Weg durch die vertrauter werdenden Straßen.

NACHDEM NORA UND LUCAN zu Abend gegessen hatten, ließen sie sich erschöpft in das weiche Bett sinken. «Es ist schön, mit dir hier zu sein», flüsterte Nora in Lucans Ohr, und er nickte.

«Ich fühle mich so wohl wie seit langem nicht mehr, obwohl ich in gelben Blumen einen eher würdelosen Schlaf habe», sagte er mit spöttisch hochgezogenen Augenbrauen und befühlte die florale Bettwäsche. «Na ja, ansonsten geht es mir ziemlich gut. Hoffentlich bleibt es so.»

«Wir werden einfach dafür sorgen, daß es so bleibt.»

«Ja.»

Dann küßten sie sich dem Schlaf entgegen. Sie zogen traumwärts. Während Nora auf ein blaugrünes Meer zuflog und Wale beobachtete, blieb Lucan scheinbar wach in ihrem Zimmer. Der Raum fing an, sich seltsam auszudehnen und zu verformen. Dann klopfte es plötzlich an der Tür. Lucan öffnete verwundert und sah den schwarzhaarigen Jungen vor sich. Er ließ ihn eintreten.

«Wie geht es Lilith?»

«Nicht so gut», erwiderte Lucan, «sie schläft bereits seit vielen Jahrzehnten.»

«Oh.» Die Atmosphäre flimmerte, als bestünde sie aus elektrischen Wellen. Der Junge kam unvermittelt auf ihn zu und streckte seine Finger in Richtung von Lucans Augen aus.

«Stimmt, es sind Haifischaugen. Ihr Inhalt kam mir gleich so bekannt vor.»

Die Impulse flirrten stärker durch das Zimmer.

«Gefallen dir ihre Worte noch?»

Lucan blickte fragend zu dem Jungen und versuchte, dessen Gesicht klarer zu bekommen.

«Ich weiß nicht. Sie berühren mich, und vielleicht sogar mehr als das.»

«Du bist kein Schriftsteller, nein?»

Lucan schüttelte den Kopf. Die Bewegung fühlte sich an, als wäre er unter Wasser.

«Fürchtest du dich vor dem, was deine Worte aufdecken könnten? Oder was ist es?»

Lucan bewegte sich durch den verschobenen Raum und dachte nach.

«Das weiß ich nicht. Was könnten denn meine Worte aufdecken?»

«Das kann ich dir auch nicht sagen.»

Dann herrschte eine lange Zeit Schweigen, ehe der Junge leise sagte: «Weißt du, ich habe sehr an Lilith gehangen.»

«Wirklich? Du hast sie gekannt?»

«Ja. Ich habe oft in Träumen mit ihr gesprochen. Aber meistens hat sie nach jemand anderem gesucht. Arme Lilith. Sie hat mich immer für ihren Engel gehalten.»

«Und warst du das?»

«Natürlich. Ich habe ihr nie das Gegenteil gesagt.»

Er lachte bedauernd auf, und Lucan fragte: «Und warum sprichst du jetzt mit mir?»

Der Junge trat auf ihn zu, durchteilte die elektrische Flüssigkeit des Traumes und nahm ihn sacht in seine Arme. Die Wellen pulsierten rötlich.

«Weil du auch ein Monolith bist, Lucan. Weil du einsam bist.»

DIE BILDER VERLOREN SICH, und Lucan fand sich in Noras warmer Umarmung wieder. *Was für ein absonderlicher Traum!* Er versuchte, die Gedanken daran ebenso abzuschütteln wie den Reiz, sich das rote Buch des *Phantasus* gleich zu nehmen und zu verschlingen. *Allerdings ist es früher Morgen und Nora wird noch lange schlafen … Ich könnte wenigstens sehen, worum es sich handelt. Phantasus – der Traumgott – das klingt interessant.* Wider besseres Wissen wickelte er die Bücher aus und strich einmal liebevoll über *Yggdrasil. Ich bin so gespannt, wie ein Roman von ihr sein wird.*

Er blätterte die ersten Seiten des *Phantasus* um und las die Dedikation des Buches: *Gewidmet dem Donners-Tag. (Thor's Day)*. Es war eine wenig aufschlußreiche Widmung, doch klang es nach der *Monolith*-Lektüre vertraut nach Lilith Gwyneth. *Donners Tag … Stand nicht sogar in «Monolith» etwas über Donner geschrieben?* Lucan hatte das Buch intensiv genug studiert. Die Gedichte hatte er mehrfach laut gelesen und suchte jetzt die Worte so lange zusammen, bis er sie flüstern konnte.

Am Tage des Donners
kehrt er zurück,

das Herz weit
in die Seele geschlungen.

Am Tage des Donners
kehrt er zurück,

geschlungen mich
weit in die Arme.

Lucan fand es aufregend, einen ersten Bezug herstellen zu können. Vielleicht würde er in diesem Roman Aufschluß über die Bedeutung jener Donnerworte finden. Er begann, sich in die Schrift zu versenken.

Phantasus

Prolog

In dem eingedunkelten blauen Schweberaum
– dem Ende meines Traumes –
fühlte ich mich an der Hand gefaßt.
Eine warme, klangzarte Hand umschloß meine Finger,
und vertrauensvoll klammerte ich mich an ihr fest.
Ich wollte nicht überlegen, wo sie herkommt und zu wem sie gehört.
Sie war da, und es war gut.

In die blaue Schwebe tanzte ich sternenvoll hinab,
mich immer an der vertrauten Hand festgeliebt wissend.
Ich war endlos und schwärzensfern.
So glückserlebend voll, wollte ich mich nicht mehr lösen von dem Band.

Ich spürte, wie die Nachtlichter sich zu Tode wanden,
und der Gleiß der Sonne brannte auf meinen
festgeschlossenen Augenlidern.

Müdes Wehren gegen ein Erwachen, loslassen.
Die liebe Hand, der ewigzarte Dunst einer vertrauten Seele.
Ich öffnete die Augen,
sah die Hand in meiner liegen, staunte,
vielleicht nur für Momente, in denen die Nordwinde fegen,
und löste langsam meine beiden Hände voneinander.
Nachdenklich lange schaute ich auf die eine Hand
und fragte die Meersonne im Herzen:

Wer warst du nur,
und wo …
… bist du jetzt …?

Lucan ließ das Buch langsam auf die Bettdecke sinken. *Was für einsame Worte. Ist das Liliths Phantasus?* Es berührte ihn eigentümlich, und er dachte sich den Phantasus wie einen losen Traum, der immer bei ihr war und doch nie wirklich. Das erinnerte Lucan an die Worte, die Lilith in *Monolith* hinterlassen hatte: *Zum Greifen nah, aber doch nicht näher.*

Lucan nahm das Buch wieder auf, denn er wollte sehen, was der Prolog bedeutete.

Das Ende wider den Beginn

Eigentlich habe ich nichts zu sagen. Ich bin wortleer und voll des Novembernebels, der mich zu ersticken sucht.

Mein Herz preßt sich wild und wie in Verzweiflung heftig gegen die Innenseite meiner Brust. Ich wollte, ich wüßte dich zu befreien, mein Freund …

Aber ich kann mich der Schleiernheit nicht erwehren.

Ich fühle mich nicht tot, und doch scheine ich weniger als lebendig zu sein.

Ich ströme unberührte Erde entlang, die nie eine Menschenhand zuvor berührt haben kann. Ob es nicht schön und füllend sein muß? Nein, es ist weniger als das. Es ist mir einsam. Ich bin sehr allein – nicht, weil es mir an Menschen mangelte, die mir liebevoll begegnen, nein … weil da immer der Eine fehlt … weil da immer das Sehnen sich zu ihm breitet … und weil ich nicht einmal mehr erahnen kann, ob er weiß … von mir und ihm … ob er weiß … weißt du?

In meinem Reich, das ich bewohne, bist du niemals gewesen.

Alles ist unentdeckt von dir, und doch ist deine stete Anwesenheit ständig zu spüren. Du bist die Seele meines Heimes. Es ist, weil ich so vieles dir widme. Und doch ist jede Stunde meines Tages und jeder Atemzug meines Schlafes irgendwie entfremdet von dir. Ich weiß nicht, ob du meine Seele sein willst.

Ja, du kennst mich, und uns umhüllt ein eigenartiges «Einander». Aber ist es vielleicht nur der kurze Schauer einer einzigartigen Mitternacht? Etwas, das du bemerkst, dich daran verwunderst und beiseite legst, damit es zu deinen Erinnerungsgräbern sinkt? Jene Orte, zu denen du dann und wann in Lebenszeiten hingelangst, um ein paar Blumen zu werfen? Ich weiß es nicht …

Aber es ist mir unerträglich, nur etwas Vergangenes zu sein, wo doch nichts von uns verraten wurde. Was waren wir? Seelenverwandte in dieser brüchigen Zeit? Oder ein Traumriß, der unbelächelt blieb ...?

Dann sprich zu mir ... Laß dein Mund mir Worte formen, und mögest du mir die Lüge meiner Liebe aus den Händen nehmen, um sie zu beerdigen, dort, wo niemand sie zu finden und zu erkennen vermag.

Dann könnte auch ich vielleicht endlich ruhen. Oder aber der Schmerz wäre so groß, daß ich mich an die Seite meiner Lüge legen würde.

In die feuchte, ewig dunkle Erde ...

Du, mein immerwährender Geliebter, glaubst du, daß es so unbedeutend ist, von einem Menschen eine Vision zu empfangen, den du nie zuvor gesehen und von dem du doch immerzu gewußt hast?

Ist es so unerheblich, diesem Menschen Stunden nach dem Traumerlebnis wirklich zu begegnen? Ihn nur staunend anzusehen und einfach gehen zu lassen? Aber immer in dem Wissen, dir wieder zu begegnen, immer wieder zu begegnen ...

So ist es geschehen.

Wo habe ich mein unergründliches Vertrauen hergenommen? Monate später wußte ich dich in deiner Stadt. Sahst du nicht ebenso verwirrt und aufgerissen aus wie ich? Irgendwann deine Worte in einer Nacht zu mir. Eine Nacht vor einigen Jahresläufen, und auch der Nebel ständig zwischen uns, bis auf die paar zeitvergangenen Stunden.

Du sprachst Worte, die waren wie meine eigenen.

Wie konntest du mich gehen lassen?

Da hast du das Warten in mein Herz gelegt. Irgendwann, dachte ich, irgendwann wirst du zu mir kommen.

Ich weiß, drei Jahre sind nicht viel in der Ewigkeit des Seins … und das ist es auch nicht, was den größten Schmerz hervorbringt.

Nein, es ist die Angst, eine Lüge zu lieben …

Habe Vertrauen … jagt eine kleine Stimme mir nach.

Aber es ist, als wolle man mir raten, eine Geisteskrankheit zu nähren und zu wahren.

Mittlerweile sind viel zu viele Menschen mit in unser Geschick hineingeboren worden. Sie alle scheinen mitleiden zu müssen, und nur weil ich nicht weiß, ob … und nur weil ich Angst habe, daß … und nur … ich liebe dich, und vielleicht muß das genug sein.

«Verflucht!» zischte Lucan. Einige rasche Tränen waren unaufhaltsam auf die alten Buchseiten gefallen. *Wie lächerlich! Meine Tränen auf ihren Worten.* Lucan lehnte sich zurück, blätterte dann eine Seite weiter und sah, daß die eigentliche Geschichte erst hier begann. Das Ende war längst vorweggenommen, der glückliche Ausgang gleich effektiv zerstört. Lucan konnte nicht anders, als sich in die Worte fallen zu lassen und in diese seltsam wirklichen Menschen. Die Geschichte entwickelte sich langsam, riß Lucan in ihre Fänge. Der Traumgott der Erzählerin Evelynne Thomas stellte sich als ein Mensch heraus, dem sie nach einer plötzlichen Vision begegnet war, eine Vision von einem rothäutigen Mann, der sich in ihrem Tagesblitz zu seiner jetzigen Form veränderte, zu der eines realen weißen

Mannes. An dieser Stelle legte Lucan das Buch widerstrebend von sich, da Nora seine Aufmerksamkeit verlangte. Ein wenig unwillig ließ er sich von ihr hinaus in den Tag ziehen, doch Nora war heute nicht allein mit ihm, denn lautlos folgten ihnen Lilith, Evelynne und der unbekannte Fremde. Es schien, als jagten sie ihn durch den ehemaligen Schauplatz der Geschichte, und Lucan konnte nichts tun, als sich dem hinzugeben. Die Straßen verschoben sich, und vor ihm lag ein ganz andersartiges London, eines, das die Gegenwart vergessen machte.

NORA WAR GUTGELAUNT und wollte alle möglichen Sehenswürdigkeiten besuchen, unter anderem auch die ehemalige Wohnstatt von Lilith Gwyneth. Nora amüsierte diese geheimnisvolle Person; sie hatte Spaß daran, auf ihren Spuren zu wandeln. Lucan folgte ihr ergeben und mit schwach drückendem Kopf durch die mit alten Gebäuden gesäumten Straßen. Als sie schließlich zu Liliths Haus gelangt waren, bekam Lucan leichte Kopfschmerzen, die er zu verbergen suchte. Er stellte sich vor das hohe Gebäude und starrte es eine Weile fasziniert an. Jetzt wurde auch Lucan neugierig auf das Innere. *Meine Güte, wie sieht es hier denn aus? Das Haus ist vollkommen restaurationsbedürftig*. Nora klingelte in der unteren Etage und fragte die junge Frau, die verschlafen öffnete, höflich nach Liliths Wohnung.

«Wessen Wohnung? Eine Schriftstellerin? Hm, kann schon sein, daß die hier gewohnt hat. Woher soll ich das wissen? Hab' den Namen jedenfalls noch nie gehört.»

«Wäre es sehr aufdringlich, wenn wir Ihren Speicher besuchen? Man hat mir erzählt, daß sie dort oben gewohnt haben soll», fragte Nora mit entzückendem Lächeln.

«Na, und ob! Du meine Güte, ihr Touristen kennt auch kein Halt.» Ehe die Dame ihre Contenance endgültig verlieren konnte, kam ihr Mann zur Vordertür.

«Was ist denn hier für ein Geschrei?»

Rasch redete Nora auf den Mann in den derben Arbeitshosen ein, der daraufhin mit den Schultern zuckte.

«Na, meinetwegen, für fünf Pfund lass' ich Sie rauf!»

«Wie bitte?» schnaubte Nora empört, ehe Lucan sie am Arm faßte und dem Mann das Geld in die Hand drückte. Ohne ein Wort zu sagen, steckte er es ein und stieß die Tür etwas weiter auf. Die beiden betraten hastig die ausgetretenen Stufen, die von einem wackligen Geländer mit abblätternder Farbe begleitet wurden. Niemand schien sich die Mühe machen zu wollen, das Treppengeländer oder die mürbe wirkenden Wände wieder in Schuß zu bringen. Lucan sog den Geruch des Hauses in sich ein, der sich von Stockwerk zu Stockwerk veränderte. Der Essensgeruch des Erdgeschosses wandelte sich im ersten Stock zu kaltem Zigarettenrauch, die anderen Stockwerke rochen allesamt ähnlich penetrant nach Haushaltsreiniger. Als sie endlich ganz oben angekommen waren, roch es abgestanden und dumpf nach vergessener Zeit. Lucan öffnete vorsichtig die verschlagartige Tür und betrat ein wenig unsicher und die Luft anhaltend den sich zeigenden Speicher.

«Igitt, hier kann ich nicht bleiben», rief Nora aus und sah sich voll Unbehagen um, «hier ist ja absolut gar nichts außer Dreck und Getier. Meine Nerven vertragen nicht mal *eine* Spinne, und hier müssen *Hunderte* sein, tut mir leid.» Sie war zutiefst enttäuscht, schüttelte sich vor Ekel, während Lucan lachte, und machte sich sofort wieder auf den Rückweg.

Lucan sah sich kurz auf dem leeren Speicher um. Ein bißchen Krempel war in den dunklen Ecken verteilt, und ein paar durchgehangene Wäscheleinen waren in einem Teil der wenig romantischen Dachkammer befestigt. *Hier* sollte Lilith Gwyneth gelebt haben? Hier sollte überhaupt jemand gelebt haben? *Vielleicht ist es das falsche Haus, oder der Junge wollte uns verarschen.*

Unschlüssig bewegte sich Lucan über die aufdringlich knarrenden Holzbohlen und hatte eigentlich den Wunsch, sich etwas hinzusetzen, damit sein Kopf sich beruhigen konnte. Der Druck hinter seiner Stirn nahm zu. Lucan schluckte ein paarmal schwer. Er öffnete eines der schmalen Dachfenster und hockte sich auf den staubigen Boden. Die Schmerzen wurden unerträglicher, nahmen mit der Stetigkeit eines programmierten Mechanismus zu, und er krümmte sich in dem fremden Gemäuer. Lucan versuchte, wieder auf die Beine zu kommen, und klammerte sich stöhnend an das geöffnete Dachfenster. Verzweifelt sog er den Sauerstoff ein, den der Windstrom in die Kammer trug, während sein Blick wirr über die vielen Dächer wankte. Langsam wurde er orientierungslos. Wo befand er sich noch gleich? Alles wirkte so realitätsfern. Ihm wurde immer schwindliger, und Übelkeitszyklen brandeten seine Speiseröhre hinauf, bis er sich schließlich übergeben mußte. Auf einmal hörte er ein Flüstern, Schritte. Was war denn jetzt? Sein Geist summte monoton, er fühlte sich wie in ein Vakuum gesperrt, als er den Weg zur Treppe suchte. Die Schritte kamen näher, die Stimme sprach zu ihm, der Schatten im Treppengang. *Was zum Teufel …?*

Die Hände, die schließlich nach ihm griffen, waren Noras.

«Was ist los, Lucan? Ist es schon wieder die Migräne?»

Er konnte nur schlaff nicken. Bevor Nora ihn zur Treppe führte, mußte er sich noch einmal übergeben.

«Wer soll denn das wegmachen?» stöhnte er auf.

«Na, wer schon? Ich denke, fünf Pfund ist ein angemessener Preis, oder nicht?»

Die längst veratmete Luft in der Untergrundbahn verschlimmerte Lucans Zustand. Er starrte die fremden Menschen durch das dumpfe Dröhnen hindurch an und meinte sogar, zwischen ihnen das Gesicht des schwarzhaarigen Jungen zu entdecken. Als sie endlich wieder im Hotel waren, legte sich Lucan aufs Bett, ohne sich auszuziehen, während Nora das Zimmer verdunkelte und in dem winzigen Bad seine Schmerztropfen suchte.

«Lucan, was kann ich tun?» Nora war besorgt und sah ihm zu, wie er die Tropfen mit viel Wasser schluckte.

«Nichts. Ich will ein bißchen schlafen.»

«Ja, natürlich. Ich denke, ich werde dann noch spazierengehen.»

Ehe Nora schließlich das Zimmer verließ, war Lucan bereits auf dem Wege in die Körperflucht. Er spürte weder seinen schmerzenden Kopf noch etwas anderes Bindendes, jetzt war er frei. Aufatmend ließ er sich im Wind über Londons Straßen treiben. Er wußte, wohin er wollte, es zog ihn zu dem verlassenen Dachboden. Mühelos glitt sein Traumkörper durch die dicken Mauern des Gebäudes. Der Raum fühlte sich vertraut an. Er schwebte durch das Gebälk, sah sich um und entdeckte dann etwas, was seine Aufmerksamkeit erregte. Hoch oben auf einem der verstaubten Deckenbalken lag eine kleine, einfach geschnitzte Holzdose. Als er danach greifen wollte, hörte er ein Geräusch und zuckte zusammen. Wie von einer unsichtbaren Schnur gezogen, eilte er zurück. Er wachte auf, als Nora sich über ihn beugte.

«Tut mir leid, ich wollte dich nicht wecken. Mir ist etwas runtergefallen.»

Lucan murmelte verstört vor sich hin, bis er wieder etwas klarer wurde und sich an den lebendigen Traum erinnerte. Hastig richtete er sich auf und verließ das Bett.

«Nora, ich muß noch mal kurz weg. Ich brauche ein bißchen Luft und Bewegung.»

«Ja, aber ...!» Ihre Worte blieben nutzlos im Raum hängen, denn Lucan war bereits zur Tür hinaus. Er wußte nicht, warum er das tat. *Natürlich, es ist dumm …* Trotzdem fuhr er die gleiche Strecke wie zwei Stunden zuvor. Die Migräne klemmte mit ihren Zähnen immer noch in seinem Kopf fest, aber es war ihm nicht wichtig. Als er endlich den Ort seines Traumes erreicht hatte, klingelte er in der zweiten Etage, weil er nicht unbedingt den beiden Misanthropen aus dem Erdgeschoß wieder begegnen wollte. Glücklicherweise öffnete ihm ein kleines Mädchen, das die Wohnungstür sofort schloß, als es den Unbekannten erblickte. *Braves Kind! So kann ich mir die Geschichte von dem verlaufenen Touristen sparen.*

So schnell es ihm in seinem Zustand möglich war, drang er in das oberste Stockwerk vor. Dort schlug ihm beißender Gestank entgegen, so daß ihm abermals übel wurde. *Mein Gott, das Zeug wird noch bis zum Sankt-Nimmerleins-Tag hier vor sich hin faulen.* Der Speicher war mittlerweile schon etwas dämmerig, trotzdem ließ Lucan sich nicht schrecken und tastete die Balken ab. Um an die oberste Gerade zu gelangen, mußte er auf die dicken Mittelbalken klettern. Aufgeregt fuhr seine Hand über Holz und Dreck, zwischenzeitlich krabbelte ihm etwas flink über die Hand. *Nora wäre gestorben …* Lucan tastete gründlich weiter. *Nichts, hier ist nichts. Ich bin ein so unglaublicher Idiot.* Er schimpfte leise vor sich hin und begann enttäuscht, den verstaubten Speicher zu verlassen. Unbemerkt konnte er aus dem düster gewordenen Haus hinaustreten und machte sich sofort auf den Rückweg. *Gut, daß ich Nora nichts gesagt habe! Sie würde mich ohne Zweifel für verrückt halten. Womöglich bin ich das auch.*

Erleichtert erreichte er zum zweiten Mal am selben Tage das Hotel. Nora hatte es ganz entschieden aufgegeben, auf ihn wütend zu sein, und war froh, daß er zurück war. Sie hatte derweil ihre Sachen zusammengepackt, weil sie am folgenden Nachmittag wieder zu Hause sein wollten. Nachdem Lucan lange geduscht und etwas gegessen hatte, nahm er noch einmal seine Tropfen und verkroch sich mit dem blutroten Buch ins Bett. Er bemerkte, daß Nora sich irgendwann zu ihm legte und selbst in irgendeinem Buch blätterte. Nach einer Weile störte ihn ein gemurmelter Satz bei seiner Lektüre.

«Wer oder was ist schön?» fragte er Nora, noch halb am Lesen. Als er jedoch kurz aufblickte, legte er *Phantasus* zur Seite. Verblüfft registrierte Lucan, daß Nora *Yggdrasil* in den Händen hielt und auf eine Seite starrte. Er nahm Nora das Buch aus den Händen und blickte hinein. Er hielt überrascht den Atem an, denn eine Photographie lag einnehmend auf der zweiten Seite, was Lucan ziemlich ungewöhnlich fand. Aber als noch seltsamer empfand er die Frauengestalt auf dem Bild. Sie saß aufrecht in einem einfach geschnittenen Kleid auf einem Stuhl. Ihr Haar war hochgesteckt, und alles an ihr erschien sehr schlicht, bis auf ihr Gesicht, ihre Mimik und … ihre Augen. *Lilith.* Lange starrte Lucan diese fremde, längst vergangene Frau an. Das weiße Gesicht war oval geformt. Der kleine, ein wenig herzförmig modellierte Mund wirkte zerbrechlich und ebenso die Nase. Als Kontrast und grober Widerspruch stand die gesamte Augenpartie stark und klar herausgehoben. Die Augen wirkten sehr hell und groß, aber der Ausdruck in ihnen war ein wenig eisig oder eher berechnend, doch vielleicht lag das auch nur an den ausgeprägten Augenbrauen. Der Blick dieser Frau barg eine latente Unbezwingbarkeit, eine fremde Distanz. *Das ist sie also? Ja. Schön.*

«Ich dachte, sie sei alt und vielleicht auch irgendwie verwahrlost. Ich weiß auch nicht», sagte er wie zu sich selbst. Nora rutschte näher an Lucan heran.

«Sie gefällt mir irgendwie», meinte sie versonnen. Lucan blieb stumm und gab ihr schließlich das Buch zurück, um weiterzulesen. Er war etwas unkonzentriert zu Beginn. Gern wäre er jetzt allein in seiner Bibliothek gewesen, allein mit diesen Büchern.

Komisch, registrierte er flüchtig, *auf einmal gehört sie in mein Leben.* Da die *Phantasus*-Hauptfigur Evelynne in Lucans Vorstellung noch recht verschwommene Züge besaß, gab er ihr beim Weiterlesen Liliths Aussehen. Leicht sank ihr Gesicht hinab in die gedruckten Buchseiten und blickte aus den Sätzen.

FÜR DIE DAUER DES RÜCKFLUGES hielt Lucan die Augen geschlossen, während Nora in Illustrierten blätterte. Lucan versuchte, die unruhigen Bewegungen der kleinen Maschine zu ignorieren und dachte statt dessen über die kurze Reise nach. Es befriedigte ihn immer wieder, auf der Insel gewesen zu sein, aber diesmal war etwas anders, diesmal hatte er nicht nur ein Buch, sondern einen geschriebenen

Schatten von dort mitgenommen. Des Schattens niedergelegte Schriften ruhten erwartungsvoll in seinem Rucksack. Er widerstand der Versuchung, jetzt auf dem Flug nach einer von ihnen zu greifen, denn hier war nicht die richtige Umgebung. Seine Gedanken ließ er jedoch zu dem bereits Gelesenen schweifen, er dachte über die Charaktere des Phantasusbuches nach. Der Fremde aus Evelynnes Vision hatte endlich einen Namen bekommen, Thornton, und es war Lucan nicht entgangen, daß Thor, der Donner, in dessen Namen enthalten war. Lucan dachte an die *Phantasus*-Widmung und an das Gedicht. Während Lucan fern des Erdbodens flog, fragte er sich, was für eine Bedeutung das Ganze haben mochte. War das eine Spielerei oder eine absichtliche Verwirrung für den Leser, oder gab es für Lilith Gwyneth gar einen realen Thor, einen Donar? Lucans Gedanken umwanderten immer noch das gleiche Thema, als sie schon längst wieder in der Heimat gelandet waren. Der *Phantasus* hatte seine Phantasie angeregt, ja, wie ein gutes Buch es tun sollte.

III

PHANTASMA

Der Nachmittag hatte gerade erst begonnen, als sie in ihrer Wohnung eintrafen. Sollte Lucan sich einen starken Kaffee kochen und etwas essen, damit er den *Phantasus* weiterlesen konnte? Eigentlich war er zu müde, und die tageshelle Stimmung war nicht der würdige Rahmen für ein so nachtschweres Buch.

«Willst du auch schlafen?» fragte Nora und zog ihn, ohne eine Antwort abzuwarten, mit in ihr Schlafzimmer. *Gut, dann ist das entschieden! Wenn ich mich jetzt hinlege, habe ich eine stille Nacht zum Lesen vor mir.* Es dauerte nicht lange, bis Nora und Lucan gemeinsam mit den begeistert schnurrenden Silberkatern auf ihren Decken einschliefen. Lucans Augen waren fest geschlossen, seine Augäpfel zuckten wild hin und her, er war wieder in London. Er war altertümlich und fein mit einem dunklen Anzug und einem hohen Zylinder bekleidet. Eine Weile schlenderte er die bevölkerten Straßen ab, bis *sie* ihm entgegen kam. Mit gesenktem Kopf lief sie durch die Menschenmenge und sah plötzlich hoch, als sie an Lucan vorbeiging. Sie hielt inne und blieb stehen. Sie starrten sich beide an, und es war, als wollte Lucan sagen, *sieh her, hier bin ich*, doch ganz allmählich wandelte sich das seltsam durchdringende

Angesicht zu einem vertrauten Lächeln, jetzt stand Nora vor ihm, ganz unschuldig und aufrichtig sprach sie zu Lucan: «Sie ist wundervoll. Ich liebe sie sehr.» Dann blaßte auch dieses Bild, Lucan war zurück. Verwirrt hob er den Kopf und sah, daß das Zimmer bereits dicht mit Dämmerung bestrichen war. Er gähnte, streichelte kurz den kleinen, sich räkelnden Schatten auf seinem Bett und blickte auf die schlafende Nora. Er dachte über den Traum nach.

«Mein Kopf ist ganz schön voll davon!» flüsterte er in das weiche Fell des Katers, ehe er aufstand, um zu duschen. Als er dann etwas zu essen vorbereitet hatte, weckte er Nora.

«Na, was wollen wir heute abend noch Schönes machen?»

Schuldbewußt schaute Lucan von seinem Teller hoch.

«Wozu hast du Lust?» fragte er, es sogar ernst meinend.

«Ich denke, ich werde lesen!» sagte sie gedehnt und zwinkerte Lucan gelassen zu.

«Hast du was dagegen?» fragte er ein wenig reumütig.

«Ganz und gar nicht, ich habe überlegt, ob ich noch für ein, zwei Stündchen zu Judith fahre. Ich muß ihr unbedingt meine fette London-Beute vorführen. Sie wird vor Neid erblassen», sagte sie zufrieden grinsend und schob ihren Teller zur Seite.

Perfekt. Nora drückte ihm noch einen Kuß auf die Stirn und klärte telefonisch das Treffen mit ihrer Freundin ab. Lucan behagte die Vorstellung, die Wohnung ganz für sich allein zu haben, um sich in seinem Geheimzimmer hingebungsvoll dem Phantasusbuch widmen zu können. In der Zeit, die Nora noch in ihren Sachen herumkramte, spülte Lucan das Geschirr, hörte den mit vielen Nachrichten besprochenen Anrufbeantworter ab, ohne jemanden zurückzurufen, und bereitete dann sein Zimmer vor. Im gewohnten Ritual entzündete er die Kerzen, dimmte das Licht seiner Leselampe und zog sich in den Sessel zurück. Doch bevor er *Phantasus* begann, griff er nach *Monolith*, um das Donnergedicht zu überprüfen. Ja, er hatte es korrekt rezitiert. Er blätterte auf die erste Seite dieses Werkes und las noch einmal dessen passende Widmung. *Der meinigen Wildnis.*

Lucan legte das mitternächtliche Buch aus der Hand, öffnete feierlich den roten Band und vertiefte sich wieder in die alte Schrift. Die Erzählung beschrieb eine eigentümliche Welt, eine Welt, die zu den Gesichtern und der Photographie von Lilith Faye Gwyneth paßte, eine Liebe, gewirkt und geschlagen von all der eindringlichen Intensität ihrer Worte. Thornton war Evelynnes Geliebter, der seelennah durch ihre Träume und ihr Leben glitt und doch bis auf wenige reale Begegnungen körperfern blieb. Um den Mann als Hirngespinst oder Lüge abzutun, gab es zu viele Beweise, die vom Gegenteil sprachen. Lucan fand in der Mitte des Buches Liliths Satz aus dem Monolithen: *Zum Greifen nah, aber doch nicht näher.* Im Grunde war es der Kernsatz der Erzählung, denn er umschrieb den Phantasus sehr sinnfällig. Als Lucan über die Hälfte des Buches hinaus war, hielt er bei folgenden Worten kurz inne.

So manche Menschen tragen Namen, die bei ihnen fehl am Platze sind. Denn wer könnte Constantin heißen und behaupten, immer der Standhafte zu sein? Oder Rufus, ohne rothaarig zu sein, wie es die Bedeutung vorgibt? Doch Thornton hatte nicht nur den Donnergott in seinen Silben, er war diese Kraft selbst. Und so schenkt mein Herz ihm einen eigenen Ruf, einen Namen, wie nur ich ihn nenne. Denn es ist Er, der Donnerer.

Lucan triumphierte still darüber, daß er Thornton längst selbst diesen ähnlichen Namen – Donar – gegeben und die offenkundige Verbindung rasch hergestellt hatte. Neugierig las er weiter und kümmerte sich nicht um Nora, die er irgendwann nach Hause kommen hörte.

Als das Werk endete, wie es der Prolog versprochen hatte, fühlte Lucan sich wie wundgeschürft. Madam Gwyneth hatte die Macht, den Leser ihr Leiden leben zu lassen. Keine Schonung für den heimlichen Betrachter, kein auflösendes Ende, nur der bitterwilde Nachgeschmack von etwas Nachtschattenliebe. Lucan war getroffen und wußte nicht, ob es von der Geschichte allein kam oder auch von der Schreibsinnlichkeit der Autorin.

In dieser Nacht saß er noch lange in seinem Schriftzimmer, blickte über die Buchstaben, die den *Phantasus* zusammensetzten, und konnte das Gefühl nicht loswerden, daß es Lilith Faye Gwyneth selbst war, die all das, was dort stand, erlebt hatte. Es war ihre eigene Geschichte, und das ließ ihn erschauern, weil er einen Teil ihres Lebens berührt zu haben schien, indem er die Wahrheit erriet, indem er ihre Heimat abgeschritten war. Das machte dieses verschlungene Gefühl in ihm aus, und er las noch einmal die letzten Worte des Phantasusbuches.

Die Tinte, die nicht ausreicht.
Der Schreiber hat die wahren Wendungen
nicht finden können.
Ich habe das Werk erklärt
und die Worte nie getroffen.

Als der Montag begann, war Lucan gut gelaunt. Er haßte zwar die Vorstellung, wieder zum Verlag fahren zu müssen und Zeit abzusitzen, aber er war zu befriedigt von der vergangenen Nacht und dem beendeten *Phantasus*. Gedankenverloren machte er sich an die Arbeit und sah ein paar Manuskripte durch, die auf seinem Schreibtisch gelandet waren. Alles, was er las, verblaßte gegen Liliths einmalige Schrift. Die neuen Autoren kamen ihm so abgeschmackt, so eminent trivial vor, daß ihre Werke ihm nicht mal mehr ein Lächeln entlocken konnten. Wenn er doch eine gesamte Halde voll von diesen Machwerken gegen *ein* Buch von Lilith hätte eintauschen können! Sie hatte nur drei Bücher veröffentlicht, aber wer wußte schon, wieviel diese Frau tatsächlich geschrieben hatte? Sie hatte mehr geschrieben, ihre besessenen Worte aus dem Monolithen erzählten ihm davon. *Sie ist tot, wir werden es nie wissen.* Ja, diese Frau war tot, gehörte nicht in sein Jahrhundert. Sie war faszinierend, ihre Werke fesselnd, aber sie war unbekannt vorübergegangen, hatte Lucans Zeit nur streifen können. *Wie hätte sie heute geschrieben?* Lucan wäre begierig auf ihre Gedanken gewesen, hätte gern ein neuzeitliches Interview mit ihr gelesen. Während er im Namen seines Vorgesetzten einen Brief an einen jener Autoren aufsetzte, um ihn mit einer niederschmetternden Absage zu versorgen, fiel ihm die Photographie wieder ein und das noch unbekannte Buch *Yggdrasil.*

In ein paar Stunden würde er wieder zu Hause sein und lesen können. Doch vielleicht sollte er mit *Yggdrasil* noch ein bißchen warten, er war noch zu sehr im Banne des *Phantasus.* Vielleicht sollte er es genüßlich noch einmal lesen, leise und langsam die Worte aus den Seiten saugen und ihren anregenden Geschmack ganz in sich aufnehmen.

Zwei weitere Nächte lang leisteten ihm Evelynne und Thornton erneute Gesellschaft. Diesmal konnte Lucan wirklich genießen, folgte nicht hastig dem Spannungsbogen, weil er den Verlauf der Erzählung bereits kannte. Zwischendurch stöberte er in *Monolith*, wenn ihn eine Stelle an Liliths Kurzprosa denken ließ.

Er fühlte sich durchaus zufrieden, als er am Mittwochmorgen aufstand.

«Denk dran, wir sind heute abend zum Essen eingeladen», teilte ihm Nora mit, während er sich anzog.

«Ach wirklich? Heute?» Der Gedanke mißfiel ihm, denn er hatte einen anderen Plan im Sinn. An diesem Abend wollte er mit *Yggdrasil* beginnen. Die Vorstellung, statt dessen zwei Freunde zu treffen, die ein Kind erwarteten, war ein magerer Ersatz.

«Ich freue mich schon. Außerdem sehen wir beide uns dann auch mal wieder länger als fünf Minuten vor der Arbeit oder in der Küche.»

Lucan drehte sich zu Nora, und sie lachte ihn an.

«Du hast vollkommen recht.»

Nora hatte ihn kaum zu Gesicht bekommen, weil er gearbeitet und Liliths Worten den Vorzug gegeben hatte. Er beugte sich zu ihr und gab ihr einen entschuldigenden Kuß. *Vielleicht ist es sogar ganz gut, eine Nacht Pause zwischen die beiden Romane zu legen.*

Ein klein wenig Mißmut blieb bestehen, und wirklich interessant wurde der verplante Abend für Lucan erst, als sein Freund Philipp nach dem Essen einen Stapel Namensbücher auf den Tisch legte, um nach Kindernamen zu forschen. Natürlich wollte jeder erst seinen eigenen Namen nachschlagen, um die Bedeutung zu erfahren. Lucan durchblätterte rasch alle vier Bände, aber sein Name war nicht verzeichnet. Es gab nur Lukas und Luca. Daraufhin nannte Philipp ihn den Rest des Abends den Mann ohne Bedeutung, und irgendwie hatte er damit eine empfindliche Stelle getroffen. Nora allerdings, abgeleitet von Eleonore, hieß: Gott ist mein Licht.

«Na, so was», sagte sie bloß, aber lächelte ein bißchen darüber. Lucans Finger begannen unauffällig, die Frauenvornamen mit L durchzublättern.

«Hier steht sogar Lilith drin», wandte sich Nora einen Moment später unerwartet an ihn, und Lucan klappte ertappt sein Buch zu, «Im Babylonischen bedeutet es Sturmdämon und wurde im Hebräischen zu Nachtdämon. Puh, kein netter Name!»

«Allerdings», sagte Lucan. *Ein Dämon! Wenig schmeichelhaft!* Er fragte sich, was Lilith darüber gedacht haben mochte.

«Ich verstehe das nicht, wie man einem Kind solch einen Namen geben kann», mischte sich die werdende Mutter ein. «Er klingt zwar ganz schön, aber diese Bedeutung!»

Lucan nickte. Waren Liliths Eltern sich im klaren gewesen, mit welch unheilvollem Signum sie ihre Tochter belastet hatten? Er zog einmal verachtend seine Augenbrauen hoch, ehe sie alle ins Wohnzimmer wechselten, um einige Partien Doppelkopf zu spielen. Nach zwei Stunden fuhren Nora und Lucan zurück nach Hause. Als Lucan sich in dieser Nacht schlafen legte, dachte er an Lilith als einen Nachtdämon und an sich als einen Menschen ohne Bedeutung.

AM NÄCHSTEN MORGEN hatte Lucan Liliths Namen im Kopf und stattete seiner Bibliothek vor der Arbeit einen Besuch ab. Wenn Lilith ein Dämon war, stand sie womöglich in einem seiner Lexika verzeichnet. Er nahm sich das erste Nachschlagewerk vor und wurde mit der Information überrascht, daß Lilith nach jüdischer Volkstradition der Name der ersten Frau Adams war, die ihn verlassen und sich hernach verwandelt hatte. Lucan schmunzelte unwillkürlich darüber, daß laut dem Midrasch selbst der erste Mann eine Exfrau besessen hatte, noch dazu eine, die zum Dämon mutiert war.

Er ordnete das Buch wieder ins Regal ein und suchte nach dem Lexikon der biblischen Personen, das er antiquarisch erstanden hatte. Hier fand er Sätze über Lilith, die ihn schaudern ließen.

«… nach der Kabbala ist Lilith eine vielbeachtete Figur als Würgerin kleiner Kinder, Mutter zahlreicher Dämonen und im menschlichen Bereich gegenwärtige Gestalt der bösen Mächte.» Lucan klappte das Buch zu und verließ rasch den Raum. Keine Bedeutung zu haben war besser als jene.

YGGDRASIL LAS LUCAN in der Nacht von Donnerstag auf Freitag. Es war irgendwie gebändigter als die anderen beiden Bücher, vielleicht resignierter. Gewidmet war dieses abgeklärte Werk einer Frau namens Lavonne. Das Buch war nur ein Jahr nach *Phantasus* erschienen, und trotzdem hatte sich etwas am Schreibstil der Verfasserin erheblich geändert. Die Geschichte handelte von einem Menschen, der tagsüber seiner geregelten Arbeit nachging und nachts, von allen unbemerkt, an der Yggdrasil lebte, zwischen Sagengestalten und fernen Göttern.

Keenan Addams hieß der Hauptakteur dieses Buches. Es war für den Mann schwer, die beiden Leben miteinander zu vereinbaren. Wieder ging es in Lilith Gwyneth' Roman um die Frage nach der Wirklichkeit und der Wahrheit. Hier erzählte sie von einem Menschen, der zum Teil in einer völlig anderen Realität lebte und sein Ende in einer Anstalt fand.

Ihre Worte bedrückten ihn. Das Thema schien Lilith Gwyneth sehr beschäftigt zu haben: die schweren persönlichen Entscheidungen, wenn man nicht in das gewohnte Bild der Welt paßte, und die Opfer, die man für seinen Seelenfrieden zu bringen hatte.

Die nordische Mythologie wurde in diesem Buch als Fundament benutzt. Keenan Addams lebte wie alle Menschen in Midgard, dem Mittelpunkt der Welt. Dieses Reich wurde von der Midgardschlange umgeben und bewacht. Doch in den Vorbereitungen der Götter für Ragnarök, die letzte Schlacht, war ein Schlupfloch entstanden, durch das Addams Zugang zu Asgard, dem Land der Götter, erhielt. Auf seinen Reisen begegnete er vielen Wesen und bekam Einblicke in deren Welt. Und wie konnte es anders sein, auch der Gott Thor tauchte in diesem Roman auf, denn er war seit alters her der Beschützer und Freund der Menschen. Lucan fiel auf, daß Thor intensiver und plastischer als die anderen Nebenfiguren beschrieben war, und es wunderte ihn kein bißchen, es war eher so, als hätte er es erwartet. Erst am Ende des Buches traf Keenan Addams auf Odin, den obersten Gott jener Welt, der auch als «der Gehängte» bezeichnet wird. Odins Geschichte wurde Keenan Addams von Thor erzählt. Neun Tage lang soll

Odin an der Weltenesche Yggdrasil gehangen haben, um Runen aus einer Quelle namens Mimir aufzunehmen. Odin ging mit dem Haupt voran zur Quelle, um das ersehnte Wissen zu absorbieren. Dafür opferte er sogar ein Auge und weihte sich selbst. Lucan las die letzten Seiten des Romans noch einmal:

Keenan Addams zitterte, als er an die Weltenesche trat. Niemand war ihm begegnet, doch er hatte auf dem Weg aus seiner Welt in diese ein dunkles Lachen vernommen, dem er zwangerfüllt folgte.

Nach einiger Zeit sah er eine monumentale Gestalt, die am Weltenbaum hing und lachte. Keenan hörte deren alles beherrschende Stimme tönen: «Geweiht dem Odin. Ich selbst mir selbst, ich selbst mir selbst.» Es war ein gleichförmiger Singsang, der nur durch das irre Gelächter unterbrochen wurde. Doch plötzlich hielt Odin inne und hob den zu Boden geneigten Kopf.

«Du!» schrie er mit dröhnender Stimme in Keenans Richtung.

«Komm her!» befahl er mit so tiefen Lauten, daß sie den Boden erzittern ließen. Keenan gehorchte ohne Zögern. Schließlich stand er vor dem gehängten Riesen und betrachtete das verkehrte Gesicht.

«Stelle dich gefälligst auf den Kopf, wenn ich mit dir rede!»

Keenan folgte der Anweisung und machte einen Kopfstand. Er lehnte seinen Körper an den Baum, um das Gleichgewicht zu halten.

«So ist es schon besser», brummte sein Gegenüber, und Keenan sah, daß Odin tatsächlich ein Auge fehlte.

«Was glaubst du?» kam seine Stimme wieder auf. «Ohne ein Opfer wirst du nie in die heiligen Geheimnisse eingeweiht werden. Mein Auge war es mir wert. Aber was ist es dir wert, mein Freund?» Das eine Auge starrte in Keenans beide Augen und verursachte in dessen Herzen ein unerträgliches Gefühl. Das wahnsinnige Gelächter brach wieder aus dem Munde des Gehängten, so daß Keenan zusammenzuckte.

«Geweiht dem Odin. Ich selbst mir selbst ...», sang die Stimme erneut in endloser Monotonie. Keenan wartete lange, bevor er aus seinem Kopfstand glitt. Odins Stimme peitschte sogleich: «Ich bin der Herrscher! Du gehst dann, wenn ich will, daß du gehst. Dreh dich um!» befahl er. Keenan gehorchte abermals.

«Ich habe ein Opfer für dich», schmeichelte Odin dann leise. «Ich habe ein Opfer für dich, das groß genug ist, um deine Suche lohnend zu machen. Was ist? Willst du es annehmen?»

Als Keenan ihn stumm anblickte, fuhr er fort: «Es ist noch wirkungsvoller, wenn du das Opfer annimmst, ohne zu fragen, worin es besteht.»

Odins Gelächter drang durch alle Welten, Thors Donner gleich, und Keenan Addams erstarrte. Schwarze Wolken zogen auf. Blätter und Staub wirbelten wild durch den Orkan. Der gehängte Odin schwang im Wind umher, und das dunkle Wasser Mimirs, das unter ihm lag, spritzte auf. Das seltsame Naß berührte Keenan am ganzen Körper. Sein Leib wandte sich in Wildheit, und er schrie, ein Sturm erfaßte ihn wie die Hand eines Riesen aus Jötunheimr und hob ihn an. Odins Stimme folgte ihm wie eine nicht enden wollende Beschwörung.

«Mimirs Wasser hat dich berührt. Wissen soll dein Geschenk sein; die einzige Wahrheit. Aber weißt du, gegen was du es eingetauscht hast? Gegen deine Wirklichkeit, mein Freund. Deinen Körper brauchen wir hier nicht. Wenn du hier bist, bist du die einzige Wahrheit, und die Wahrheit ist, daß du in diesem Moment bist.»

Der Sturm drehte Keenan beinahe besinnungslos, während Odin weitersprach.

«Und der andere, der du glaubtest zu sein? Den werde ich für dich hüten. Geweiht dem Odin, ich selbst mir selbst.» So klang es bis in die Wirklichkeit hinein, in der Keenan Addams Körper hinter Stahltüren verschlossen wurde und panisch gegen das Eisen rannte, das in Wahrheit der Stamm Yggdrasils war.

Lucan schauderte es bei dem Schluß und vor allem bei den letzten Worten Odins, die das Buch beschlossen und sich an den Leser richteten.

«Geweiht dem Odin. Ich selbst mir selbst.

Was opferst du, der du dies liest? Was, frage ich dich, ist dein Opfer für die Wahrheit?»

Die nächsten zwei Wochen liefen nach einem ähnlichen Muster ab, Lucan ging vier mal die Woche arbeiten und besuchte an drei Tagen einige Seminare an der Uni. Wenn er zu Hause war, aß er mit Nora zu Abend, saß noch ein bißchen mit ihr zusammen und zog sich dann in seine Bibliothek zurück. Dort studierte er wieder und wieder Liliths Worte, beschäftigte sich mit der nordischen Mythologie, damit ihm auch die Feinheiten von *Yggdrasil* nicht entgingen, und suchte den Subtext jeder Zeile. Die Bücher lagen vor ihm wie ein Rätsel, das sich ihm zur Lösung anbot und ihn doch nur mit Hinweisen verhöhnte.

Lucan glaubte, daß Lilith sich in ihrem erschaffenen Charakter Keenan Adams gesehen hatte, auch wenn es nicht ganz offensichtlich schien. Er suchte nach Hinweisen in den Namen. Das brachte ihn darauf, im Internet nach der Bedeutung von Liliths zweitem Namen zu forschen.

Als er auf eine englische Website gelangte und herausfand, daß Faye Fee oder Elfe hieß, fiel ihm auf, das Gwyneth ebenfalls ein Vorname war, welcher für selig und glückbringend stand. Das war schon etwas optimistischer. Wenn diese Bedeutungen etwas aussagten, dann standen sie für Extreme, was gar nicht so unpassend sein mochte.

Lucan versuchte, auch in dieser Quelle noch einmal seinen eigenen Namen zu finden, und hatte diesmal Glück.

Lucan, angelsächsisch: verbindet. Irritiert starrte er auf das Wort. *Verbindet?* Jetzt hatte er aufgehört, ein Mensch ohne Bedeutung zu sein. Jetzt war er jemand, dessen Bedeutung er nicht verstand.

Die Schriften mit ihren stillen Andeutungen hielten Lucan beschäftigt. Schließlich war er sich nach einiger Zeit des Brütens und Recherchierens sicher, eine kleine Spur gefunden zu haben. Er saß bei Kerzenlicht an seinem Sekretär und schrieb die folgenden Namen untereinander auf ein Papier:

Lilith
Evelynne Thomas
Keenan Addams

Lilith war die erste Gemahlin Adams. Darauf folgte die durchaus bekanntere Frau Eva, und Eve war die Kurzform von Evelynne. Davon abgesehen, fiel es sofort ins Auge, daß Adam in dem Namen Addams enthalten war. Als Lucan dann noch den Namen Thomas nachschlug und herausfand, daß er Zwilling bedeutete, war das Rätsel für ihn gelöst.

Es schien bewiesen, daß Evelynne Liliths Zwillingsschwester war, ihr Buch-Pendant, und Keenan Addams ihre männliche Deckung. Zum Beispiel hatten der Name Keenan und der Name Lilith eine gewisse Gleichartigkeit in bezug auf Buchstabenanzahl und -wahl. Zufall? Das glaubte Lucan nicht. Er war in der Lage, Liliths Gedankengänge nachzuvollziehen, und wußte um ihre starke persönliche Präsenz auch in *Yggdrasil*. Lucan war in der Lage, sie zu entschlüsseln.

In den nächsten Tagen trieb Lucan jenseits der gewohnten Atmosphäre. Fragen zwängten sich durch alle möglichen Windungen seines Kopfes und verbreiteten Unruhe. Es schien, daß er, je mehr er sich in seiner Bibliothek verschanzte und die Geschichten ausforschte, immer unzufriedener wurde. Er kam nicht vorwärts, es gab nichts mehr von Lilith zu erfahren. Ihre Worte waren mit jedem weiteren Lesen wie Kalkablagerungen bis an seine Knochen gedrungen und gehörten fortan ganz selbstverständlich zu ihm.

Antriebslos schleppte er sich zu seiner Arbeit und zu einigen literaturwissenschaftlichen Seminaren. Auch Tibor war kein Erlöser. Lucan hatte ihm erst begeistert am Telefon von seiner neuesten Buchentdeckung erzählt, weil dieser sich über den akuten Zeitmangel Lucans beschwerte.

«Na, deine Bücher müssen ja verflixt gut sein, wenn du mich dafür dauernd versetzen willst. Ich erwarte von dir, daß du sie mir gleich vorbeibringst, wenn du sie durch hast, verstanden?»

«Klar», hatte Lucan geantwortet, obwohl er im selben Moment eine gewisse Nichtbereitschaft verspürte, Lilith mit jemandem zu teilen. Für Tibors Zerstreuung hatte er ihm sogar Pascales Telefonnummer gegeben.

«Ich weiß zwar nicht, was du damit willst, aber wenn du dir unbedingt mal wieder die Stimmung verderben mußt, dann hast du zweifelsohne die richtige Nummer!» Damit hatte er Tibor vorerst vertröstet. Mit Nora war es eine ganz andere Sache.

Lucan kam am Montagnachmittag aus seiner Bibliothek, um sich eine Kanne Tee zu kochen, als er Nora aus der Küche ausrufen hörte: «Au! Du kleines Biest! Du bist wohl in letzter Zeit ein bißchen viel mit Lucan zusammengewesen!»

Er betrat die Küche, aus der sich ein selbstgefälliger Kater entfernte. Nora schüttelte den Kopf, als sie Lucan sah, und rieb sich über den Arm. Gleich darauf bekam ihr Gesicht einen eifrigen Ausdruck.

«Was ist denn mit dir?» fragte Lucan sie verwundert.

«Och, nichts weiter», flötete sie unschuldig, «ich habe bloß vorhin eine ziemlich gute Idee gehabt.»

«So? Und was betreffend? Meinen Geburtstag vielleicht?»

Nora zuckte mit den Schultern und aß mit vielsagendem Blick Obstsalat aus einer Glasschale. *Was kann dir schon eingefallen sein!* Er haßte sich für diesen abfälligen Gedanken. Aber er traute ihr nicht zu, etwas für ihn zu finden, was ihn wirklich einnehmen würde, und vor allem erwartete er auch nichts dergleichen. Er liebte ihre Geschenke, aber gespannt machen konnte sie ihn nie, und alle anderen Freunde ebenfalls nicht. Es waren meistens nette, beziehungsweise lustige Präsente mit kleinen hämischen Andeutungen, zumindest die seiner männlichen Freunde, Tibor ausgenommen. Doch da fiel Lucan wieder ein, daß Nora ihn mit dem zuletzt geschenkten Füllfederhalter etwas überrascht hatte, als hätte sie etwas in ihm herumgestöbert und eine Regung aufgedeckt. Beinahe war er darüber wütend geworden. Was sollte das? Er schrieb doch gar nicht und fühlte sich auch nicht in der Lage dazu, es ernsthaft auszuprobieren. Ja, Lilith konnte schreiben, konnte das ausdrücken, was ihn bewegte.

«Lucan?» Nora unterbrach seine Gedanken. «Irgendwas beschäftigt dich doch die ganze Zeit über. Bist du eigentlich noch mit deiner Arbeit zufrieden?»

Er schaute verwundert auf.

«Ist mir das so deutlich anzumerken?»

Sie nickte und stellte ihre Salatschale weg.

«Es ist nicht nur die Arbeit», seufzte er, «es ist auch das Wissen, bisher nichts Beachtenswertes geschafft zu haben. Ich weiß auch nicht ...»

Nora trat zu ihm, und er nahm sie fest in seine Arme. Er seufzte, er hatte das Gefühl, nichts tun zu können, um etwas Zufriedenheit zu erlangen. Nora küßte ihn langsam, und er küßte mechanisch zurück. *Wieso kannst du mich nicht zufrieden machen? Was suche ich denn noch? Gibt es Menschen, die ganz unbekannte Dinge in mir hervorlocken könnten?* Er schauderte bei der plötzlich fleischlich werdenden Idee, die ihn bedrängte wie ein kleines Kind, das etwas Buntes, Glitzerndes entdeckt hatte und es unbedingt haben mußte. Könnte er es über sich bringen, nicht nur von opulenten Taten und Handlungen zu träumen, sondern sie zu tun? *Was denn tun? Was willst du denn tun? Das Studium ist es nicht, nein, das interessiert dich doch noch. Vielleicht sind es andere Menschen, neue Menschen. Jemand, der Worte sucht oder Worte ist. Jemand, der so wild ist wie ...* Lucan sah auf die blonden Haarsträhnen der vertrauten Frau, die sich lose vor seinen Augen wellten. Die Worte Odins hallten unerwartet durch seinen Kopf: *«Was, frage ich dich, ist dein Opfer für die Wahrheit?»* Auch Lilith mußte sich diese Frage gestellt haben. Wie hatten sich diese Ideen auf ihr eigenes Leben ausgewirkt? Lucan kam nicht umhin, sich in diesem Moment eines zu fragen: Wie wirkten sich diese Ideen auf *sein* Leben aus?

NACH EINEM LANGEN SPAZIERGANG hatte Lucan das plötzliche Bedürfnis, Tibor zu sprechen. Er rief ihn von einer Telefonzelle an und besuchte ihn gleich darauf in seinem planlosen Appartement.

«Na endlich, wurde auch langsam mal wieder Zeit. Ich habe Ablenkung bitter nötig, weil ich mich an einer Stelle meines Buches verhakt habe und nicht davon loskomme. Ich weiß gar nicht, warum ich das eigentlich tue. Das ist so grottenschlecht, was ich mache, daß mir selbst ganz übel davon wird. Im Ernst, ich wünschte, ich würde damit aufhören.»

Lucan setzte sich auf Tibors Ledersofa, ohne sich wie üblich über dessen orange Häßlichkeit zu beschweren, und blickte seinen Freund intensiv an.

«Sag mal, Tibor, was bedeutet das Schreiben genau für dich? Ich weiß, wir haben schon oft darüber gesprochen, aber was hat es eigentlich für eine Bedeutung in deinem Leben? Könntest du leben, ohne zu schreiben?»

Tibor lachte und lehnte sich an seinen Kühlschrank.

«Das ist ja mal wieder 'ne Frage. Puh. Hm, ich könnte womöglich überleben, klar, aber damit würde es mir nicht sehr gut gehen, schätze ich», sagte er überzeugt. «Beim Schreiben komme ich mir selbst und allem um mich herum einfach viel näher. Verstehst du?»

«Ich weiß nicht so recht …» Lucan blickte nachdenklich über Tibors chaotischen Schreibtisch. «Du stöhnst doch dauernd, so wie heute.»

«Ja, schon. Aber ein Buch fertigzustellen, ist mit viel innerem Zwang verbunden. Ich kann gar nicht anders. Ich bin tatsächlich erst dann erlöst, wenn ich es geschafft habe.» Tibor zwinkerte belustigt.

«Und trotzdem fängst du direkt danach ein neues Buch an, und alles geht von vorn los. Wie kann das sein?»

«Das, mein Guter, ist die elementarste Frage: Wie kann das sein? Ich sehne mich nach dem Buchende, nach der Ruhe, und ertrage, ehrlich gesagt, die Wortlosigkeit kein bißchen. Das ist wie ein abgebrochener Kontakt. Auf einmal bin ich aus der Zentrale ausgestöpselt.»

Lucan seufzte.

«Dann bin ich immer ausgestöpselt.»

Tibor verdrehte die Augen und machte sich daran, Wasser aufzusetzen.

«Ich verstehe dich nicht, warum fängst du nicht einfach an?»

«Nein! Das hat überhaupt keinen Sinn, es funktioniert nicht. Alle Gedanken, die ich habe, sind so … ach.»

«Du darfst keine Erwartungen haben, vergiß erst einmal den Anspruch, und vor allem, hör auf, das Schreiben zu beobachten», sagte Tibor und blickte ihn bedeutungsvoll an, «denn laß dir eines gesagt sein: Das Schreiben beobachtet *dich.*» Tibor stand auf, um den Tee aufzugießen. Lucan lehnte sich derweil zurück und dachte über das Gespräch nach. Als ihm eine Tasse gereicht wurde, rutschte Lucan ein Stück zur Seite, damit sein Freund sich neben ihn setzen konnte. Lucan blickte auf das Gonzo-Portrait über Tibors Gasherd und sagte plötzlich: «Ich bin so unzufrieden mit meinem Leben.»

«Wow. Das ist eine gewichtige Aussage. Was genau meinst du denn? Streit mit Nora gehabt?»

«Nein, nein. Es geht mehr um das, was ich beruflich machen will. Die Arbeit im Verlag geht mir auf die Nerven. Dieser ewige monotone Gleichtakt. Ich halte es nicht mehr aus. Das Studium schleppt sich im Moment auch nur so dahin. Ich weiß einfach nicht, was ich wirklich will», sagte er, und es war gelogen.

«Hm, das hört sich für mich nach einer kleinen, allgemeinen Novemberdepression an. Es hat nicht zufällig auch was damit zu tun, daß du in Bälde 27 wirst und noch immer nicht weißt, was du tun willst?»

Lucan schüttelte den Kopf.

«Quatsch. Was interessiert es mich, wie alt ich werde. Es ist diese ...»

«Diese was ...?»

«Ach nichts, ich kann es nicht erklären. Vielleicht ist es doch eine Herbstdepression», lenkte er ein und versuchte zu lächeln, während das Würgen des Nichterklären-Könnens sich ihm unliebsam und verstärkt gegen die Kehle drückte.

«Erzähl jetzt mal lieber, was *du* so treibst», forderte er Tibor auf, um das Thema von sich abzulenken.

«Tja, was soll ich sagen? Außer, daß ich mich für morgen abend mit deiner reizenden Stiefschwester verabredet habe.»

«Was? Ernsthaft? Pascale will sich mit dir treffen?» Lucans Augenbrauen waren in die Höhe geschnellt.

«Deine entgeisterte Reaktion ist eine entschiedene Diskriminierung meiner Person. Aber egal», kommentierte Tibor eindrucksvoll pikiert.

«Schon gut. Ich finde es eben extrem merkwürdig, wenn mein bester Freund anfängt, sich mit meiner Familie einzulassen. Das ist erschreckend.»

«Ja, da ist was dran», gab Tibor lachend zu und lehnte sich gemütlich zurück.

«Bist du eigentlich an und für sich nicht gut auf Pascale zu sprechen, oder nur in Hinsicht auf mich?»

«Hm, interessante Frage. Ich habe nie groß darüber nachgedacht. Eigentlich mag ich Pascale. Auf eine Art verstehen wir uns sogar sehr gut, besonders wenn es um Literatur geht. Ansonsten herrscht eine vollkommen normale Unstimmigkeit zwischen uns, Familienmitglieder eben.» Lucan starrte abwesend auf die nebligen Hitzeschwaden, die sich aus seiner Teetasse erhoben.

«Alles klar! Ich glaube, sie hat dich auch ziemlich gern. Sie spricht viel über dich. Na ja …», winkte Tibor ab, «aber jetzt mal was anderes: Rate mal, was unser Freund Stephan zur Zeit für ein außerordentliches Berufsziel anstrebt!»

Lucan stöhnte. «Was ist es diesmal? Etwa Rennfahrer?»

«Verrückter. Bankkaufmann!»

Lucan schmunzelte, und sie unterhielten sich noch ein bißchen über ihren Bekanntenkreis. Kurz bevor Lucan dann aufbrechen wollte, fragte Tibor ihn noch einmal, wie gut denn die Bücher seien, die Lucan gerade las.

«Ich bin noch dabei, mir ein Urteil zu bilden. Wenn sie sich lohnen, dann werde ich sie dir bestimmt irgendwann ausleihen», sagte Lucan, ohne es zu meinen, denn erst einmal gehörten sie ihm, ihm allein! Dieser Egoismus war von köstlicher Einfältigkeit.

«Gut, gut», sagte Tibor und zeigte auf den Stapel Bücher, den er sich vorgenommen hatte. «Ich bin noch versorgt. Außerdem lese ich eh wenig, wenn ich schreibe.»

Damit verabschiedeten sie sich. Lucan verließ seinen Freund zum erstenmal wirklich unbefriedigt. Er hatte einfach nicht über seinen Zustand reden können. Er kam sich wie eine Schlange vor, die sich in ihrer alten Haut versteckt hielt.

LUCANS VERDROSSENHEIT nahm stetig zu, egal wie er sich zu beschäftigen suchte. An einem Abend saß er mit Nora und Tibor im Kino. Er war nicht bei der Sache, der Film langweilte ihn, und doch traf ihn ausgerechnet ein dümmlich vorgetragener Satz eines Ganoven: «Du brauchst eine Veränderung? Merke dir eines, man fängt immer bei seiner Frau an!» Der Gedanke gewitterte durch seinen Kopf als eine hypothetische Überlegung ohne Bedeutung.

Nora verlassen? Und auf etwas warten, was vielleicht niemals kommen wird? Er machte sich nichts vor, der nächste Mensch, auf den er sich einlassen würde, müßte wie eine Evelynne sein, leidenschaftlich wie der Sinn des Buches. Sie müßte sich anfühlen wie eine *Lilith Faye Gwyneth. Wie absurd! Absolut absurd!* Er lachte, überrascht von seinen eigenen Gedanken, kurz auf, und Nora und Tibor blickten verdutzt zu ihm herüber. Die Leinwand zeigte eine nackte Frau.

«Was ist?» fragte Nora leise, doch Lucan winkte ab. Ja, was war los? Was um alles in der Welt war los mit ihm, daß er sich in derartigen Erwägungen und Emotionen verlor? Doch er konnte nicht damit aufhören, denn diese Phantasie war tatsächlich in der Lage, ihn zu bewegen. Sie konnte den leeren, weiten Raum, in dem Lucan sich ständig aufzuhalten schien, mit etwas füllen, allerdings mit etwas, was sich anfühlte wie ein Netz voller Metaphern, die das eigentlich klare Wort verrätselten.

Lucan dachte daran, wie es wäre, jemanden wie Lilith zu treffen, der sein Leben von Grund auf verändern würde. Dieser Gedanke durchirrte ihn, heftig kribbelnd wie eine gefangene Fliege in der Hand. Dabei hatte er Evelynne im Kopf, die durch die Begegnung mit ihrem Nachtschattenmann eine ganz eigentümliche Welt entdeckte, eine Welt, in der alles Vertraute verschwommene Konturen und neue Bedeutungen bekam.

Als die Filmfiktion endete, begann Lucans Privatfiktion. Erst spät fiel ihm auf, daß er nicht nach irgendwas oder irgendwem suchte, sondern nach Lilith selbst.

Eine Woche vor seinem Geburtstag lag Lucan auf seinem Bett. «Lilith Faye Gwyneth», flüsterte er leise, wie eine magische Formel, doch je länger er von ihr flüsterte, desto weniger ließ sich der zu ihm gebannte Geist wieder zurückschicken, zurück in die alten Buchseiten, die doch eigentlich bloß mit toten Buchstaben bedruckt waren. *Aber ich sehe die Schriftstellerin hinter den Worten, ich kann den wirklichen Menschen sehen, zusammengesetzt aus ihren Buchfiguren. Eine Frau, der ich alles zutraue. Und eine Frau, die nicht mehr lebt …* Eigentlich war es nicht vorstellbar, sie kam ihm so tatsächlich vor, so unglaublich präsent.

Lucan zuckte von dem Klopfen an seiner Zimmertür plötzlich zusammen. Nora betrat leise den Raum und legte sich neben ihn. Vorsichtig fragte sie: «Hast du Lust, heute abend mit mir auszugehen?»

Er drehte müde den Kopf zu ihr.

«Eigentlich nicht.»

Ihr enttäuschtes Gesicht entging ihm nicht.

«Ach bitte, Lucan. Wir haben schon so lange nichts mehr gemeinsam unternommen.»

«Es tut mit leid», sagte er leise und drehte sich von ihr weg. Er hatte eine Zeitlang gehofft, Nora wäre seinem Phantasus gewachsen. Als Lucan zuhörte, wie sie das Zimmer verließ, zuckte es einmal heftig durch seinen Oberbauch. *Irgendwann hat sie genug davon …*

Lucan betrachtete diesen Gedanken mit einem Mal sehr nüchtern und versuchte, sich ein Leben ohne Nora vorzustellen. Er bemerkte nichts als seine Feigheit. *Ist das alles? Feigheit? Hält mich nicht mehr an ihr?* Es war mehr, aber er fand es nicht wieder. Er war zu sehr beseelt mit der Suche nach dem eigentlichen Stellenwert seines Lebens. Wäre er ohne Nora besser dran? Zumindest könnte er wieder allein wohnen und hatte nicht diese vollständige Nähe, die ihn dazu zwang, sich Fluchten zu erdenken. Aber was ihn letztlich anstachelte, war die Macht, die Nora über ihn bekommen hatte. Er wollte von niemandem abhängig sein und fühlte jetzt diese Bindung stärker als je zuvor. Er wollte sich lösen, ehe er ein Mensch wurde, der sich vor dem Alleinsein fürchtete.

Zeit, Zeit, ein wenig Zeit wollte er sich noch geben. Sie verstrich mit höhnender Eifrigkeit bis zu Lucans Geburtstag, dem zwanzigsten November.

Ständig klingelte es an der Wohnungstür, ständig kündigte das aufdringliche Surren die obligatorischen Eindringlinge an. Lauter ungebetene Gäste begrüßten Lucan, bemerkten seine offensichtliche Teilnahmslosigkeit nicht. Nora hatte sie eingeladen und wohl gehofft, daß sie ihn ablenken würden. Lucan bedankte sich für die Geschenke, die sich auf einem Tisch häuften, einige unbedeutende Bücher und eine Palette bunter Tassen, die mit den Körpern seiner Freunde bedruckt waren. Ihre albernen Verrenkungen bildeten Buchstaben und ergaben zusammengestellt Lucans Vornamen. Die sechste Tasse stellte ein Ausrufezeichen dar, mit einer Person als Strich und dem Kopf eines anderen als Punkt. Lucan seufzte bei dem Gedanken an all diese Menschen hier, sie waren ihm stumpf und bedeutungslos, auch Nora. Diese scheinbare Geburtstagsparty war wie ein kleiner Verrat von ihr. Sie wußte, daß er momentan einfach keinen Wert auf diese Art von Gesellschaft legte! Also warum? Eigentlich war die Frage nicht schwer zu beantworten, natürlich hatte sie es bloß gut gemeint, wie alles, was sie tat. Als es das nächste Mal klingelte, standen seine Mutter und Pascale vor der Tür, in überraschender Begleitung von Tibor.

«Wir haben uns erst vor der Tür getroffen!» flüsterte ihm sein Freund erklärend zu und drückte ihm sogleich einen Büchergutschein für den nächsten Englandbesuch in die Hand. Lucan bedankte sich aufrichtig und ließ dann Pascale und seine Mutter mit einem gezwungenen Lächeln herein. *Na bravo! Ausgerechnet noch Pascale! Was soll's, einer mehr oder weniger stört auch nicht weiter.* Seine Mutter umarmte ihn fest und überreichte ihm einen Umschlag mit Geld, den er dankend annahm. Pascale hingegen legte ihm einen riesigen Blumenstrauß in den Arm und ein schmales Paket. Höflich öffnete er es gleich und staunte, denn ein altes englisches Buch lag in seinen Händen, verfaßt von einem der Schreiber, die ihn wirklich begeisterten. Es war eine eingebundene Ausgabe von Jerome K. Jeromes meisterhafter *comic novel «Three Men in a Boat»*.

«Danke», sagte er schlicht, aber der warme Ton in seiner Stimme brachte Pascale zum Lächeln, und sie strich verlegen mit den Händen über ihre schwarze Anzughose. Sie kam auf Lucan zu und umarmte ihn flüchtig. Er fühlte eine kurze Enge in der Brust und registrierte gleichzeitig die starke Vertrautheit. Er schaute Pascale nachdenklich an und ließ dann seinen Blick weiterwandern. Mit einem Mal bedrückte ihn das ganze Szenario sonderbar. Warum konnte er sich nicht mit allen hier verstehen und sich wie sie amüsieren? Einen seltenen Augenblick lang wollte er die gesamte Welt in seine Arme reißen, an sich drücken, bis sie die Luft verlieren und wieder so unbedeutend und belanglos wie ein leerer Plastikball werden würde. *Mein Gott, in was für einer Form des Lebens befinde ich mich eigentlich? Warum kann ich nicht wie ihr auch sein, so scheinbar ohne Schmerzen? Empfindet ihr die Luft, die ihr da tagtäglich in eure Körper saugt, als schön und füllend, oder tut ihr nur so? Wieso schmerzt sie euch nicht und brennt euch mit dem giftigen Atem die Lungen aus? Zerfrißt euch denn gar nichts Bauch und Fleisch?* An dieser Stelle seiner ungewohnten Gedanken kam Nora in den Raum zurück und strahlte, bis sie in Lucans verzogenes Gesicht sah. Unauffällig verließ er den Raum. Als er sah, daß Nora ihm gefolgt war, ging er gleich auf sie zu und umarmte sie. Die silbrige Kleidung, die Nora aus London mitgebracht hatte, knisterte in ihrer Umarmung.

«Ach Nora», flüsterte er rauh, «warum ist bloß alles so verschoben?»

Sie sagte nichts und wiegte ihn beruhigend in ihren Armen. *Ich muß es dir sagen. Du sollst gehen.* Während dieser inneren Worte krampfte sich Lucans Leib so sehr zusammen, daß er glaubte, seine inneren Organe erbrechen zu müssen. Plötzlich stieß er Nora leicht von sich und ging wortlos zurück zu den anderen Menschen, die so unbedeutend geworden waren, daß sie nicht einmal mehr Namen brauchten. Nach einer weiteren leeren Stunde tat er etwas, das ihn erlösen sollte: Er täuschte einen Migräneanfall vor. Dies war niemandem unbekannt, und so verließen bald alle mit besorgten Gesichtern bereitwillig die große Wohnung. Zurück blieben dreckige Teller und Gläser und Luft voll von ausgestoßenem Rauch. Lucan versuchte nicht, bei Nora den Anschein zu erwecken, daß ihm ernsthaft etwas fehle. *Sie weiß es sowieso. Gut so.* Er ging auf sie zu, um ihr etwas zu sagen. *Schau ihr nicht in die Augen, nicht in die Augen.* Aber er mußte es tun. Ahnungsvoll blickte das Blaßblau auf ihn und rechnete doch nicht mit dem, was er ihr sagte.

«Ich möchte, daß du auch gehst, Nora.» Sein Tonfall ließ keine Täuschung zu. Sie konnte nichts sagen und starrte ihn nur an. Nach zwei, drei Sekunden entfernte sie sich wortlos aus dem Zimmer. Die Silbergestalt war geschlagen. Lucan suchte seine Jacke und verließ die Wohnung für einige Stunden. Er fuhr mit seinem Wagen durch die Straßen, ging in irgendeinem Wald spazieren und trank einen Tee in einer nahen Gaststätte.

Ich habe es getan, dachte er, während er zwischen siebzigjährigen Damen eingekeilt saß, *sie hat nichts gesagt, nichts. Keine Regung, keine Wut. Gott, ich bin so abstoßend. So ungeheuer krank im Hirn. Ach Nora …*

Erst als er sich sicher sein konnte, daß Nora bei seiner Heimkehr verschwunden sein mußte, fuhr er zurück. Unruhig betrat er die Wohnung und machte überall Licht. Noras Zimmer mit den dunkelorange verwischten Wänden war bis auf einen großen Kleiderschrank leer. Lucan lehnte sich ans Fenster und atmete ein paarmal tief ein und aus, um das überwältigende Gefühl der jetzigen Tatsächlichkeit, die er selbst geschaffen hatte, zu verarbeiten. Sie hatte alles mitgenommen. Wo war sie überhaupt hin? *Wo bist du, Nora, wo kann ich dich erreichen?* Aber vielleicht war es gut so, das beste sogar.

Wie unter Zwang säuberte Lucan die gesamte Wohnung, bis alle anderen Überreste menschlichen Lebens, außer seinen eigenen, hinaus verschwunden waren. Jetzt war alles leer und frei, und lustlos nahm er das Paket in die Hand, das noch unberührt herumgelegen hatte. Mit raschen Handbewegungen öffnete er es. *Ein Buch?* Stirnrunzelnd nahm er es aus dem Karton und öffnete es. Er wurde bleich.

«O mein Gott», sprach er tonlos.

«Lilith!»

IV

RÜCKZUG

Es war ein in abgenutztes, braunes Leder geschlagener Band. Ein dumpfer Kellergeruch haftete daran von all der Zeit, die es an irgendeinem Ort vor sich hin gestorben war. *Nora. Es kann nur von Nora sein,* stellte Lucan beschämt fest. *Nora kennt mich nicht? Weiß nicht, was mich berührt …? Ach Lucan, du Narr!* Aber hätte es etwas an seiner Entscheidung geändert? Vielleicht, dachte er, vielleicht, und das reichte aus, um seine neugewählte Einsamkeit zu beschädigen.

Irritiert hielt er diesen Geheimnisträger fest und öffnete ihn behutsam, um das erste eingetragene Datum zu lesen. April 1856. Lucans Aufregung steigerte sich, und der Gedanke an Nora rückte auf einen Platz in der hinteren Dämmerung, denn in diesem Jahr waren sowohl *Phantasus* als auch *Yggdrasil* erschienen. Lucan hatte sich oft gefragt, wie jenes Jahr verlaufen war, das Liliths Schreibstil so merklich hatte beeinflussen können. *Was für ein unglaubliches Geschenk!* Er bereitete alles vor, um seinen Geburtstagsabend mit Lilith zu verbringen. Er entzündete Kerzen in der Bibliothek, holte sich die halbgefüllte Whiskeyflasche und ein passendes Glas und noch ein Stück seines Geburtstagskuchens. Nachdem er einige Schlucke des bernsteinfarbenen Gebräues getrunken hatte, um sich den Magen wärmen zu lassen, schlug Lucan unsicher das Tagebuch auf. Hatte er eigentlich ein Recht darauf, in solch Privates einzudringen? Zwar war es eine recht lang vergangene Intimsphäre, aber dennoch zögerte er kurz. *Ich interessiere mich nicht aus Sensationsgier für sie, ich verehre sie als Schriftstellerin, sicher hätte sie das verstanden.*

Als er die erste Seite aufblätterte, fielen Lucan die Worte des Antiquariatsbesitzers wieder ein, der erwähnt hatte, daß Liliths Handschrift nahezu unleserlich sei, und fast angstvoll hoffte er, ihre Worte entziffern zu können.

2. April 1856

Jeder Beginn.

Meine Eltern? Ja, meine Eltern haben mich gut versorgt und mir eine vorbildliche Erziehung angedeihen lassen. Vergebene Liebesmüh.

Und sie haben meinen Intellekt angemessen beschnitten. Um es auf den Punkt zu bringen: Sie haben meinen Geist verrotten lassen …

Beim Anlesen der ersten Seite bemerkte Lucan schnell, daß es gar keine Schwierigkeit für ihn darstellte, die enge, dahingekritzelte Schrift flüssig durchzulesen. Man durfte nur nicht zu genau auf die einzelnen Buchstaben schauen, sonst verschwamm die Aufschlüsselung.

Erleichtert vertiefte er sich in die Bekenntnisse einer fremden Frau, die sicherlich nie damit gerechnet hatte, daß mehr als ein Jahrhundert später ein unbekannter Jemand ihre intimen Aufzeichnungen lesen würde.

... Nein, Lilith, derartige Dinge bleiben immer noch den intelligenten Männern vorbehalten. Für dich ist es nicht schicklich, zu viel zu wissen. Besinne dich auf deine gute Erziehung und die Qualitäten, die du als Frau aufzuweisen hast.

Oh, vielen Dank! Welch ehrenvolle Aufgabe für mich!

Natürlich, ich vergesse meine Fragen, bleibe seelendumm, ungebildet.

Es ist auch nicht schicklich zu fragen, woher der Glaube kommt oder die Religionen. Was befaßt du dich damit?

Kleine Lilith (in scharfem Ton gesprochen), sind das nicht Fragen, mit denen sich kluge Männerköpfe auseinandersetzen sollten? Denke auch daran, daß Gott niemals anzuzweifeln ist. Ich weiß es, denn ich bin sein Priester (so oder ähnlich).

Gut, Gottesmann, Ihr habt meine empfindsame, gutgläubige Seele wirklich zu lange unter Eurer Tyrannei gehalten. Heute nicke ich zu Euren Worten, während ich Euch mit Flüchen belege, bei denen Ihr blaß werden würdet. Wo ich sie gelernt habe? In einem London, das Ihr niemals betreten werdet. Was wißt Ihr über Eure Schäfchen, Priester? Die da fort sind von jedem Gott und sich Lüsten hingeben, die Sünde sind und gleichsam das einzige, was die Zeit vorwärts treibt.

Ihr liebt alle Menschen? Ja, das tut Ihr, sofern sie Geld und fromme Lügen in Eure Taschen geben.

Und was macht es mir? Das sind Welten. Ich will zu keiner wirklich gehören. Es ist eine einsame Position, aber MEINE Position.

Ich lasse mich nicht biegen zu Euresgleichen. Niemals. Ich erschaffe eigene Segnungen, ich schreibe ein Leben.

Und doch … Es sind nur Worte, die sich mir vom Fleische schneiden. Sind sie nicht wie Sinnlosigkeit, die sich von mir gebären läßt? Trotzdem drängen sie sich dem Gehör entgegen und zwingen meine Hände zu erschaffen. Versprechen sie sich Ewigkeit durch eines Menschen Hand? Wie überaus trügerisch! Mein Freund, das Feuer, würde es lieben, ihre Ewignis zu schlingen.

Sterblichkeit ist uns auf den Leib geschneidert, Unsterblichkeit auf die müde Seele.

Der Eintrag brach unvermittelt ab. Worte waren es nur, wie Feststellungen ihres Lebens. Eigentlich hätten sie fremd und undurchsichtig sein müssen, aber so war es nicht. Bereits nach diesen paar Zeilen schien die wirkliche Lilith vor ihm zu liegen mit ihrer Ungebrochenheit, ihrem Willen und ihrer Tücke – und ihrer Einsamkeit.

Lucan war derart von Liliths Präsenz getroffen, daß es ihn hinunterzog in ihre Jahrhundertebene.

14. April 1856

Heute ist ein kleiner Freudentag. Weedon ist vorbeigekommen und hat mir mein Buch mitgebracht, das zweite, das an die Öffentlichkeit gebracht wird: meinen «Phantasus». Das Buch sieht wunderschön aus; wie Blut.

Weedon hat mich zum Essen ausgeführt. Wie gewohnt nur das Beste. Weedon kann so stolz und anmaßend sein, aber er ist mein Freund. Er glaubt an meine Bücher. Vielleicht nicht wirklich, aber er glaubt an mich.

Wen habe ich außer ihm? Niemals vergesse ich meine Schwester, nein, nein. Wo wäre ich denn ohne dich, gelieb-

tes Herz? Wenn du nicht meine Wohnstatt stützen und meinen Magen füllen würdest. Ach, Lavonne, ich liebe dich dafür. Auch wenn du mich niemals ernstlich verstehen wirst.

Verabscheust du mich manchmal, wenn du meine Welt kurzzeitig betrittst und dann zurückschwindest zu Mann und Kindern? Deinen Kindern, Lavonne, die ihre Tante nicht kennen sollen?

Oh, ich will sie nicht nur von weitem sehen. Ich will sie berühren und mit ihnen reden, sehen, ob sie dir ähnlich sind, oder unseren Eltern. Ja, diese sollen in der Hölle tanzen für all die Sünden an uns.

Bringe sie zum Schreien, Feuergott, zeige ihnen das wahre Leben, den einzig wahren Schmerz. Sie sind verteufelt arme Kreaturen …

Ich will heute nicht schreiben, all diese Gedanken zerfressen mich wie Leichengift.

Ach, wo ist der Erlöser, mein …

Die Fülle an intimen Worten ließen Lucan das Buch zur Seite legen. Er war verschlungen mit den Jahrzehnten, die ihn von dem Menschen trennten, der seine Isolation verstanden hätte. Einem Impuls folgend, holte Lucan das *Yggdrasil*-Buch hinzu und schlug es auf. Jetzt verstand er die Widmung, Lavonne war Liliths Schwester.

«Stell dir vor, Lilith», flüsterte er ihrem Bildnis entgegen, «wir hätten uns sehen können. Du hättest verstanden, wie ich fühle. Verflucht, warum gibt es dich nicht mehr? Warum ist da niemand?» Lucan verließ die Bücher und wanderte durch die Wohnung. Dimensionsstille umgeisterte ihn und begoß sein Abseits. Nora ging ihm im Geist herum, Lilith und ihre fremden Namen, Weedon, Lavonne.

Müde von diesem Tag, brachte Lucan noch seine Bibliothek in Ordnung, bevor er schlafenging. Es dauerte auch nicht lange, bis er in einen tiefen, traumgewirkten Schlaf fiel. Er sah sich wieder auf dem Speicher stehen, in Liliths Wohnung. Zunächst sah sie sehr absurd aus, weil etliche zusammenhanglose Traumfragmente und Statisten noch gleichzeitig über seine Geistbühne stolperten. Langsam jedoch lichtete sich das anfängliche Chaos, jetzt war Liliths Wohnung vollkommen eingerichtet. Einige wenige Möbelstücke, schweres englisches Mobiliar, standen auf den zerschlissenen, düsterblau und dumpfroten Teppichläufern, die die nackten Bodendielen teilweise verdeckten. Kerzenleuchter, Papierstapel in großen Mappen und ein winziger Spiegel waren in ihrer Räumlichkeit vorzufinden, ansonsten wenig Tand, aber dafür Unmengen von Büchern.

Lucan sah sich aufmerksam um. Nur Lilith war nicht da. Er setzte sich an ihren Schreibtisch, faßte ihre Bücher und Notizen an, bis er ein bekanntes Buch erblickte: ihr Tagebuch. Ohne nachzudenken, nahm er es und blätterte es auf, doch die Seite war vollkommen unbeschriftet. Gedankenlos griff er nach der bereitliegenden, bläulich schimmernden Feder, die auf einem Schreibtablett neben dem Tintenfaß lag. Einzig dieses Schreibset wirkte kostbar. Lucan machte eine Eintragung. Es waren viele Sätze, die er da aufschrieb, wie ein Brief an sie. Während er arbeitete, konnte er sich schon nicht mehr recht entsinnen, worüber er schrieb. Als er schließlich wieder sanft in das 21. Jahrhundert hinüberglitt und aufwachte, erinnerte er sich nur noch an den einen Satz: *«Ich wünschte, ich wäre als Mann geboren.»*

Es war halb vier Uhr früh, und Lucan konnte nicht wieder einschlafen. *In ein paar Stunden muß ich zur Arbeit.* Er lachte abfällig, denn einer seiner Arbeitskollegen war auf seinem Geburtstag gewesen und wußte von dem Migräneanfall. *Also werde ich jetzt lesen, ich habe eine gute Entschuldigung.* Er machte sich nicht die Mühe, es sich in der zeitaussperrenden Bibliothek bequem zu machen, sondern holte das Buch in sein Bett.

13. Mai 1856

Die Dunkelheit läßt mich in ihren umfangenden Armen versteckt sein. Und es ist gut. Ich habe nie die Menschen verstehen können, welche die Nacht und ihre Lichtlosigkeit fürchten. Für mich ist sie Geborgenheit.

Mir ist es, als wäre nichts Sichtbares von mir noch da. Augen und Arme und Bauch und Beine haben sich in der aufsaugenden Schwärze verloren.

Ich liege auf meinem Bett und lasse die Finsternis von Musik erfüllen. Die Klaviertöne wandeln durch das starke Gemäuer des Hauses, um bis zu mir zu gelangen.

Nur in diesem schwarzen, kleinen Universum können die Laute sich mit mir verbinden, und doch tun die Töne mir weh. Es sind traurig wilde, blind ergreifende Melodien, die dich töten wollen, weil sie selbst soviel Schmerz sind, den sie nicht halten wollen. Ja, sie wollen ihn weitergeben. All diese menschlichen Stimmen, die sich mir anbieten, ohne von mir zu wissen. Und doch scheinen manche mich zu kennen, und das ist Rührung, oder nicht? Denn das ist Kunst. Ob es Bilder, Schriften, Musik oder Körperkünste sind, sie lassen uns etwas finden, das zu uns gehört und das auszudrücken wir nie die Möglichkeit sahen.

Jetzt ist Nacht, in der ich nur lauschen will.

Der Tag vor dieser Nacht war ein Gefallener. Ich habe das untrügliche Gefühl, in einer falschen Form meines Lebens zu sein. Vielleicht der falsche Ort mit den falschen Menschen.

Ist da niemand, der vergebens auf meine Ankunft wartet? Auch nicht er? Mein Phantasusmensch?

Ich weiß gar nicht mehr, warum ich meine Geschichte in geschriebenes Wort zwinge. Es gibt soviel mehr Seelen, mit denen ich mich verbunden fühle und deren Geschichten mich weitaus mehr rühren als diese, meine eigene Gedächtnispredigt. Wer sagt mir, was ich bin, und wohin so etwas wie ich gehöre?

Vielleicht bin ich der armseligste Gaukler, der jemals erblickt wurde, und von dem niemand etwas erzählt bekommen will.

Und warum? Weil ich angefangen habe zu schreien und nicht mehr in der Lage bin zu enden. Die Nacht ist nicht mehr Freund, sie ist der geschlossene Sarg.

Wohin mit meinen Gebeinen und dem jämmerlichen Rest …

Und wo ist ein Geliebter?

Komm zu mir und sei Leuchtkäfer in meinem Grab.

Lucans Kopf summte von ihren Worten. Er ließ das Lederbuch kurz auf seinen Bauch sinken und spürte, wie es mit ihm atmete. Es gab also Liliths Phantasus, und Lucan hatte es gewußt! Dadurch gab es immer weniger Lilith, die Traumgestalt, sondern einen wirklichen Menschen, einen Menschen, den er nur allzugut zu kennen schien. *Meine arme kleine Lilith Faye, ich wünschte, ich hätte bei dir sein können,* dachte er, während er die feuchtgraue Morgendämmerung durch sein efeuverhangenes Fenster beobachtete. Er hob das Buch wieder auf, denn das alte, farblose Papier rief seine Aufmerksamkeit zurück.

16. Mai 1856

Nun holen mich auch die körperlichen Schmerzen wieder ein.

Mein Rücken scheint all meine seelische Last auf sich zu tragen und will deshalb brechen, ob all der geweihten Wunden.

Weedon will mich zu einem Arzt schicken; er macht sich wirklich Sorgen um mich. O du fast einziger Freund! Gestern Abend hat er mich nach «Phantasus» gefragt. Er wollte wissen, ob die Geschichte etwas Autobiographisches birgt. Natürlich birgt sie etwas von mir.

Vielleicht hat er sogar vermutet, er könnte der Traumgott sein. Wie abwegig! Selbst wenn er so dächte, ich wäre doch nichts Schickliches für ihn. Ach wäre ich für irgendwen schicklich …

Da bleibt nur meine Phantasushoffnung, doch eines Tages ihm wieder zu begegnen. Ich habe immer noch den Stein, den er mir gab, den kleinen, blassen Kristall, und die Feder, die ich in meiner Dachkammer gefunden habe und von der ich träumte, sie gehörte zu ihm. Sie erinnert mich an seine rote Vergangenheit, an den Indianer, der er war, in Traum oder Wirklichkeit. Ach, ich muß ihn vergessen. Bald werde ich mich lösen, irgendwie.

Und jetzt gehe mir aus dem Sinn, Roter-Schatten-Mann.

Ich muß einmal wieder schlafen.

Jetzt gehe mir aus dem Sinn, Roter-Schatten-Mann, bitte …

Erregt war Lucan ihren Worten über den Phantasus gefolgt. Er analysierte nicht länger, was er las, versuchte nicht, seine Regungen zu verstehen, sondern lebte mit den sonderbaren Satzgefügen. *Warum hast du nicht zu jedem Tag etwas eingetragen, Lilith? Ich habe nur das eine Buch von dir. Was hast du in den Tagen dazwischen gemacht? Was hattest du für Gedanken, die mir jetzt verloren bleiben?* Lucan wollte sich zwingen, ihre Schrift wegzulegen, um länger etwas davon zu haben, wie bei einem guten Wein, nicht alles auf einmal. Gut, für Stunden besäße er den illusionären Vollrausch, aber was käme danach? Wohingegen ein abendliches Glas den Genuß über Tage hinwegziehen kann, ein wohldosiertes Rauschen.

«Gut, nur noch ein Glas, ein Glas», sagte er zu seiner neuerlich erworbenen Abhängigkeit.

23. Mai 1856

Ich weiß, daß sich «Phantasus» nicht gut verkaufen wird, genausowenig wie «Monolith». Ich denke nicht darüber nach und danke Weedon für seinen Freundschaftsdienst.

Manch einer wird mein Buch finden, aber wird er es auch verstehen?

Gestern war ich im dunklen Teil von London, habe einige der faszinierenden Kreaturen getroffen. Einer Frau habe ich mein letztes Geld gegeben, und ich weiß, sie wird nichts Gutes damit tun, aber das ist richtig so. Dies ist keine Lebensform, in die ich hineinpassen möchte.

Welche könnte meine sein? Sollte ich nicht das Land verlassen? Mich vielleicht in das leichtlebige Frankreich retten?

Oder vielleicht einen der barbarischen Stämme aufsuchen, die auf dem fernen Kontinent leben? Ich liebe George Catlins Schriften. Er ist bei ihnen gewesen, hat die Indianerseelen als das beschrieben, was sie sind. Phantasievolle, herzliche Menschen, mit einem starken, uns fast unbekannten Gemeinschaftssinn. Diese schönen Wilden, die Gott näher scheinen, als wir es jemals sein werden. Vielleicht möchte ich dort sein, unter ihnen. Meine Worte auf Körper schreiben und so lange behalten, bis sie mich nicht mehr leben.

Oh, ich möchte Geschichten auf Körper schreiben! Ich möchte reisen und forschen und schreiben. Diese Zeit hier ist als Frau für mich unerträglich.

Wie sieht die Zukunft aus, wie werden wir uns entwikkeln?

Ich werde warten, warten, eines Tages das sein, was ich wünsche.

Lucan blickte auf den Wecker neben seinem Bett. Eigentlich müßte er jetzt aufstehen, sich anziehen und zur Arbeit fahren. Der Gedanke war kurz da und berührte ihn doch nicht. Er legte für kurze Zeit Lilith beiseite, um sich im Verlag krank zu melden und eine Tasse Tee aufzubrühen. Als er in der Küche stand und die leere Stelle über der Kaffeemaschine bemerkte, an der sonst immer Noras Photokalender gehangen hatte, wurde es ihm erst richtig bewußt, was er gestern entschieden hatte. Von einem Tag auf den anderen hatte er Nora aus der Wohnung und seinem Leben gejagt. Lucan mußte einen kurzen Übelkeitsanfall unterdrücken. Er lehnte sich über die Edelstahlspüle und würgte an seinen Empfindungen herum, bis er sich wieder im Griff zu haben meinte. Rasch goß er heißes Wasser über den Teebeutel und flüchtete damit in Liliths Welt zurück, denn seine Welt war blaß und scheintot.

24. Mai 1856

Lavonne war heute bei mir. Sie hat geweint. Unsere lieben Eltern haben grausam über mich gesprochen und Lavonnes Ehemann ins Gewissen geredet, er solle ja aufpassen, daß sie nicht zu mir geht und sich ansteckt, ansteckt an meiner Geisteskrankheit. Lavonne war fassungslos. Du gutherziger, empfindlicher Mensch, denke nicht, daß sie mich treffen können. Und glaube nicht, daß etwas uns zu trennen vermag.

Du bist meine Schwester, meine einzige Familie. Du teilst nicht meinen Geist, aber du liebst mich. Mache dir nicht immer solche Sorgen.

Wenn ich dein Leben leben müßte, würde ich zugrunde gehen; ebenso du an meinem.

Das wissen wir.

28. Mai 1856

Ich kann nicht mehr schlafen. Mein Rücken frißt mich auf.

Die Schmerzen nisten kauend und schmatzend in meinem Fleisch, vereinnahmen alles, was mein Leben sein soll. Gräßliche kleine Blutsauger.

Weil sie mich nicht schlafen lassen, muß ich wieder denken. Dieser Traum vor einigen Tagen, der auch unter Schmerzen zu mir kam. Im Traum habe ich eines meiner Bücher in den Händen gehalten, und ich stellte mir vor, in einer anderen Zeit zu leben. Ich veränderte mich, ich spürte es, aber mein Buch blieb.

Was für ein Gedanke, daß meine Werke, meine Worte überleben, eine ganze Ära hindurch! Im Traum fühlte ich mich anders an, weil ich weitgereist schien.

In meiner ersehnten Zukunftsvision habe ich in den Spiegel gesehen. Meine Augen starrten mich an, ein wenig verändert.

Und der Rest, mein Gesicht, mein Leib: Ich war in einem Männerkörper. Er fühlte sich gut und fest an, aber gleichzeitig war ich viele Menschen.

Ach, und da wünschte ich wieder, ich wäre als Mann geboren. Hier in dieser Zeit. Mein Geist wäre frei. Aber vielleicht ist es auch eine jämmerliche Lüge. Auch ich kann tun, was ich will. Nur wird niemals jemand damit einverstanden sein.

Ich bin feige. Gottlob lassen langsam meine Schmerzen nach, ich werde nun nach Schlaf suchen, nach Erlösung.

Schlafe gut, meine geliebte Lilith. Träume den Traum von der Ewigkeit.

Erst wollte Lucan weiterlesen, doch dann stutzte er. Seine Augen zeichneten den Weg zurück.

«Ach, und da wünschte ich wieder, als Mann geboren zu sein.»

Bin ich schon derart übermüdet? Habe ich nicht von so einem ähnlichen Satz geträumt …? Stirnrunzelnd versuchte er sich zu erinnern. Die Nachtbilder waren noch sehr klar, und sein Magen zog sich einmal heftig zusammen. *Unsinn, Unsinn …* Er legte das Buch irritiert zur Seite, verließ sein Zimmer und geisterte durch die fahl werdende Wohnung. Schließlich kochte er sich eine Tasse Tee und setzte sich auf einen der weißen Küchenstühle. *Ich habe geträumt, ich würde in ihr Tagebuch schreiben. So weit, so gut. Und der Satz, den ich noch weiß, war: Ich wünschte, als Mann geboren zu sein.* Lucans Gedanken schwiegen für eine Weile. *Vielleicht hatte ich schon einmal vorgeblättert? Nein. Zufall? Oder kenne ich ihre Gedanken mittlerweile gut genug, daß ich weiß, was sie beschäftigt? Was weiß ich! Ich bin müde, ich bin müde.*

Beunruhigt von etwas, das er nicht greifen konnte, legte er sich ins Bett und wandte sich herum, bis der Schlaf ihn erlöste. Wirre Visionen folgten ihm, hauptsächlich Nora kam in ihnen vor, Fragmente aus Büchern. Nach einigen Stunden war er wieder wach und aß etwas Baguette und griechischen Salat von seiner Geburtstagsfeier. Wenig später rief seine Mutter an und erkundigte sich nach seinem Befinden, und da sie ihn zu Hause erreichte, wußte sie bereits, daß seine «Migräne» noch anhielt. Lucan schaffte es gerade noch, sie davon abzuhalten, bei ihm vorbeizusehen. Er wollte in jeglicher Hinsicht Ruhe. Infolgedessen versuchte er sogar, Liliths Aufzeichnungen vorübergehend schlafen zu lassen.

Lucan lag den Tag über auf dem Bett herum, hörte Musik und durchblätterte ein paar Bücher über die kanadischen Indianerstämme für sein Studium, doch nichts davon befriedigte ihn. Der einzige Fernseher, der jemals in dieser Wohnung gestanden hatte, gehörte Nora und war mit ihr verschwunden. *Nora, es ist einsam ohne dich. Nora, ich falle aus der Welt.*

Am späten Nachmittag rief er bei Tibor an und hörte sich dessen Ausführungen von seinem Treffen mit Pascale an.

«Sie ist toll und interessant, aber ob sie mich als ebenso empfindet, kann ich leider nicht sagen. Mal abwarten.»

Lucan hörte nur zu und konnte Tibor nicht sagen, daß Nora ausgezogen war. Er hatte keine Lust auf Fragen und eine unausweichliche Diskussion, also beendete er das Gespräch frühzeitig. Obwohl es draußen ungemütlich naß war, machte er sich zu einem kleinen Spaziergang auf. Nach den zwanzig Minuten an der Novemberluft bemerkte er, wie kalt seine Knochen sich anfühlten, und ließ sich ein heißes Bad einlaufen. Lucan setzte dem Wasser Noras stark duftende Lavendelessenz bei. Das Badeöl und noch andere Kleinigkeiten hatte sie bei ihrem Auszug in der Wohnung vergessen. Er zündete Kerzen an, gönnte sich ein kleines Glas Alkohol und ließ sich genüßlich stöhnend ins Wasser gleiten. Neben ihm lag das dunkle Buch, und er trocknete sich sorgfältig seine Finger ab, um die Schrift vorsichtig in seine Hände zu nehmen. Erwartungsvoll und die Geheimnisse entschlüsseln wollend, begann er wieder, Lilith auszuforschen. Da, der 30. Juni.

Mist! Warum hast du in der Zwischenzeit nichts eingetragen?

30. Juni 1856

Willst du denn niemals heiraten?

Nein, ich will niemals, weil da niemand ist, verstehst du?

Lavonne, ich bin in zwei Jahren dreißig Jahre alt, eine alte Jungfer, und ja, auch eine Unberührte. Ich habe mich küssen lassen, will den Genuß nicht verweigern, aber Kinder will ich nicht haben, nein. Denn ich habe Kinder, meine Schriften, meine ewigen Worte.

Was kann treuer sein, begehrenswerter?

5. Juli 1856

Weedon hat einen Arzt mitgebracht. Dieser hat mir verboten, zu lange am Schreibtisch zu sitzen, und gab mir ein Schmerzmittel.

Weedon ist noch lange bei mir geblieben, und wir hatten eine interessante Unterhaltung. Da ist irgend etwas, das ihn sehr zu belasten scheint, und ich ahne, daß es mit einer Frau zu tun hat. Ich gönne ihm doch das Glück so sehr, auch wenn er mich dann wahrscheinlich vernachlässigen wird. Aber nein, ich will nicht eifersüchtig sein. Mein schottischer Freund wird wissen, was er tut.

Ach Weedon McAlistair, distinguierter, korrekter, vornehmer Mensch, dein Erscheinungsbild ist immer tadel-

los. Sag, bringst du mir manchmal Kleider und Hüte mit, weil ich zu schlampig auf dich wirke oder zu bedürftig? Aber ich danke dir.

Ich schreibe gerade an einem neuen Buch. Ich denke, ich werde es «Vom irdischen Gefluche» nennen. Ich lasse es von meiner Rolle in der ach so gepflegten, gesunden Gesellschaft handeln. Mein lauter Protest.

Weedon hat schon angekündigt, es vielleicht nicht zu verlegen. Aber ich werde ihn schon dazu bringen, so wie zu allem, was ich will.

Glaubst du, es kann deinem untadeligen Ruf schaden? Vielleicht. Aber versprich mir, es zu lesen, versprich es mir …

Lucan legte kurz das Buch zur Seite, um seine kalten Arme unter Wasser zu tauchen.

Er hat wohl dein Buch doch nicht verlegt. War es zu reformerisch, oder hast du es am Ende gar nicht fertiggeschrieben? Was bist du für eine seltsame Frau! Hast du wirklich niemals geheiratet? Niemals jemanden gehabt, so wie ich Nora? Ach Nora, ich weiß nicht mehr, was ich eigentlich tun soll, und es ist gut so, daß du mich nicht sehen mußt. Du würdest nicht verstehen. Wie sollte ich irgend etwas erklären? Es ist allmählich so, als würde ich tatsächlich besessen.

Er ging zurück in Liliths Geist und sog sie in sich, aber irgendwie war der Gedanke fehlerhaft, denn unheimlicherweise war es eher so, als wenn sie, die da fern und begraben lag, in *seinem* Geist wandelte und *ihn* in sich sog. Das bereitete ihm ein kleines erregendes Entsetzen. Er las rückwärts.

10. Juli 1856

Jetzt werde ich ihn aufgeben.
Roter-Schatten-Mann, du läßt mich welken.

Hört er mich antworten, wenn ich weine?
Hört er mich lieben in meiner Unruhe?
Ich will dich sprechen hören, will die Worte laut
gesprochen hören,
die mir so lange verschwiegen waren.

So sag,
ist es wahr,
daß du nicht weißt,
wer ich bin
und war für dich?

11. Juli 1856

Du bist der Mann, der meine Seele geteilt hat.
Wie soll ich jemals wieder ganz sein?

12. Juli 1856

Verdunkelt und gequält habe ich meine einzigen Freunde,
weil er mich so schmerzte.
Er. Über alle Maßen.

Und Verzweiflung schändet Zeit.

Die Eintragungen waren wieder regelmäßiger und so geschmerzt und kurz. *Es gibt diesen Menschen, dem du nicht nah sein konntest. Dann geht es dir wie mir, Lilith. Zum Greifen nah, aber doch nicht näher.*

«Nicht näher …», flüsterte er vor sich hin. Wie sollte er seine Gefühle für Lilith verstehen? *Du bist mir nicht bloß eine billige Flucht, wirklich nicht. Es ist … mehr …*

14. Juli 1856

Ich nehme meinen stillen Abschied.
Wie soll ich vergessen? Wie?
Ich gehe daran zugrunde.
Verrecke! Verrecke an dir.

Den bleichen Kristall und die Feder Mitternacht lege ich zurück in die Ruhestatt. Ja …

Ich kann sie nicht wirklich fortbringen. Aber ich will sie auf ewig nicht mehr anrühren. Ich verstecke die Schmerzensschatulle auf dem obersten Dachbalken meines Heimes.

Lassen wir sie doch dort ruhen, bis der Mondgott auf Erden wandelt.

Wir wissen, der Tag wird nicht kommen.

Fast wäre das Tagebuch in das Lavendelwasser gefallen. *Die Holzdose!*

«Warum weiß ich das?» sprach Lucan laut und entgeistert. «Warum? *Warum?*»

Er schmiß das Buch leicht von sich und sah, wie es weich auf einem Handtuch landete. Aufgewühlt tauchte er sich vollkommen in das heiße Wasser und hielt lange die Luft an. Als er wieder hochkam, stellte er die Dusche an, um sich eiskaltes Wasser auf den Kopf schwallen zu lassen. Betäubt verließ er die Badewanne, trocknete sich ab und zog einen Pyjama an. Nachdem er sein Glas Whiskey ausgetrunken hatte, wurde er ruhiger. Er nahm das Buch vom Boden auf und ging damit in die Küche, drehte das unangenehm grelle Licht an und begann unter diesen klaren Voraussetzungen, ihre Schrift noch einmal von vorn zu lesen, Seite um Seite, bis zu dem 14. Juli. Es war nicht zu leugnen, daß er etwas wußte, was er nicht wissen konnte. Die beiden Träume, die ihm Bilder gebracht hatten, die einmal Wirklichkeit gewesen waren. *Wie kann so etwas möglich sein?* Er hatte sich bis jetzt nicht für medial begabt gehalten und glaubte auch nicht, daß es etwas Derartiges sein konnte. *Ich habe es einfach gewußt. Gott, woher??? Was ist hier eigentlich los?* Er verscheuchte den phantastischen Gedanken an einen Geist, einen Sukkubus, der aus den Buchseiten geflüchtet war und nun an ihm haftete.

Ein Satz aus *Phantasus* fiel ihm ein. Evelynne sagte im Traum zu Thornton: «Wir sehen uns wieder nach nächster Geburt.» Lilith hatte solche Gedanken gehegt, sie waren ja durchaus faszinierend, als Schriftsteller mußte man bereit sein, alles zu erlauben. Doch Lucan hatte sich bei der *Phantasus*-Lektüre gefragt, ob Lilith selbst daran geglaubt hatte. Lilith ließ Evelynne sagen: «Wir kehren wieder und wieder und wieder. So lange, bis wir uns nicht mehr verfehlen.»

«Woher weiß ich das alles? Bin ich vielleicht selbst dort gewesen …???» Lucan starrte in das helle Licht und versuchte sich vorzustellen, daß er ein Leben zuvor in England verbracht hatte. So abstrus es ihm auch schien, hatte er nicht eine Hingabe für dieses Land, seine Sprache und seine Bücher? Berührte Lilith ihn auf diese Weise, weil er sie womöglich gekannt hatte? Der Gedanke erregte seine Seele. *Sie* gekannt zu haben ... Doch als was, oder besser *wer*? Als einer ihrer Freunde, die ihr nahe waren? Weedon, Der Rote-Schatten-Mann. *Ich?*

«Nein!»

Er stand auf, ging zum Kühlschrank und nahm eine Flasche Johannisbeersaft heraus. Während er den dunkelrot schimmernden Inhalt in ein Glas schüttete, versuchte er, seine fiktionalen Gedanken zu zügeln.

Aber die Holzdose ... Er hatte aus irgendeinem Grund geträumt, daß sie auf den Dachbalken von Liliths Heim versteckt gewesen war. Und jetzt stand er hier und versuchte, sich mit diesem verstiegenen Wissen auseinanderzusetzen.

Lucan lehnte sich gegen das Fensterbrett und trank den kalten Saft, während sein Blick von dieser kleinen Distanz aus auf dem Tagebuch haftenblieb. Er versuchte, die beunruhigenden Gefühle zu mißachten und dem praktisch veranlagteren Verstand den Vorzug zu geben.

Vielleicht würde es ganz interessant sein, etwas über Wiedergeburt zu lesen, schließlich war es ein faszinierendes Thema, das er ebenfalls für sein Ethnologiestudium brauchen konnte. Bei der *Yggdrasil*-Lektüre hatte er sich doch auch gründliches Hintergrundwissen verschafft und tagelang die nordische Mythologie ausgeforscht. So beschloß er, gleich am kommenden Morgen eine dieser Esoterikbuchhandlungen zu betreten, auch wenn sie ihm immer etwas zwielichtig vorkamen, eine Stätte des Humbugs. Aber sicherlich würde er dort etwas über diese schemenhafte Thematik finden.

Der Gedanke verschaffte ihm ein kleines Ziel. Er stellte das Glas weg und verließ die grelle Küche, um in die Dunkelheit seines Schlafzimmers zu flüchten. Es dauerte mehr als zwei Stunden, bis er schlafen konnte. An besondere Träume konnte er sich beim Aufwachen nicht erinnern. Um fünf Uhr war er hellwach und holte sich, ohne zu zögern, Liliths Buch ans Bett.

1. August 1856

Weedon wird mir immer seltsamer, verschlossener.

Er ist bedrückt und findet kaum Zeit für mich.

Er hat «Vom irdischen Gefluche» zu lesen angefangen und mir mitgeteilt, daß er es nicht verlegen werde, er müsse auf seinen Ruf achten.

Ist das die Wahrheit, oder sind meine Bücher für dich ein großer Geldverlust? Ach Weedon, sprich doch mit mir!

Ich habe ein neues Buch geschrieben. Es ist nicht sehr lang und ging mir schnell von der Hand. Es handelt von einem Mann, der sich in eine Traumwelt flüchtet. Zu dem Baum der Welt. Yggdrasil.

Ich werde es Weedon beim nächsten Besuch zu lesen geben.

Hoffentlich versagst du mir nicht deine Dienste. Ich brauche dich als Verleger und als Freund. Ich werde wieder warten, warten und die Zeiten zu Tode schreiben, denn ich kann nichts anderes als das.

17. August 1856

Lavonnes Kinder, ich habe sie gesehen. Es sind kleine, unfertige Menschen mit unschuldigen Augen, bereit, geformt und bearbeitet zu werden.

Was könnte alles aus ihrem Stein herausgehauen werden? Menschen wie unser Vater, Menschen wie Lavonne.

Wie können wir uns anmaßen zu erziehen? Wie können wir wissen, welches Herz in ihnen zu pulsieren hat? Gibt es jemals Freiheit zu entscheiden?

Wir können nicht umhin, uns zu versündigen, immer und immer wieder. Die Sünden unserer Väter und Vorväter lasten auf unseren Seelen und werfen ihre Schatten, sie ersticken unsere Kinder.

Wie faszinierend es auch sein mag zu formen, ich will mich nicht versündigen.

Wessen Frucht wäre ich bereit, unter meinem Herzen zu tragen? Da gibt es nur einen, der mich aufbrechen dürfte. Meine Jungfräulichkeit ist ihm gewidmet.

Ach, Roter-Schatten-Mann, für dich würde ich es ertragen.

Lucan legte seine Lilith beiseite und versuchte, den Tag zu beginnen. Auch heute würde er nicht arbeiten gehen. Er mußte seinen Zustand klären. Nach einigen Stunden, die er mit Aufräumen, Frühstücken und Musikhören verbrachte, machte er sich auf den Weg in die Stadt. Er fand den Buchladen auf Anhieb, er war oft genug an dem aufwendigen Schaufenster vorbeigegangen, das mit kitschigen Sphärenbildern, indianischen Traumfängern und anderem kristallenen Schnickschnack beladen war. Lucan öffnete die Tür und fühlte sich gleich umnebelt von fremdartigen schweren Düften, die sich augenblicklich mit seiner Haut und seiner Kleidung zu vereinen schienen. *O Mann, ist das nötig?* Ätherische Klänge trieben wie Puderwolken durch den kleinen Raum, und Lucan kam sich einigermaßen fehl am Platze vor. Er starrte eine Weile über eine Ansammlung eigenartiger Gegenstände und Steine, die mit unglaublichen Titeln und Preisen versehen waren. *Was für ein Klimbim!* Er widerstand der Versuchung, den Laden gleich wieder zu verlassen, und ging entschlossen die Buchreihen ab. *Weibliche Spiritualität?? Transformation? Engelwesen?* Lucan bemerkte, wie ein zart konstituierter Verkäufer hinter ihn trat.

«Kann ich vielleicht weiterhelfen?» wurde er in sanfter Stimmlage angesprochen. Lucan überlegte kurz. *Wieso nicht …*

«Ja, das könnten Sie. Ich suche etwas über Wiedergeburt.»

«Aha, nun, wir haben viel Material über Reinkarnation. Gleich hier unten rechts.»

«Ah gut, danke.» Mehrere Bücher mit viel zu vielsagenden Titeln drängten sich ihm auf.

«Tausend Tode», las er leise den letzten Titel in der Reihe vor, «wenn das nicht ansprechend klingt!»

Der Verkäufer näherte sich nach einigen respektvollen Minuten wie ein stiller Geist von der Seite und fragte mit seiner leisen Fistelstimme: «Benötigen Sie vielleicht noch irgendwie meine Hilfe?»

«Hm ja. Gibt es hier irgendwie so etwas wie ein Standardwerk?»

«Oh, wir haben einige gute Titel da. Ich habe die meisten von ihnen gelesen. Ich kann Ihnen beispielsweise die Bücher von Edgar Cayce empfehlen. Haben Sie schon etwas von ihm gehört?»

Lucan schüttelte den Kopf.

«Er war ein sehr bekanntes Medium. Von ihm gibt es Bücher zu unterschiedlichen Aspekten.»

Während seiner Worte suchte er zwei Bücher heraus, die er Lucan in die Hand drückte.

«Reinkarnation ist ein wirklich faszinierendes Gebiet.» Jetzt wurde der Mann eifrig und erzählfreudig.

Ihr Spezialgebiet?

«Ich habe selbst auch schon etliche Rückführungen gemacht, und sie waren sehr informativ und wichtig für mich,» sagte er entzückt, und Lucan runzelte die Stirn.

«Haben Sie das noch nicht ausprobiert?»

«Nein.»

«Das müssen Sie unbedingt einmal tun. Es ist sehr heilsam, wissen Sie. Natürlich ist es auch interessant zu erfahren, wer man gewesen ist. Also eine Bekannte, beispielsweise, war …»

… Captain Ahab?

«… ein philippinischer Bauer und hatte aus diesem Leben auch ihre unheilbare Angst vor Spinnen.» Der Verkäufer holte gerade Luft, um fortzufahren, als Lucan ihn mit dem Satz: «Na, dann kenne ich eine Menge philippinischer Bauern!» unterbrach. Der zarte Mann sah ihn verständnislos an, und Lucan lächelte freundlich.

«Na ja, es ist eben ein Gewinn, zu wissen, wer man gewesen ist», brachte der Esoterikmensch noch unsicher heraus.

Wer man gewesen ist?! Der Satz hallte noch einmal auffordernd in Lucans Kopf nach.

«Sagen Sie, wo kann man denn so etwas machen?» fragte er mit plötzlichem Interesse.

«Ich kann ihnen einige Adressen mitgeben. Es ist wichtig, zu einem Menschen zu gehen, der einem sympathisch ist. Es muß ganz einfach stimmen, sonst kann man sich nicht öffnen.»

Schließlich verließ Lucan die Buchhandlung mit einem Stapel Broschüren und ohne Buch.

Zu Hause sah Lucan die bunten Blättchen durch. *Wege ins Licht? Hört, hört.* Er sortierte gleich diejenigen aus, deren Slogans wenig vertrauenerweckend klangen. Am Schluß blieben drei ziemlich einfach gestaltete Broschüren übrig. Zweifelnd nahm er sie hoch und sah sie noch einmal genauer durch. *Gott, soll ich wirklich so einen Zauber mitmachen? Das wäre doch mal eine opulente Tat! Und was erhoffe ich mir davon? Na was wohl: Antworten.*

«Kannst du sie mir geben … Gerhard Kipling?» Er hatte mit geschlossenen Augen wahllos auf eines der Papiere getippt. «Na gut. Tu es einfach, Lucan! Tu mal was Verrücktes, das du nicht kennst!»

Entschlossen ging er zum Telefon, um die besagte Nummer zu wählen. Es meldete sich Frau Kipling, die Lucan die Wahl ließ zwischen einem Termin sofort heute oder erst nächste Woche.

«Heute!», antwortete er schnell, ehe er es sich anders überlegen konnte, und er bekam die Uhrzeit genannt. Er hatte noch drei Stunden Zeit. Aufgeregt setzte er sich in die Küche, um etwas zu essen. Zwischendurch schimpfte er vor sich hin: «Das willst du doch wohl nicht wirklich machen! Du spinnst ja sondergleichen!» *Was wird dort passieren? Werde ich hypnotisiert? Kann irgend etwas dabei schiefgehen? Vielleicht hätte ich mich doch besser informieren sollen.*

Nach zweieinhalb Stunden machte er sich auf den Weg, verfolgt von dem Horrorszenario, das er sich mittlerweile zurechtgelegt hatte und in dem er sich freiwillig als Hauptakteur anbieten wollte. Ein paar Minuten zu früh parkte er vor dem Haus. Eine zwielichtige Gegend war es schon mal nicht. Heftig ausatmend verließ er seinen Wagen, um das gepflegte Mehrfamilienhaus zu betreten. Herr Kipling, ein großer, bärtiger Mann mit aufdringlich vielen Haaren um den Kopf herum, öffnete persönlich. *Der sieht ja aus wie Grizzly Adams!* Lucan grinste und versuchte, nicht weiter an die Sendung *Der Mann aus den Bergen* zu denken. Nach einer kurzen Begrüßung zog Herr Kipling ihn mit in ein kleines, ordentliches Wohnzimmer. Lucan fiel es unangenehm auf, daß die ganze Wohnung penetrant nach gebratenem Fisch roch. Herr Kipling deutete Lucan an, auf der olivgrünen Couch Platz zu nehmen. Befangen setzte er sich auf die Sofakante und sah sich unauffällig in diesem Privatzimmer um. Sollte das Ganze etwa hier drinnen stattfinden, neben Fernseher und Strickkorb? Wo waren die Räucherstäbchen und das silberne Pendel? *Ich gehe wieder!*

«Haben Sie bereits eine Rückführungstherapie mitgemacht?» wurde er sogleich von dem Mann gefragt und schüttelte den Kopf. Lucan schluckte nervös; er kam sich vor, als müsse er mit nichts weiter als einem Paar Haushaltshandschuhen und einigen Hühnerknochen in zehn Minuten eine Maschine bauen, die den Weltuntergang verhinderte.

«Sie hatten also noch keine Rückführung? Gut, dann will ich Ihnen kurz erläutern, was ich tue. Wir werden Sie mittels einiger Suggestionen zur Entspannung bringen, zum sogenannten Alphastadium. Sie werden nicht hypnotisiert, falls Sie das annehmen sollten, sondern auf bewußtem Weg durch die Zeit geführt. Versuchen Sie, Ihr Denken abzuschalten, und antworten Sie auf die Fragen, die ich Ihnen stellen werde, ganz intuitiv.»

Aha?

«Gibt es eine bestimmte Zeit, zu der Sie zurückgeführt werden wollen? Ihre Kindheit vielleicht? Gab es dort Probleme? Oder wollen Sie gleich in ein vorangegangenes Leben?»

Lucan war völlig überrollt von den Worten des Mittdreißigers mit dem explodierten Haarschopf.

«Nun, ich würde gerne etwas aus dem Leben um 1856 erfahren, wenn das möglich ist.»

«Ja, natürlich. Gut, legen Sie sich bitte hin.»

Lucan tat, wie ihm befohlen, legte sich ein wenig steif auf die grüne Couch und rückte ein Knüpfkissen mit Obstimpression beiseite, während sein Herzrhythmus unruhig durch sein Blut puckerte. Herr Kipling dämpfte das Licht und begann zu erzählen: «Stellen Sie sich vor, Sie stehen auf einer großen, blumenübersäten

Wiese. Sie gehen langsam über das weiche Gras und genießen den sonnigen Tag, Schmetterlinge tanzen in der frühlingshaften Luft …»

… ???

Die Geschichte ging weiter und sollte anscheinend die Entspannungsmethode sein. *Ein bißchen wie autogenes Training*, befand Lucan, und es fiel ihm in den ersten Minuten sehr schwer, einen Lachkrampf zu unterdrücken, denn von Grizzly Adams suggestiv über eine Frühlingswiese geführt zu werden war mehr als grotesk. Nach vielen Minuten, die er nicht bestimmen konnte, schickte Herr Kipling ihn wie einen Maulwurf durch ein Erdloch, das Lucan sich bildlich als Tunnel der Zeit vorstellen sollte.

«Jetzt befinden Sie sich in dem Zustand vor Ihrer Geburt, also körperlos. Aber gehen Sie noch weiter zurück. Viel weiter, bis zur Kindheit Ihres vorangegangenen Lebens. Wo befinden Sie sich?»

Ähm …? «Ich weiß es nicht», sagte Lucan ehrlich. *In der Kindheit meines vorangegangenen Lebens jedenfalls nicht.* Er fühlte sich etwas weggetaucht, seltsam ausgedehnt, lag aber nichtsdestoweniger auf einer olivfarbenen Ledercouch in einem fremden, nach Fisch stinkenden Wohnzimmer.

«Versuchen Sie, nicht nachzudenken», forderte die ernste Stimme sogleich: «Also, wo befinden Sie sich?»

«Ich … ich habe keine Ahnung.»

«Sehen Sie sich um! Können Sie irgend etwas erkennen? Farben vielleicht?»

«Hm … es ist irgendwie dunkel, dunkelbraun … mit Umrissen … irgendwie … ich weiß nicht.»

«Atmen Sie tief ein und aus, lassen Sie die dunkelbraunen Umrisse zu. *Atmen* Sie in die dunkelbraunen Umrisse. Was ist es? Sie wissen es.»

Lucan spürte den Druck wachsen, fast so, als würde er seine Kopfschmerzen bekommen. *Ich sehe nichts, ich sehe nichts, was soll ich denn sagen …?*

«Ich kann nichts erkennen.»

Herr Kipling gab nicht auf und versuchte ihn in andere Situationen zu schicken, aber nichts funktionierte. Lucan hatte das Gefühl, in einem dunklen Ballon zu schweben, der jederzeit Risse bekommen konnte.

«Nein … ich kann nicht, ich … nein …» Lucan wälzte sich auf dem Sofa herum.

«Schon gut!» lenkte die Männerstimme endlich ein. «So, dann sollten wir langsam wieder zurückkommen.» Und es folgte der ganze beschriebene Weg rückwärts. Lucan war übel, er wollte die Augen öffnen. Als Herr Kipling fertig war, saß Lucan ein wenig entrückt auf seinem Platz.

«Geht es Ihnen gut? Tut mir leid, Sie haben anscheinend schweren Zugang so solchen Dingen. Vielleicht probieren wir es demnächst noch einmal aus», sagte Grizzly Kipling zu ihm, und Lucan bezahlte den vollen Preis von 150 Euro.

«Danke. Mal sehen.»

Lucan fuhr nach Hause. Er versuchte, über den bizarren Nachmittag zu lachen, aber es fiel ihm schwer. Die braunen Umrisse waren nicht gewichen.

Am nächsten Tag ging Lucan wieder zur Arbeit. Er dachte in einer Mischung aus Beschämung und Belustigung an sein Rückführungsfiasko und versuchte es abzutun. Wenigstens hatte er endlich mal eine Tat (wenn auch eine sehr unwirtschaftliche Tat) *getan*, anstatt sie nur zu *denken*.

Erst am Abend hatte er die nötige Zeit und Bereitschaft, sich wieder seinem gewählten Fluchtpunkt zu widmen, dem Tagebuch.

31. August 1856

Weedon hat lange auf sich warten lassen.

Gottlob hat er «Yggdrasil» gelesen, und es hat ihm anscheinend gefallen.

Trotzdem hat er sich ein wenig gesträubt, es zu verlegen.

Was ist bloß mit dir, Weedon? Du scheinst nicht mehr glücklich zu sein. Ist es vielleicht Heimweh nach deinem Geburtsland? Du hast das Herz eines Schotten. Ich kann es verstehen, ich würde meine Heimat auch nicht aufgeben wollen.

Manches Mal träume ich von fernen Kontinenten. Jedoch nicht, wenn ich durch die kleinen Dörfer Somersets fahre und zu meiner Herzensstätte reise: meinem heiligen Avalon.

Meine nächsten Zeilen werde ich diesem schönen Geistland widmen.

Auch der dunklen Stätte widme ich meine Schrift, Stonehenge, und mehr noch meiner sakralen Blutquelle am Fuße des Tores von Glastonbury. Die Druidenstätte mit ihren Opferhöhlen und dem blutgleichenden Wasser.

Ach, welch düstere Geheimnisse habt ihr zu bergen? Welch blutdurchweihte Geschichten habt ihr zu erzählen? Welches Opfer muß ich bringen, damit sie mir offenbart werden?

Kommt, kommt nur, flüstert sie mir in den Geist. Ich will sie auffangen und ewigen. Ja, kommt alle zu mir, alles Lichte und alle Schwärze gleichsam.

Ich müßte lügen, wenn ich nur von Gott erzählte.

Als Lucan die nächste Seite umblätterte, stellte er entsetzt fest, daß nur noch ein einziger Eintrag zu lesen war; das Buch endete Mitte Oktober. Nach diesem letzten Abschnitt wäre die Nähe zu Lilith vorüber. Daher zögerte er, ehe er ihre letzten Worte so langsam und feierlich verlas wie ein Bekenntnis.

15.Oktober 1856

«Yggdrasil» wird bald erscheinen. Endlich wieder einmal ein Sieg.

Doch leider ist dieses Buch eines, das mir nicht am herznächsten ist.

Ich muß noch vieles vollenden, so vieles vollenden.

Weedon und Lavonne sind beide entfernt von mir, wie längst fortgegangen. Hält es niemand in meiner Nähe aus? Warum? Was ist es? Weil ich der Abschaum der Gesellschaft bin?

Weil ich mich getraue zu denken und dies nicht verschweige?

Ich gehe wieder öfters hinaus in meine Stadt, treffe Menschen mit Geschichten und vergessenen Herzen.

Manchmal verberge ich meine Weiblichkeit unter der Kleidung eines Mannes. Der hohe Zylinder steht mir besonders gut. Da gab es sogar schon Damen, die mir Blicke zugeworfen haben, wie interessant.

Als ich Weedon davon erzählte, sagte er nur: «Oh, genau wie Baronin Dudevant, die sich in George Sand verwandelt hat.»

Ganz sicher nicht wie George Sand, deren literarische Werke mich nicht fesseln, doch deren Mut und Lebensstil ich bewundere.

Aber nein, Weedon, nicht wie sie. Wie ICH!

Ich verwandle mich nicht in einen Anscheinmann, um sicher durch die Straßen zu gelangen, nein, es ist nicht nur die Bedrohung für eine Frau, sondern auch die Hingabe zu dem Gefühl der Freiheit, ein Mann sein zu können.

Dann hole ich mir wieder Menschenatem. Ich brauche ihre Worte, denn ich suche meine Geschichten zwischen den ihren. Hier pulsiert die Wirklichkeit des Menschen, die wahrhaft ungeschönte Wahrheit.

DAS TAGEBUCH WAR BEENDET, und ehe sich wieder eine beklemmende Leere um Lucan ausbreiten konnte, tat er das, was er nach der letzten Englandreise mit Nora getan hatte: Er las dieses Buch wieder und wieder, skizzierte Liliths Wahrhaftigkeit zusammen und lenkte sich von seiner eigenen Gegenwart ab. Doch jedesmal, wenn er die Stelle mit der Holzdose las, war er beunruhigt. Ohne dieses belangvolle Detail hätten seine Studien einen anderen Charakter gehabt.

Die Adventszeit brach an, und Lucan folgte in seiner Freizeit Berichten und anderen Büchern aus der Zeit um 1856, um Lilith in ihrem wirklichen Kontext zu sehen. Manchmal dachte er an die braunen Umrisse. Und manchmal dachte er an Nora. Lucan hatte beim Aufräumen in seiner Bibliothek ein Buch gefunden, das er für Nora als Weihnachtsgeschenk erstanden hatte. Es war ein Buch, das sie in ihrer Kindheit sehr geliebt hatte und das irgendwann verschwunden war. Lucan hatte eine Menge Antiquariate und Flohmärkte durchstöbert, bis er eine alte Ausgabe von Wölffels *Suppengeschichten* gefunden hatte. Er legte es ins Regal zurück, es war kein Geschenk mehr.

Die Weihnachtstage verbrachte Lucan mit seiner Mutter und Pascale, und es war besinnlicher als erwartet. Es wurden keine lästigen Fragen nach Nora gestellt, da Lucan und sie Heiligabend immer getrennt bei ihren Familien verbracht hatten. Dieses Jahr fand Lucan sogar an Pascales Gesellschaft etwas Gefallen, denn sie redeten sehr lange und angeregt bei Kerzenlicht über einige Klassiker der englischen Literatur. Doch Lucan konnte seine Gedanken auch an diesem Abend nicht ganz von Lilith und deren Familie lösen. *Wie hatte sie wohl das Weihnachtsfest 1856 verbracht?* fragte er sich bei einem Glas Weihnachtsbowle mit Zimt. *Bestimmt wäre sie gern bei ihrer Schwester Lavonne gewesen, wenn es möglich gewesen wäre … Oder vielleicht hat Weedon sich ihrer angenommen? Vielleicht haben sie mit einem Glas Wein dagesessen und über Bücher gesprochen, so wie ich heute …*

Ähnliche Gedanken machte er sich am Silvesterabend, den er mit Tibor verbrachte. Als Lucan und Tibor nach einem fehlgeschlagenen Partyversuch dann doch in Tibors Wohnung landeten, saß Lucan auf dem orangefarbenen Sofa, trank ein Bier und dachte beim Anblick eines Bücherregals versonnen an das vorangegangene Jahrhundert. Tibor blickte ihn etwas fragend an.

«Du hast mit Nora Schluß gemacht?» unterbrach er Lucans Gedanken mit einem undeutlichen Gesichtsausdruck. Lucan blickte erstaunt auf und nickte mürrisch; er war wenig begeistert von der Idee, sein Innenleben entblößen zu sollen.

«Warum hast du sie verlassen? Und warum hast du mir nichts davon gesagt? Ich meine, ich habe sie getroffen. Sie konnte mir auch nicht so recht sagen, was der Grund war. Sie hat sich sehr loyal über dich ausgeschwiegen, Lucan.»

Lucan rutschte auf dem Ledersofa herum.

«Es hat einfach nicht mehr geklappt. Weißt du, es ist schon eine große Veränderung, zusammenzuwohnen. Die Dinge sind nicht mehr so einfach.» Innerlich mußte selbst Lucan die Augen verdrehen, so stereotyp klangen diese Worte. Sein Gegenüber stieß einen unbestimmten Laut aus, der alles hätte bedeuten können. Aber Tibor stocherte nicht weiter und rieb sich nachdenklich das Gesicht.

«Es war wohl doch mehr als eine einfache Novemberdepression ...»

Lucan sagte nichts, und sie griffen beide dankbar nach ihrem Bier. Einige verfrühte Knaller hallten auf der Straße. Lucan trank ein paar Schlucke und beobachtete seinen Freund, der wieder zum Sprechen ansetzte.

«Na ja, es ist wirklich schade. Nora ist eine tolle Frau. Aber das muß ich dir ja wohl nicht sagen!»

«Ja, ich weiß.» Lucan seufzte leise. «Sag mal, wie geht es ihr, und wo wohnt sie überhaupt?» fragte er, ein wenig beschämt über die Tatsache, daß er es nicht wußte, und darüber, wie das Gespräch mit Tibor verlief.

«Sie wohnt noch bei ihrer Schwester, bis sie was Eigenes gefunden hat. Ich meine, der Auszug kam doch *sehr* überraschend.»

Lucan blickte schuldbewußt auf seine Schuhe.

«Und ich weiß nicht genau, wie es ihr geht, da mußt du sie schon persönlich fragen.»

«Ja, ich versteh' schon.»

Tibor trank seine Flasche leer und stand kurz auf, um nach Zigaretten zu suchen.

«Die brauche ich jetzt!» sagte er und steckte sich seufzend eine von ihnen an. «Und ein weiteres Bier würde mir auch nicht schaden. Willst du auch noch eins?»

Lucan winkte ab.

«Na, wenigstens wirst du nicht zum Problemtrinker. Auch wenn ich das Problem, das du hast, nicht wirklich kenne ...» Es war ein geschickter Versuch seines Freundes, aber was sollte Lucan ihm sagen?

«Tibor, es geht mir gut. Ich schätze, daß einfach ein paar Veränderungen fällig waren. Ich weiß zwar nicht, ob ich da mit der richtigen angefangen habe, aber das ist jetzt nicht mehr zu ändern.»

«O Mann, Lucan! Du hättest vielleicht nicht so voreilig handeln sollen. Aber es gibt nichts, was man nicht wieder ändern kann.» Tibor blickte aufmunternd hoch und blies Lucan bedeutungsvoll seinen Rauch entgegen.

«Das heißt, wenn man es *will.* Im übrigen weißt du ja, daß ich jederzeit zur Verfügung stehe, wenn du über irgendwas reden willst.»

Lucan lächelte seinen Freund gequält an. Das neue Jahr begann.

AM 7. JANUAR FASSTE LUCAN einen Plan. Er suchte in seiner Küchenschublade nach den Broschüren der anderen Rückführungstherapeuten und blätterte sie durch. Seit einer Woche hatte er von den braunen Umrissen geträumt. Vielleicht waren sie noch da, weil sie etwas bedeuteten. Wenn dem nicht so war, konnte er das alles getrost vergessen. Das Geld war sicherlich kein Hindernis, zu Weihnachten hatte er einen stattlichen Betrag von seiner Mutter bekommen. Das sollte es wert sein, um den Umrissen ein Ende zu setzen.

Es waren noch zwei diskret gehaltene Blättchen dabei, nachdem Herr Kipling definitiv ausgeschieden war. Wenn überhaupt, wollte Lucan es mit einem neuen Therapeuten versuchen.

«Helen Jonas. Oder Lea und Frederik Wasser. Hm … Wasser ist ein schön klingender Name …» Er wählte die angegebene Nummer, doch es kam nur das lange, gleichmäßige Tuten, und niemand hob ab. Enttäuscht griff Lucan schließlich doch zu Helen Jonas' Nummer und wählte sie. Es war jemand da, er bekam einen Termin für den übernächsten Nachmittag.

Die Zeit verging langsam, ließ Lucan genug Raum, um es sich stündlich anders zu überlegen. Am Stichtag war er so entnervt von sich selbst, daß es ihm regelrecht egal wurde. *Also, warum nicht … bring es einfach hinter dich, dann kehrt endlich wieder Ruhe ein …*

So fuhr Lucan bis in den ländlichen Vorort, in dem Frau Jonas ihre Praxis hatte. Wie er in ihrer Broschüre und jetzt auf dem Schild neben der Klingel lesen konnte, war sie auch als Heilpraktikerin tätig. Er atmete einmal tief durch, bevor er schellte. Eine lächelnde, ältliche Dame begrüßte ihn freundlich und führte ihn gleich in ihr Behandlungszimmer. Der Raum war in angenehmen, warmen Farben gehalten und hatte die beruhigende Atmosphäre eines Sprechzimmers. Etwas entkrampfter nahm Lucan auf dem angebotenen Sofa Platz und ließ sich ein Glas Wasser reichen.

«Nun, wie Sie ja bereits wissen, heiße ich Helen Jonas», begann die Dame sich vorzustellen. «Seit neun Jahren mache ich Rückführungen. Ich würde Ihnen gern zunächst einmal das Prinzip der Wiedergeburt erläutern, damit Sie auch wissen, worauf Sie sich einlassen.»

«Nicht nötig. Ich hatte kürzlich schon eine Rückführung. Es ist dabei allerdings nichts herausgekommen, außer daß ich irgendwelche Umrisse gesehen habe, die möglicherweise etwas zu bedeuten haben.»

«Hm, na gut, wie Sie meinen. Ich halte nämlich nichts davon, meine Kunden so arglos in ihre Vergangenheit zu stoßen. Das kann durchaus traumatische Folgen haben, wenn man am Ende nicht weiß, wie mit den gewonnenen Erinnerungen umzugehen ist.»

Lucan runzelte unmerklich die Stirn. *Gibt es da etwas, was ich unbedingt noch wissen müßte? Unsinn, wenn es überhaupt zu Erinnerungen käme, wäre das schon ein Wunder!*

«Ich bin bereit», sagte er, so fest es eben ging.

«Gut, dann sagen Sie mir bitte, was Sie erfahren möchten. Wollen Sie ein bestimmtes Problem lösen?»

«Ja, das könnte man so sagen.» Lucan begann in kurzen Worten den Sachverhalt zu erklären, und Helen Jonas hörte aufmerksam zu. Ehe sie ihn aufforderte, sich hinzulegen, zog sie die Vorhänge zu, zündete Kerzen und ein Räucherstäbchen an und ließ im Hintergrund leise Klaviermusik laufen.

«Wir werden mit Ihnen eine etwas längere Einführung machen, damit Sie sich besser entspannen können.» Und damit begann für Lucan der nächste Versuch.

Es dauerte tatsächlich lange, bis er sich soweit beruhigt hatte, um den suggestiven Bildern von Frau Jonas zu folgen. Die Methode unterschied sich geringfügig von Herrn Kiplings. Nach endloser Zeit, in der Lucan sich auszudehnen schien, fragte sie ihn, wie er sich fühle. Mit einem Mal atmete Lucan vehement ein und aus. Hatte er vorher noch gedankenlos der leitenden Stimme gelauscht und sich durch seinen ruhigen Pulsrhythmus bewegt, fühlte er jetzt die dunkelbraunen Umrisse wachsen; sie waren ganz nah, viel zu nah.

«Bleiben Sie ruhig. Sie werden nur das fühlen und sehen, wozu Sie bereit sind. Keine Angst.»

Lucan atmete. Er atmete die dunklen Umrisse so lange auf sich zu und von sich weg, bis sie plötzlich ihren Schrecken verloren.

«Es sind … es sind nur … Möbel», sagte er langsam und erstaunt.

«Gut, Sie sehen also Möbel. Wollen Sie sie mir beschreiben?»

«Hm …» Lucan blickte ratlos auf die verschwommenen Bilder. Sie sahen so aus, wie wenn man ein Buch las und sich Menschen und Umgebungen versuchte vorzustellen. Die Szene wirkte wie durch Wasser betrachtet. Doch tatsächlich konnte Lucan nach einiger Zeit einen Raum erahnen; er war voll von dunklem Mobiliar und vielen Gemälden. Alles kam ihm sehr groß und hoch vor.

«Es sieht aus, als wäre ich in einem Eßzimmer. Es ist vornehm eingerichtet.»

«Wollen Sie mir sagen, wie alt Sie gerade sind?»

Ich? Der Gedanke an ein *Ich* war so verschwommen wie der Rest. Lucan hatte Angst, sich die Antworten nur auszudenken. Wußte er es wirklich? Er war bemüht, das Gefühl zu verdrängen.

«Vielleicht bin ich ein Kind», antwortete er endlich.

«Ist außer Ihnen noch jemand im Raum?»

Er blickte über die Kulisse.

«Nein, ich bin allein.»

«Dann versuchen Sie, mir zu sagen, welches Jahr wir genau haben.»

«Ich weiß es nicht.»

«In Ordnung, lassen Sie uns in der Zeit vorwärtsgehen. Sie sind jetzt sechzehn Jahre alt. Wo befinden Sie sich gerade?»

«Ich bin wieder in diesem Raum, aber er kommt mir kleiner vor. Jetzt kann ich sogar in den Spiegel sehen. Ich ...» Lucan stockte.

«Was ist los? Was sehen Sie?»

«Ich bin ... ich bin eine Frau», erkannte Lucan verblüfft.

«Sind Sie noch immer in diesem Raum?»

«Ja, er ist kleiner ... und ... und ...»

«Ja? Wie kommt er Ihnen noch vor?» wurde er nach einer Weile behutsam gefragt.

«Kleiner und ... enger.» Lucan atmete unruhig.

«Gehen Sie weiter vorwärts. Hat der Raum noch eine Bedeutung für Sie?»

«Ja, er wird immer enger und kleiner. Ich habe das Gefühl ... das Gefühl, als wenn sich alles, was es gibt, in diesem Raum abspielen würde. Es ist kaum auszuhalten ... es gibt keine Luft ... kein Licht ... es tut weh ...»

«Was tut weh? Der Raum?»

«Der Raum tut weh, das, was in dem Raum gemacht wird, tut weh ... ich will nicht ... ich will ... raus.»

«Atmen Sie ganz ruhig, es kann Ihnen nichts passieren. Was wird in dem Raum mit Ihnen gemacht?»

«Er sperrt mich aus, er sperrt mich ein ...»

«Wer ist er?»

«Der Raum. Mein Vater.»

«Was tut er mit Ihnen?»

«Er schlägt mich mit seinem Stock ... auf die Hände ... auf die Fußsohlen, in die Kniekehlen ... doch das ist nicht so schlimm wie das Eingesperrtsein.»

Lucan war aufgewühlt und spürte plötzlich den Schmerz und die Enttäuschung, die Erniedrigung und die Unfähigkeit, sich zu wehren. Er wand sich leicht auf dem kleinen Sofa.

«Schlägt Ihr Vater Sie öfters?»

«Ja, das tut er. Und ich kann nicht weggehen. Mutter findet es richtig. So bekomme ich Anstand und Erziehung. Er ist streng und lieblos. Ich hasse ihn.»

«Lassen Sie das Gefühl für diesen Mann los. Spüren Sie, wie der dunkle Raum sich auflöst und Sie hinausgehen können.»

Lucan bemühte sich, die Worte umzusetzen.

Nach einer Weile fragte die Stimme ihn: «Ist es besser?»

«Hm … ja, die Umrisse sind weg.»

«Gut, wir wollen jetzt in der Zeit noch weiter vorwärts gehen. Sehr weit. Bis kurz vor Ihren Tod. Wie alt sind Sie?»

Lucan dachte sich durch die Zeit und fühlte sich in einer kleinen Kammer liegen.

«Ich bin vielleicht fünfzig oder sechzig Jahre alt, und ich bin sehr krank. Mein ganzer Körper schmerzt, ich huste immerzu. Ich bin in einer Art Krankenhaus.»

«Was haben Sie für eine Krankheit?»

«Es ist TB.»

«Tuberkulose?»

«Ja. Ich habe nicht mehr viel Zeit, und ich möchte endlich sterben.»

«Gut, dann wollen wir diesen Ort verlassen. Als wer werden Sie sterben? Wie ist Ihr Name?»

«Mein Name? Ich weiß es nicht.»

Lilith.

«Doch, Sie wissen es.»

«Nein.»

Lilith.

Es kam eine lange Pause.

«Denken Sie nicht nach. Sagen Sie mir Ihren Namen.»

Lilith Faye Gwyneth.

«NEIN! Ich weiß ihn nicht!»

«Es ist schon gut, dann ist es nicht wichtig.» Die Stimme von Frau Jonas führte ihn aus diesem verschobenen Zustand heraus.

«Ich denke, diesmal hat es bei Ihnen funktioniert.»

Lucan sagte nichts, saß da wie unter Schock. *Nein, das hat es nicht! Ein sicheres Mißverständnis, ich war … zu … beeinflußt.*

«Geht es Ihnen gut?», fragte Frau Jonas fürsorglich.

«Äh ja, das war nur sehr … ungewohnt.»

Sie nickte. Hinter seinem rechten Auge begann es bedenklich zu zucken. *Oh nein, jetzt keine Kopfschmerzen!* Er stand rasch auf, bezahlte 125 Euro und bedankte sich.

Er wußte kaum, wie er nach Hause gekommen war, denn sein Geist summte bloß, dachte nichts, glaubte nichts. Auch den Abend über tat ihm seine Migräne einen unschätzbaren Dienst, sie erlöste ihn von der Welt und von jeglichem Gedankengut, sie ließ ihn monoton sein, weit weg von Geist und Seele. Er war nur noch Körper, und so nutzte er den Schlaf als eine zwingende Flucht.

Lucan wälzte sich stöhnend in seinem Bett herum. Mit dumpfem Schädel öffnete er unwillig seine Augen. Einen Moment lang war alles in Ordnung. Doch nach dieser kleinen Gnadenzeit kam die Erinnerung an das gestrige Erlebnis zurück. Schnell schloß er die Lider und hoffte auf erneute Flucht, aber jetzt war er wach, und da blieb ihm nur eine Lösung: «Das war doch reiner Humbug. Ich war weder hypnotisiert noch wirklich weggetreten. Ich habe mir das alles ausgedacht, ich war so darauf fixiert. Außerdem habe ich die Bilder bloß verschwommen gesehen.» Lucan schüttelte den Kopf.

«Rückführungstherapie? So ein elender Dreck!» Achselzuckend versuchte er, das Geschehen als ungültig abzuschreiben. Nach dieser alptraumartigen Nacht verließ er dankbar seine Wohnung, um zu seinem Verlag zu fahren. Voller Fluchteifer stürzte er sich in die liegengebliebene Arbeit. Aber im Laufe des Tages kehrten seine Gedanken doch immer wieder zu dieser absurden Geschichte zurück. *Vielleicht habe ich in jener Zeit gelebt. Vielleicht habe ich sie gekannt …*

Lucan rief sich zur Ordnung und versuchte, von Stund an nicht mehr an die Bilder der Rückführung zu denken; nicht mehr an *sie*. Die Bibliothek blieb geschlossen, und das für viele, viele Tage. Es wurde endlich Zeit, sich wieder auf die Arbeit und vor allem auf sein Studium zu konzentrieren. *Das* war die Wirklichkeit. So gingen der Januar und der Februar dahin, bis er eines Abends mit Tibor im Kino war.

Der Film zeigte Arthur Rimbauds Leben. Es ging um Worte, Worte, Wahnsinn und Vergangenheit. Die Bilder und ihre Stimmung wühlten Lucan zutiefst auf. Nach der Hälfte des Filmes fühlte er sich, als würde er Kopfschmerzen bekommen; deshalb ging er nach dem Kino gleich nach Hause. Als er schließlich wieder sein Exil betrat, wünschte er plötzlich, jemand würde ihn dort erwarten. Seine Gedanken waren mit einem Mal bei Nora. *Wieso wollte ich noch mal, daß du gehst?* Das plötzliche Unverständnis der Situation ließ ihn niedergehen. *Irgendwie seid ihr alle verschwunden. Da ist nur noch Leere, Leere. Nora, du bist weg. Und ... Lilith, auch du. Auch wenn du niemals wirklich anwesend warst.*

Diese Nacht konnte er sich vor einem Traum nicht schützen. Er befand sich in seiner Bibliothek. Er las die verschiedenen Buchtitel und wählte sich einige aus. Dann klopfte es an der Tür.

«Nora, bist du es?» kam die erstaunte Frage auf.

«Nein, ich bin es», sprach eine vage vertraute Stimme, und Lucan öffnete die Tür.

«Du bist es wieder?» Vor ihm stand der schwarzhaarige Junge aus London.

«Wie geht es Lilith heute?»

«Ich will es nicht wissen.»

«Und wie geht es dir heute?»

«Ganz gut, danke.»

«Schön, daß es Lilith gutgeht», freute sich der Junge, und Lucan sah ihn verstört an.

«Sag, glaubst du es denn nicht?» Er führte Lucan zu dem antik wirkenden Messingspiegel.

«Sieh genau hinein. Wer bist du?»

Lucan blickte in das Glas, doch er erkannte sich nicht.

«Bin ich das?»

«Ja, du bist das. Jetzt schau noch einmal genauer hinein.»

Er verformte sich. Es war, als würde jemand seinen Mund mit den Fingern ziehend verändern, seine Konturen und andere Kleinigkeiten. Ein blasses, oval geformtes Gesicht blickte zurück, und Lucan zuckte zusammen. Er schloß kurzzeitig die Augen und öffnete sie wieder. Es waren seine Augen, die aus der Vergangenheit her zurückstarrten, ihn schaudern ließen. Seine Hände hoben sich langsam, seine Finger befühlten sein Gesicht, den kleinen bleichen Mund, die exzentrischen Augenbrauen. Sie glitten hinunter zum Hals und dem Kragen eines cremefarbenen Kleides. Die Finger waren jetzt blasser, zart und voller Tintenflecken. Er starrte unaufhörlich, blickte ins Wandglas, sah die einstigen verlebten Züge, beißend verlassen. Lucan schloß die Augen und wandte sich wieder dem Jungen zu.

«Ich bin Lilith?» fragte er erschüttert. Niemand brauchte ihm eine Antwort zu geben.

«Nein. Nein! Ich will nicht der einzige Mensch sein, der mich verstehen kann. Ich will nicht der einzige sein. Ich will kein Monolith sein!»

Kühle Hände wischten ihm die Tränen von den Wangen.

«Du wirst niemals der einzige sein. Glaube mir. Da ist immer jemand, der dich kennt, besser als du dich selbst. Und da wird immer jemand sein. Sei ganz gewiß.»

Lucan griff nach den Händen des Jungen.

«Gut, daß du hier bist. Es tut mir alles so leid. Bitte verzeih mir. Weißt du … weißt du noch, ich habe dich einmal … damals, oder? Ich habe doch …» Verzweifelt suchte Lucan nach Erinnerung an irgendein Ereignis, das sich ihm aufdrängte und sich doch nicht zu erkennen gab.

«Alles ist gut. Du solltest jetzt schlafen, hörst du?»

Lucan legte sich verloren in seinen Sessel und war wenig später eingeschlafen. Er wußte nicht, wohin. Ein Traum im Traum: Lucan war umgeben von Wasser. Mühsam erkämpfte er sich einen Weg zur Oberfläche. Plötzlich spürte er, daß etwas hinter ihm war, etwas Dunkles, Großes. Er drehte sich um, fühlte sich von einem Walfischmaul verschlungen. Wieder spürte er Wasser und eine seltsame Glätte. Als er das nächstemal die Augen öffnete, befand er sich in einer merkwürdig geformten Bibliothek. Unzählige Bücher standen in den engen Regalen, Namen waren auf sie gedruckt. Liliths Name stand dort, sein eigener und andere, die er nicht kannte.

«Was ... was ist das hier?» Aber die Frage löste sich mit dem hereinströmenden Wasser auf. Lucan erwachte aus beiden Träumen. Kurz darauf ging sein Wecker an, und er begann müde und äußerst verwirrt den Tag. Er erledigte seine Pflichten im Verlagsbüro ungenau und hastig. Er wollte nach Hause und war froh, am Nachmittag endlich gehen zu dürfen. Als er Ruhe zum Nachdenken fand, konnte er nicht leugnen, daß die Nachtvisionen ihn aufgewühlt hatten. *Wieder dieser Junge. Was machst du in meinen Träumen? Kann es wahr sein, daß ich ...* Er konnte es nicht zu Ende denken. Diese Aversion, diese Absurdität!

«Ich will nicht *du* sein!» schrie er unerwartet durch die kahlen Räume.

«Ich bin nicht Lilith!» schrie er weiter. Er konnte sich kaum beruhigen. Unverständnis und Hilflosigkeit überfluteten ihn mit derartiger Macht, daß er voller Wut nach einem Stapel Teller griff, der unabgewaschen auf der Küchenspüle stand. Mit einem gewaltigen Ruck warf er sie an die Wand. Wilde Flüche folgten auf das zerspringende Porzellan. Seine Hände griffen weiter, rissen Tassen und Gläser aus den Schränken.

«Verdammt, ich bin nicht Lilith!» Der Name wand sich voller Abscheu aus seinem Mund heraus.

«Verfluchte Hexe! Warum habe ich bloß deine gräßlichen Bücher gelesen? Du toter Teufel! Bleib in deinem Grab und verwese! Laß mich in Ruhe!»

Lucan nahm einen der Küchenstühle und schlug ihn so lange gegen die Wand, bis er sich in seine Einzelteile aufsplitterte. Schweiß lief ihm in den Nacken.

«Ach, diese grauenhaften Bücher! Deine Scheißbücher, deine … ach …»

Lucan ließ das Stuhlbein nach einiger Zeit verärgert aus der Hand gleiten und atmete ein und aus, während er dumpf auf den Trümmerhaufen blickte. Resigniert hob er eine nahezu unbeschädigte Tasse vom Boden auf und behielt sie einen Augenblick in der Hand, ehe er sie scheppernd gegen die Wand warf. Ihre Einzelteile fielen in das Chaos hinein.

V

ALPTRÄUMER

LUCAN VERLIESS die massakrierte Küche. Gewohnheitsgemäß zog es ihn zur Bibliothek, denn hier hatte er immer Frieden gefunden. Doch damit war es vorbei, denn selbst wenn er Liliths Bücher verbrennen oder anderweitig aus dem Haus schaffen würde, so blieben sie doch irgendwie in der Mitte seines Heimes. Sie waren schlicht da, wo er war, und ließen sich nicht aus ihm extrahieren. Stöhnend lehnte er seinen Kopf von außen an die Bibliothekstür. Durch den geschlossenen Eingang sah er ihre drei Bände vor sich, wie sie da lagen und warteten. Ihre Bücher … *Yggdrasil.* Der plötzliche Gedanke an das Buch brachte Lucan Übelkeit. *Mein Gott, wenn ich mich weiterhin mit diesem Dreck befasse, ende ich noch wie Keenan Addams. Wahrscheinlich kann man schneller den Verstand verlieren, als man geahnt hätte.*

Liliths Name, ihre Buchfiguren waren zuvor wie bester Wein gewesen, doch nun kam der Arsen-Geschmack durch, sie waren mit subtil wirkendem Gift durchsetzt. Er stieß sich von der dunklen Tür ab und ging ins Badezimmer, um zu duschen. Er wollte seine Realität zurück, er wollte, daß ihm sein eigener Name wieder gefiel.

Bevor er an diesem Abend spontan mit Tibor zu einem Spieleabend ging, suchte er sich die Aufzeichnungen von seinen Ethnologie-Seminaren heraus und stapelte sie auffordernd neben sein Bett. Das war eine nützliche Lektüre! Voller Eifer las er dann am späten Abend über einen Indiostamm in Peru und forschte ihre Kultur und Religion aus. Erst nach einigen Seiten stöhnte er über seinem Hefter und schloß ihn langsam *«… durch diese Riten bereiten die Stammesmitglieder sich auf ihre nächste Inkarnation vor …»*

War es ihm vorher nie aufgefallen, wie oft dieses Thema aufkam? Lucan hatte ja auch nichts dagegen, der Gedanke faszinierte ihn, aber … er wollte nicht *sie* gewesen sein.

Lucan warf sich auf sein Bett zurück, ihm war übel geworden. *Die Bücher* … Wohl hatte Lilith Bücher geschrieben – aber waren es wirklich Worte, die Ewigkeitswert hatten? Bei Licht besehen war die *Phantasus*-Geschichte eine Art theatralischer Fantasy-Kitsch, *Monolith* bestand aus zusammengestümperten Teilsätzen und *Yggdrasil* … *ach* … Wahrscheinlich war Lucan der einzige Mensch auf Erden, der jemals ihre Bücher geschätzt hatte. Sie waren schlecht und sentimental. *Sie sind nur verlegt worden, weil Weedon McAlistair ihr Freund war. Das ist alles. Hätten sie Qualität besessen, dann hätten sie sich durchgesetzt.* Alle Gegenstimmen schaltete er aus und zog Laurence Sternes *Tristram Shandy* aus seiner Nachttischschublade. Das war ein gutes Buch, es war ein Klassiker. Für viele Mitmenschen damals sicherlich unverständlich und aneckend, aber es hatte sich eben behauptet!

Es dauerte wieder lange, bis Lucan in dieser Nacht schlafen konnte. Am kommenden Morgen flüchtete er aus seinem Bett und verdrängte die mögliche Erinnerung an irgendwelche Träume. Die Aussicht, seine Wohnung zu verlassen und gewohnte Dinge zu tun, hatte großen Reiz. Im Dämmerlicht tastete er sich in die Küche vor. Als er das Licht anschaltete, stöhnte er auf. Er hatte vergessen, daß der Großteil seines Porzellans und seiner Gläser irreparabel auf dem dunkelblauen Linoleumboden herumlagen, und auch der zerschlagene Küchenstuhl ragte anklagend vom Boden auf.

«Mist!» Die Wand war ebenfalls beschädigt von seinem wilden Angriff. *Mein Gott, wie weit ist es mit mir gekommen?* Müde zog er sich Schuhe über die nackten Füße und begann, das traurige kleine Schlachtfeld zu beseitigen. Es nahm einige Zeit in Anspruch. Zwischendurch klingelte das Telefon, aber Lucan ging nicht hin, und einen Anrufbeantworter gab es nicht mehr.

Als er fertig war, entdeckte er, daß er noch drei ganze Teller und kein Glas mehr besaß. Die Zeit war eindeutig gekommen, um die kostbaren Achatschalen aus der Vitrine hervorzuholen, die Lucan auf einem Antikmarkt erstanden hatte. Das Reinigen hatte ihn hungrig gemacht, und er stellte sich ein schnelles Frühstück zusammen, bestehend aus gebuttertem Toast mit Käse und einem Kaffee, den er aus einem Eierbecher trank. Hastig schlang er alles hinunter. Als er gerade fertig war, hörte er vertraute Geräusche. Klicklick. Tatsächlich, die Wohnungstür wurde aufgeschlossen! Lucan ging in den Flur und blickte fassungslos in Noras verschrecktes Gesicht.

«Ich … ich … dachte, du seist arbeiten. Ich habe extra vorher angerufen …»

Lucan bemerkte, daß Nora angespannt schluckte, und nickte nur perplex zu ihren Worten. Es war ungefähr drei Monate her, seit sie sich das letztemal gesehen und zusammen in dieser Wohnung gelebt hatten, doch es kam Lucan ungewiß lange her vor. Nora stand befangen im Flur und sah unnötig schön aus, unnötig fremd.

«Mir ist aufgefallen, daß ich noch ein paar Kleinigkeiten vergessen habe, die ich holen wollte. Von dir sind auch noch ein, zwei Dinge zwischen meine Sachen geraten. Ich habe sie jetzt gar nicht dabei ... aber du bekommst sie bald wieder ... Ich komme erst jetzt vorbei, weil ... vorher wollte ich nicht ... Es ... tut mir leid, daß ich hier so eindringe», sagte sie verwirrt und blickte an ihm vorbei. Lucan nickte wieder. Es war etwas unwirklich, daß sie hier bei ihm war. Er widerstand der allzu großen Versuchung, aller Distanz zum Trotz auf Nora zuzustürzen, um sie in den Arm zu nehmen.

«Hm, gut, ich bin hier gleich fertig», sagte sie und begann, in Badezimmer- und Küchenschränken zu kramen. Lucan stand unsicher im Flur und folgte ihrem Blick auf den zertrümmerten Stuhl, dessen Überreste aus einem Müllsack hervorlugten. Sie sagte kein Wort dazu. Schnell stopfte sie einen Dosenöffner, die Knoblauchpresse und den Eierschneider in ihre Tasche.

«Nora», sagte er, als sie auf die Tür zuging, «warte mal einen Augenblick, ich habe etwas für dich.» Mit diesem Satz lief er zu seiner Bibliothek und kramte die *Suppengeschichten* hervor. Nora stand schon in der geöffneten Tür, als er zurückkam. Wortlos reichte er ihr das Kinderbuch.

«Oh», sagte sie und drehte sich weg.

«Übrigens wollte ich mich noch bei dir für das Tagebuch bedanken. Wie bist du da eigentlich dran gekommen? Ich meine ...»

Ohne sich noch einmal umzublicken, verließ Nora die Wohnung. Lucan blieb stumm zurück, umgeben von den Fängen ihres vertrauten Duftes. *Reiß dich ein bißchen zusammen, Lucan, nicht sie hat dich verlassen, schon vergessen?*

Er wußte, die einzige Flucht wäre sein geheimes England, sein geheimes Wort, doch das hatte er verschlossen. Um diese Begegnung abzutun, begann er sich für die Arbeit fertigzumachen.

Direkt nach den acht Stunden am Schreibtisch suchte Lucan wieder seine Ablenkung bei Tibor. Sie gingen erst ins Kino und danach noch etwas trinken. Im späteren Verlauf des Abends, bei einem hellen Bier, erzählte Lucan Tibor sogar von seinem Zusammentreffen mit Nora. Das war ausnahmsweise ein Thema, das ihn beschäftigte und das er mitteilen konnte. Doch Tibor verstand noch immer nicht, wie es überhaupt soweit gekommen war, und Lucan verstand es auch nicht mehr. *Weil ich absolut krank im Hirn bin. Darum ... ja. Mein Gott, wenn ich mich nicht so in Liliths Bücher verrannt hätte, wäre das mit Nora und mir anders weitergegangen.*

Von Dienstag bis Donnerstag hing Lucan dem wehmütigen Gedanken an Nora hinterher und verdammte Lilith um so mehr für ihren virulenten Einfluß. Donnerstagnachmittag hörte er abrupt damit auf, denn es geschah etwas Unvorhergesehenes.

Als Lucan an diesem regnerischen Donnerstagnachmittag von der Arbeit nach Hause kam, lag ein Päckchen vor seiner Wohnungstür. Erstaunt hob Lucan es auf und blickte auf die unbekannte Handschrift. Ein Absender fehlte. Sein Blick wanderte zu den Briefmarken, und er atmete hektisch ein und aus: es waren englische Marken. Rasch schloß er die Tür auf und setzte sich mit dem Paket in die Küche. Einen Moment wartete er, bis er den Karton aufriß und ein eingewickeltes Buch vorfand, das er langsam aus der Papierhülle zog. *Nein!!! Nicht zu fassen!!! Das ist … nein … das kann nicht sein …* Lucan öffnete den Lederband, und Liliths Schrift zeigte sich mit ihren bekannten Linien und Windungen auf dem farblosen Papier. Es war ein weiteres Tagebuch. *Himmel! Das kann doch nicht wahr sein!* Seine Hände suchten in dem Karton nach einem Brief oder irgendeinem Hinweis auf den Absender und dessen Anliegen.

Es ist für mich … Das Paket ist an mich adressiert … Aber was, in aller Welt, soll das? Lucans Halsschlagader zuckte angestrengt, und er legte das Buch vorsichtig auf den Tisch. Ihr Tagebuch. Ausgerechnet jetzt. Er stand auf, um sich die Hände zu waschen. Er lief um den Tisch herum. Sollte er es lesen? Übelkeit schlich sich seinen Magen hinab, ein leichter Druck zuckte hinter seinem rechten Auge, und er begann, unter den regennassen Haaren zu schwitzen. Entschieden steckte er das Buch in seinen Umschlag zurück und verstaute es mitsamt dem Karton in einem Bibliotheksschrank. Er hatte wahrlich nicht um dieses Buch gebeten, sollte es doch da verrotten …

Nachdem Lucan noch einiges für die Uni gelesen und eine Schachpartie aus dem Jahre 1930 nachgespielt hatte, legte er sich ins Bett. Natürlich kam er trotz der Ablenkung nicht umhin, an seine heutige Post zu denken. Er atmete die kühle Märzluft ein, die regenschwer durch das geöffnete Fenster schwamm. Wie verrückt das war! Wieso hatte man ihm noch ein Tagebuch geschickt? Noras Anfrage für seinen Geburtstag war über drei Monate her. Vor allem hätte er sich zu jedem anderen Zeitpunkt gelinde gesagt ohnmächtig gefreut. Aber ausgerechnet jetzt! Lucan schüttelte sich.

Die Nachtluft milderte seine aufkommende Wut, und Lucan dachte daran, wie Nora letzten Herbst überlegt haben mußte, was sie ihm zum Geburtstag schenken würde, und wie sie dann nach England geschrieben hatte. *Zu diesem Jungen …* Ihn schauderte es etwas. *Zu dem Jungen, von dem ich Alpträume bekomme.* Er dachte an das Antiquariat von Mr. Ripley und an das Wissen des Jungen über Liliths Bücher. Er holte die Szene zurück.

«Vielleicht hat ihr Kunde Interesse an Liliths Hinterlassenschaften …» – Was hatte Mr. Ripley gesagt? Nur Tagebücher, lose Manuskriptseiten …? Also gab es tatsächlich mehr als ein Tagebuch. *Wer weiß, wie viele noch? Und Manuskriptseiten …* Stimmte das? Langsam verging die Müdigkeit. *Manuskriptseiten … Vielleicht von dem Buch, das Weedon nicht verlegen wollte, «Vom irdischen Gefluche».*

Mit plötzlicher Erregung dachte er an diese unentdeckten Seiten und auch an das ungelesene Tagebuch, das zwei Zimmer weiter lauerte. *Ach, was soll das? Du weißt, was Lilith angerichtet hat! Was willst du mit ein paar Schmierzetteln oder intimen Bekenntnissen von ihr? Genug davon. Genug jetzt!*

Erst um drei Uhr nachts schlief er ein; im Traum suchte er nach den verlorenen Manuskriptseiten und schrieb sie zu Ende. Er schrieb, und das Gefühl war unbeschreiblich.

In den nächsten drei Tagen schwelgte Lucan ab und an in dem Nacht-Gefühl, geschrieben zu haben, ehe er wieder zwangsläufig an Lilith dachte und angewidert stöhnte. Es war Sonntag, und da er noch nichts vorhatte, verabredete er sich mit Tibor. Er lud ihn zu sich ein, und sie kochten gemeinsam eine Reispfanne. Nach dem Essen kam Tibor auf das Buch zu sprechen, an dem er noch immer schrieb.

«Ich brauche eine Pause. Ein bißchen literarische Ablenkung würde mir auch nicht schaden ...», begann er bei einem Glas Rotwein, das sie aus Lucans übriggebliebenen, antiken Gläsern tranken. «Sag mal, was ist denn jetzt mit deinen Englandbüchern? Kann ich endlich mal in eines hineinblättern?»

Lucan blickte ihn erstaunt an. Etwa in ein Buch von Lilith? «Ich weiß nicht, ich glaube nicht, daß es dir gefällt, es ist sehr ...»

«He, das möchte ich gern selbst entscheiden!» unterbrach Tibor ihn und schickte ihn los, eines der besagten Bücher aus der Bibliothek zu holen. Unsicher öffnete Lucan die dunkle Tür und näherte sich vorsichtig dem Bücherstapel, der ihm mehr Unbehagen bereitete als alles, was er jemals besessen hatte. Er zog *Monolith* hervor und blickte es an. Wenn, dann konnte Tibor hier reinlesen, über ihre Frauenschreiberei lachen und es zurückgeben. Lucan ging zurück zu seinem Freund und legte ihm zögernd *Monolith* in die Hände.

«Hier, ich habe dich gewarnt. Es wird nicht dein Geschmack sein …»

Tibor zuckte mit den Schultern, und Lucan verließ den Raum, um ins Badezimmer zu gehen, denn er wollte nicht dabei sein, wenn Tibor anfing, es zu lesen. Als Lucan wieder in die Küche kam, blätterte Tibor ernst in den alten Buchseiten herum. Lucan wartete so nervös auf die Kritik, als hätte er seinem Freund etwas Selbstgeschriebenes vorgelegt.

«Das ist …», begann Tibor stirnrunzelnd, und Lucan versteifte sich «… anders. Absolut unüblich. Das ist … wow! Wo nimmt man solche Sätze her?»

Lucan blickte irritiert zu ihm.

«Willst du damit sagen, daß es dir gefällt?»

«Natürlich! Was sie hier über das Schreiben sagt … das ist es! Hat sie noch andere Sachen veröffentlicht?»

«Zwei Romane.»

Es war ungewohnt, über Lilith zu sprechen, über ihre Arbeit.

«Tatsächlich? Das würde mich interessieren! Hast du sie etwa da?»

«Hm … ja schon, aber … ich lese selbst noch daran … vielleicht gebe ich sie dir danach?» sagte Lucan ausweichend.

«Na schön. Aber das hier leihst du mir?»

Lucan knetete seine Finger, ehe er langsam nickte. Er trank noch einen Schluck. Aber stärker als die Wirkung des Weines erfüllte ihn ein Wohlbefinden bei dem Gedanken an Tibors Kommentar. Liliths Worte gefielen ihm! Sie gefielen ihm … Zum erstenmal seit langem lächelte Lucan.

Diese Nacht betrat er seine Bibliothek wieder. Er näherte sich mit einer Kerze in der Hand Liliths Büchern. Behutsam nahm er sie hoch und strich betrunken über die Einbände.

«Das alles gehörte dann mir», flüsterte er vor sich hin, «ich wäre ein Schriftsteller!»

Es war diese Erkenntnis, diese heimliche Selbstgefälligkeit, die Lucan dazu trieb, sich die nächsten Tage von seinem Abscheu zu lösen. Langsam, ganz langsam fand er die Idee reizvoll, mehr als jemand zu sein, der es nie schaffen würde, etwas zu schreiben, sondern jemand zu sein, der bereits geschrieben hatte.

Am Mittwochabend war Lucan soweit, nicht mehr warten zu können. Er zögerte leicht, als er in die Bibliothek ging, das Tagebuch aus der Verbannung des Schrankes nahm und aufschlug. Wie oft hatte er sich gewünscht, er hätte das erste Buch nie gelesen …

Und trotzdem, wie konnte er diesen unbekannten Inhalt ignorieren? Vorbei war es mit der Selbstbeherrschung. Das Buch war hier bei ihm, was konnte es schaden, hineinzusehen? Was konnte es schaden, ein paar mögliche Anworten zu bekommen? Um die Entfernung ein wenig zu wahren, nahm Lucan das Buch mit in die Küche und setzte sich an den hellen Tisch. Hier würde er es lesen, hier in der unromantischen Küche fiel man nicht in Bücher hinein und verfing sich wie flackernder Kerzenschimmer in dunkelroten Weingläsern. Hier gab es eine gewisse Neutralität, die Lucan dringend brauchte, um sich noch einmal an Lilith heranzuwagen.

24. Dezember 1856

Eine fleischliche Sünde begangen?

Mein Gelächter war für den Gottesmenschen wie ein Fluch.

Doch wie soll ich anders? Ich sollte fluchen und verdammen mit jedem bißchen des Lachens, das noch in mir weilt.

Die Frucht unter meinem Herzen schlägt wie ein bösartiger Alp durch den Bauch meines Leibes. Sie ergreift mein Leben, nimmt Wärme meines Körpers und Haß meines Geistes entgegen.

Ich hasse es, daß du da in mich hineingeboren bist, Kindmensch. Ohne Gesicht, ohne Namen, aber besitzergreifend und bestimmend wie etwas grausam Großes. Eine Wunde tief in meinem Blut. Hineingefahren wie ein Höllenblitz. Die Frucht eines Teufels wächst und wächst … Die heilige Jungfrau empfing ein Kind des Herrn. Werde ich, liebe Maria, ein Kind in mir reifen lassen, das sich als Christi Gegenstück erweist? Als Zerstörer der Welt? Der Dämon meines Schoßes in Widerhall zu Gott? Wie konntest du das zulassen, Herr? Wieso strafst Du mich mit diesem Pulsschlag im Bauch?

Ich gehe an meinem Haß zugrunde. Ich will keine Frau sein und niemals wieder ihre Schmerzen teilen. Ich bin nicht bereit dazu, werde es niemals sein …

Ein Kind im Kind.

Schwanger? Wie bitte? Aber wie …? Du wolltest doch nicht … ich …

Lucan las die Passage noch einmal verstört durch und blickte dann in das Licht der Küchenlampe. Kein Zweifel, ein Kind. War ihr Phantasus über sie gekommen? Hatte er sie dann sitzen lassen, oder hatte sie ihm nichts davon verraten? Vielleicht hatte sie noch nichts von der Schwangerschaft geahnt?

Mürrisch dachte er, daß Lilith diese wichtigen Ereignisse in ihrem Tagebuch nicht hätte überspringen dürfen. Er blätterte nochmals zur ersten Seite und staunte, denn als er genauer hinsah, zeigten feine Papierspuren, daß einige Seiten herausgerissen worden waren. *Vor wie langer Zeit? Warum? Zufall?*

Enttäuscht über die ungeklärten Fragen, begab er sich zurück in das braune Lederbuch.

28. Dezember 1856

Wie traurig, daß es da in mir sitzt!

Nutzlos, augenlos, geistlos. Ein kleiner substanzfressender Blutsauger.

Es macht mir Angst. Was will es in mir? Meine Seele saugen?

Ich flüchte in Schlaf und Vergessensein, sonst erstickt mich das quälend atmende Fleisch.

Da ist jemand bei mir, nachts, ich spüre es genau. Ich kann nichts sehen, aber er scheint mit mir zu sprechen. Ich kann nichts verstehen.

Geh mir aus dem Weg.

Ich brauche Mondtraumtrost.

1. Januar 1857

Neuer Beginn? Ja, natürlich. Neues Grauen. Wie konnte mir das geschehen?

Nicht denken, Lilith, niemals mehr denken.

Aber ich habe da noch ein weiteres verspätetes Weihnachtsgeschenk. «Yggdrasil» ist erschienen, passend zum krönenden Abschluß. Also, auf ein Letztes, denn ich habe wahrlich genug von dir geflucht. Krepiere, Weedon McAlistair!

Weedon, Gott weiß, wo du bist, verelende in deinem Schottland, du Bastard, du abscheulicher, schändlichster Verräter. Alles hast du gefällt und gestoßen, ich will nicht einmal mehr schreckliche Worte für dich finden. Worte. Ohne ein Wort bist du gegangen. Ohne ein Wort des Verzeihens, denn das war auch nicht nötig, nicht wahr? Du elender Feigling! Für den Versuch hätte ich dir gern ins Gesicht gespuckt. Oh, ich hasse dich hilflos und verbanne dich aus meiner Seele, ganz und gar. Deinen Namen versuche ich endlich zu vergessen.

«Yggdrasil» wird nun erscheinen, doch zu welchem Preis? Wer wird meine Schriften jetzt noch publizieren? Niemand sonst, das hast du doch gewußt! Meine Kinder, meine Schriften, werden von nun an in meinen Schubladen verfaulen, so wie ich verfaule. Langsam, ganz langsam. Ich habe niemanden mehr. Da ist nur noch Lavonne geblieben.

Geht doch alle! Laßt mich in Frieden vor mich hin siechen. Auch du, Lavonne, mein Engel! Zum Teufel mit dir, gutgläubige, kleine Heilige.

Betroffen dachte Lucan daran, wie er versucht hatte, sich Liliths Feiertage in jenem Jahr vorzustellen. Er spürte immer noch seine neuerliche Abneigung gegen sie, aber daß Lilith verlassen und schwanger dagesessen hatte, war keine besonders angenehme Vorstellung.

5. Januar 1857

Schmerzen in Leib und Rücken.

Ich will keinen Arzt sehen, kann mir keinen leisten, will nicht, daß jemand von dem offensichtlichen Bastard in mir erfährt. Denn das wäre es für sie alle. Ein Kind ohne Vater, von einer unverheirateten Frau. Wie kann das alles sein? Niemand würde es verstehen.

Ich höre sie jetzt schon «Hure» hinter mir her flüstern. Hure? Wessen Hure?

Das Ungetüm in mir verlangte meine Jungfräulichkeit. Seine Hure bin ich, nur seine.

Roter-Schatten-Mann, wo bist du? Hilf mir! Roter-Schatten-Mann, ich verlange wieder so sehr nach deiner Anwesenheit, auch wenn ich versuchte, dir abzuschwören.

Du bist der einzige, der doch versteht, der mich heilen kann.

Selbst in meinen Träumen bist du nicht zu finden. Aber da ist ein Wesen, scheinbar wie ein Kind, ein Junge. Er ist es, der versucht hat, mit mir zu sprechen.

«Lilith», flüstert er mir zu und beobachtet mich.

«Lilith Monolith», sagt er leise, «Ich werde bei dir sein.»

Was willst du von mir, fremder Geist mit blauen Augen wie Mitternachtsgeschwüre? Bist du ein neu ersonnener Dämon? Du unschuldig blickender Traumwandler! Oder bist du gar ein Engel? Ausgesandt von Gott, mich zu verspotten?

Ja, vielleicht.

Ja, vielleicht.

Waas? Lucan sog laut den Atem ein. *Der Junge in ihren Träumen? Moment, Moment. Der Junge in meinen Träumen? Er hat im Traum zu mir gesagt, daß sie dachte, er sei ihr Engel. Das kann doch nicht sein, das geht zu weit!*

Lucan fröstelte es bei der Erinnerung, und er rückte das Tagebuch fast angewidert von sich. Erneut hatten ihn die Worte ergriffen, Liliths Atome waren wieder aus den alten Seiten gekrochen und hatten sich mit den seinen vermischt. Sie erzählten ihm Dinge, die er nicht hören wollte und denen er sich doch nicht entziehen konnte.

Lucan stand auf, um einen Schluck Wasser zu trinken. Er würde heute nicht mehr weiterlesen. Er brachte das Buch in die Bibliothek zurück und machte einen Spaziergang durch sein Viertel. Unsicherer Sonnenschein stieß sich fahl durch die rissigen Wolkenfelder.

Lucan dachte an den Jungen. Er dachte an Liliths Traumgestalt. *Ein Wesen, das schon vor hundertfünfzig Jahren durch Träume geisterte und Menschen verfolgt hat? Ein Geist, ein Phantasus? Ein Irgendwas?*

Eine Meute Kinder auf Fahrrädern drängten ihn vom Gehweg, und er verlor seinen Gedankenfaden, doch mit bloßem Nachdenken kam er hier nicht weiter, also stürzte er sich auf die anderen Informationen, die ihn beschäftigten. *Weedon McAlistair ist abgehauen und hat Lilith im Stich gelassen? Stimmt, es ist genau, wie dieser Ripley erzählt hat. Aber warum noch gleich? Ach ja, um ins Kloster zu gehen oder so was. Liliths Haß ist wohl begründet. Bloß wegen dir, Weedon McAlistair, sind nur drei ihrer Bücher gedruckt worden? Ein Freund weniger, du Bastard!*

Je mehr er darüber nachdachte, desto mehr verspürte er selbst dieses Gefühl von unbestimmbarem Haß auf diesen fremden, undurchsichtigen Menschen. Lucan stapfte durch die Straßen, und als er nach Hause zurückgekehrt war und etwas gegessen hatte, vergaß er seine Idee, heute nicht mehr weiterlesen zu wollen. Mit einem Teetablett ließ er sich in der Bibliothek in seinem Lesesessel nieder und hatte den Kampf gegen Lilith verloren.

16. Januar 1857

Der Zustand wird für mich spürbarer, ich werde gefangener.

Wann will es geboren werden? Irgendwann im heißen August? Wird es Mutter zu mir sagen wollen? Und dann habe ich Mitleid, es ist schuldlos, ist nicht willentlich in mich hineingekrochen. Es ist nur das Erstaunliche, das aus einer körperlichen Vereinigung – oder wie sagt man? – entstanden ist.

Was soll ich ihm bieten? Meinen Haß und mein Leid, wird es davon satt werden?

Wer füttert seine Seele mit Worten und Werten? Ich habe ihm nichts beizubringen, denn ich bin nichts, was es kennen sollte. Und niemals etwas, dem es ähnlich sein sollte. Gnade dir Gott, nein!

Ich will es ja lieben, ich versuche es wirklich. Es tut mir leid. Aber ich bin allein mit ihm. So allein, daß ich beginne, mit ihm zu sprechen. O Gott, es macht mir solche Angst!

In wenigen Wochen werde ich 29 Jahre alt sein. Zu alt für eine Geburt? Ich weiß es nicht. Was wird dann geschehen? Wird der wachsende Gigant mich töten, bis er mich aufschlingen kann?

Nein, nein! Ich fürchte mich vor seinem Grab.

30. Januar 1857

Endlich. Er war bei mir, traumnah, hat mich gehalten und geküßt.

Oh, ich brauche dich bei mir. Immer.

Aber auch der dämonische Engel wirrt durch Nachtland. Das letztemal hat er mit mir gesprochen. Er sagt, daß er meine Worte liebt.

Du weißt von ihnen, Geistmann?

«Lilith Monolith», hat er wieder gesagt, «ich weiß alles von dir.»

Ich finde es nicht beruhigend, so etwas von einer Mitternachtsgestalt zu hören. Vielleicht lügt er. Ich mag ihn jedenfalls nicht bei mir haben.

Verschwinde von mir, mach die Nacht frei von deiner Anwesenheit, so daß ER zu mir kann!

Verschwinde, Geistmann!

Geistmann? Es wird immer verrückter. Auch die Beschreibung ihrer Gefühle bezüglich des ungeborenen Kindes ließen Lucans Körper unangenehm vibrieren. Gefangen, von innen aufgefressen, das waren schauerliche Vorstellungen. Lucan hatte aus verschiedenen Erzählungen stets herausgehört, daß die Schwangerschaft etwas Wunderbares, wenn auch Anstrengendes sein sollte – aber etwas so Furchterregendes?

Fröstelnd zog er seine Schultern nach vorn. *Ein Ungetüm im Bauch. Aber von wem? Von wem? Der Rote-Schatten-Mann, es kann gar nicht anders sein. Und das empfangene Kind …? Sie konnte es ihm nicht sagen, weil er wieder fort war, bevor sie davon ahnen konnte.*

Der Haß mußte aus der Einsamkeit entstanden sein – von allen Freunden und Geliebten verlassen. Und dann diese Hilflosigkeit und diese Angst! Ihre kalten Worte hatten Lucan frieren lassen. Er war erleichtert, ein Mann zu sein.

Lucan beschloß, eine kleine Pause einzulegen, in der er sich Badewasser einlaufen lassen wollte. Die Wohnung, die er durchquerte, war dunkel. Lucan hatte jedes Zeitgefühl verloren, was er genoß. Also mied er den Blick auf eine der Uhren, die aufdringlich die Dunkelheit durchtickten, unaufhörlich, kleine, zählende Herzschläge. Lucan begann, das Badezimmer herzurichten. Solange das Wasser dampfend und gurgelnd in die Porzellanwanne lief, schaffte er alles Notwendige in seine neue Höhle. Dann wartete er ab und betrachtete sein Gesicht, das von dünnen Wasserschleiern umhüllt in dem Spiegel über dem Spülstein zu sehen war. Das Haar fiel ihm weit ins Gesicht und deckte einen Teil seiner Züge ein. Da waren noch seine Augen, sie wirkten wie Stahlkugeln, die einem Schneemann in den kalten Winterkopf gepreßt worden waren. Nichts war wirklich eindeutig in dem zurückblickenden Angesicht. Ein Dampfgeistergesicht, weder Mann noch Frau noch irgend etwas.

Nur Augen.

Nur Haifisch.

Nach ein paar Minuten war das Wasser bereit für seine Aufnahme, und er löste den Blick vom Spiegelglas. Lucan zog sich aus und sah an sich hinunter. Er betrachtete aufmerksam seine Gestalt mit der blassen Haut an schlanken Schenkeln und dem dunklen Haarflaum auf seinem Körper. Sein Blick wanderte höher und blieb an seinem Geschlecht haften. Zwei große, dunkle Flecken zierten auffällig seine Männlichkeit: Muttermale, wie er sie an vielen Stellen des Körpers hatte, besonders auf dem Rücken. *Ich bin gern ein Mann.* Entschlossen sank er in die Schaumwellen. Sein Körper entspannte sich, und nach etlichen stillen Genußminuten öffnete er seine Augen und hob seine Hände aus der Wärme, um sie abzutrocknen und das Buch wieder aufzunehmen.

2. Februar 1857

Imbolc.

Welch Ironie für den Tag meiner Geburt! Das alte Fest der Belebung, der Beseelung und der ersten Regung des Kindes im Mutterbauch.

Nie habe ich geglaubt, es einmal so wörtlich zu nehmen. Noch spüre ich keine Regung in meinem Bauch, aber ich kann die fremde Präsenz erahnen.

Imbolc, das gälische Wort für «im Bauch». Mutter Erdes Bauch, ja, aber doch nicht meiner! Vielleicht sollte ich es nun nennen wie die ach so geliebten Christen: Lichtmeß.

Was für eine Verschwendung. Warum stirbt ein alter Glaube aus, während er von einer durch und durch widernatürlichen Kirche ersetzt wird, die viel mehr gegen jede Natur ist als für ihre Segnungen?

Ach, die Zeiten eilen schnell voran! Was wird in den nächsten einhundert, zweihundert Jahren sein? Werden wir denken und glauben dürfen? Woran auch immer? Oder werden wir vollkommen versklavt sein?

Oh, was für Gedanken an meinem kleinen Fest. Hoffentlich wird Lavonne zu mir kommen. Aber dann wird sie mir meinen Zustand vielleicht ansehen. Sie hat diesen besonderen Blick für derlei Dinge. Was wird sie denken, das kleine Unschuldslamm? Daß ich Sünde begangen habe und schon immer tat?

Das wirst du glauben. Aber vielleicht kommst du auch gar nicht. Was macht das schon?

Ach Lavonne, nein! Steh mir bei! Ich sterbe ob der Inschrift meines Blutes. Ja, die Inschrift meines Blutes ist es, die mich grausam macht.

Lucan las nur diesen Eintrag, denn die übermäßige Wärme machte ihn benommen. Nach einer Viertelstunde verließ er schlafwandlerisch die Badewanne, trocknete sich ab und löschte die Kerzen. Im Dunkeln tappte er dann ungeschickt zu seinem Bett und fiel dankbar hinein. Es dauerte keine Minute, und er war schon weit entfernt von der Gegenwart. Er hatte wieder Träume, aber nach dem ersten Aufwachen, zwei Stunden später, konnte er sich an nichts mehr erinnern.

Das nächstemal schreckte er gegen den frühen Morgen wieder auf. Sein Herz trommelte jagend in seiner Brust. Aufgelöst faßte er sich an die schweißnasse Stirn, denn ein kleiner, heimtückischer Alpdruck hatte sich in seinen Geist projiziert. Nichts Genaues blieb zurück außer dem übelkeitserregenden Ziehen im Bauch. Der Überrest des Kindmonstrums. Die unangenehme Erinnerung trieb ihn aus dem Bett. *Vergiß es! Du bist ein Mann! Du wirst niemals ein Kind in dir tragen müssen. Du hast mit alldem nichts, aber auch gar nichts zu tun!* Lucan versenkte sich in eine Schachpartie aus den achtziger Jahren, bis er es nicht mehr aushielt.

12. Februar 1857

Ich möchte über Worte laufen können.

Ich will fliegenklein sein und auf den paar Zeilen stehen, die der Rote Schatten mir hinterlassen hat. Dann wären seine Worte eine ganze Erdkugel groß. Eine ganze Welt. Ich würde die Buchstaben abgehen, die Kontinente meines Planeten.

Die Feuermonde trauern, wenn sie meine Sucht streifen.
Und die Sucht wird hungernder.
Satter.
Magenlos.

Das Kind in mir beginnt aufzuwachen. Ich höre es schreien. Es bricht mir meine Knochen, inwendig, und läßt die Augäpfel zerplatzen. Zu hohe Schreie, zu schrill und grell.
Lavonne hat es auch gehört.
Sie wollte gar nichts wissen, hat nichts gefragt. Gut so!
Sie ist bei mir geblieben; endlich lagen Arme um meine fürchterliche Angst.
Wie ich dich brauche, Lavonne, meine Einzige! Vielleicht läßt du mich nicht allein, aber helfen kann mir niemand.
Wer wagt es, meinen Bauch aufzubrechen und das Bleigewicht zu entfernen?
Vorsicht, sein Atem ist Giftwolke. Reiner, klarer Höllenstaub. Mach mich höllentaub, ich will nichts mehr hören müssen …

16. Februar 1857

Ich schreibe wieder, Gott sei dafür gesegnet, aber nur dafür.
Der einzige Lohn für das Leben.
Worte. Ich kann nicht Herze lassen von den Worten.
Die Laute stehlen sich um meine Nächte.
Umfassen Mondesband und Feuershand.
Sie sind nicht mein, denn ich gehöre ihnen.

Lucan merkte auf. Was hatte Lilith wohl noch alles in ihrem Leben geschrieben? Wieviel Zeit hatte sie dafür gehabt? Unwohl fiel ihm ein, daß er die Information aus seiner Rückführung nicht in Zweifel gezogen hatte. Demnach war Lilith vielleicht sogar sechzig Jahre alt geworden. *Bestimmt ist es gelogen. Vielleicht ist sie bei der Geburt gestorben. Ja, das ist möglich …* Lucan las weiter, denn es drängte ihn, Hinweise darauf zu finden.

17. Februar 1857

Ich schwelge in meinen Geschichten von fernen Gestalten, hole vergessene Bücher hervor. Sie kratzen mir die Haut auf.

Orpheus
deine Stimme
bittet unhörbar
eindringlich.

Tonlos
schleicht sie
durch traumerlebende
Verschwommenheit.

Deine Gestalt
sind fliegende Laute.

Lauschende Stille,
klagend verloren
weht deine Stimme
durch meinen Atem.

Orpheus,
du schweigst
in meiner Leere
und weinst dich blaß.

Ach schöner Sänger, auch du bist mir verdorben. Deine Unterwelt ist ein Hohn gegen meine Hölle. Glaubst du es nicht?

Dann komm zu mir, ich singe dir deine Augen offen.

20. Februar 1857

Er ist wieder bei mir. Der Geistmann.

Hier in meiner Einsamkeit heiße ich ihn fast willkommen.

Er spricht Worte des Trostes, er versucht, mir etwas zu erklären, das er mir nicht erklären darf. Seine Sätze klingen kreistanzend um mich herum. Er macht sich Sorgen um mich.

Ich weiß, er verschweigt Dinge, von denen er weiß und die ihm auf der Seele brennen, und doch wird er sie nicht sagen.

Was ist es, Geistmann, bist du mein Todesengel?

Hast du mir mein Sterben durch die Hand eines Ungeborenen anzukündigen? Lilith Monolith: das scheint mein wirklicher Name zu sein.

Ach Geistmann, dann wache über mich, wenn du kannst.

«Ha!» rief Lucan leise aus und tippte auf den drittletzten Satz der Eintragung. Lucan war erschrocken über seinen plötzlich aufkommenden Wunsch, Lilith möge einfach bei der Geburt gestorben sein, denn alle Fragen wären damit erledigt. Er rutschte unruhig in seinem Sessel herum. *Immer wieder dieser Geistmann.* Dieses Wesen bereitete ihm Probleme. *Er ist doch nur ein Junge auf Londons Straßen, oder nicht? Ein Hirngespinst vielleicht … Natürlich, ein hübscher Nachtmahr … Etwas Unsterbliches, Seelenreißendes. Sehr wahrscheinlich, Lucan.* Er lachte voller Sarkasmus auf. *Wenn der Geistmann ein Seelensauger ist, dann bin ich auch nicht mehr als eine Buchfigur.* Nachdenklich versenkte Lucan sein Gesicht lange in beiden Händen.

«Was bist du bloß? Und was hast du mit mir zu tun? Vielleicht sollte ich ihm einfach mal schreiben? Und was? Hallo, erinnerst du dich an mich? Du kennst meine Träume, und ich möchte wissen, was du bist. Klar?»

Na klar.

Liliths Geschichte ruhte ein paar Stunden, in denen Lucan schlief und dann zur Universität fuhr. Auf dem Weg zur Bibliothek traf er auf einen Kommilitonen namens Gregor, der mit ihm Ethnologie studierte. Lucan ging diesem schwatzhaften Menschen gern aus dem Weg, aber diesmal war es recht praktisch, ihn zu treffen, denn er erklärte Lucan ausschweifend, was er in der letzten Zeit verpaßt hatte und welche Bücher er brauchen würde. Nachdem Lucan sich alles notiert hatte, erzählte Gregor ihm begeistert von seinem Praktikumsplatz für diesen Sommer. Er würde drei Monate in Neuseeland verbringen und den Maoris mit seiner plapprigen Anwesenheit das Dasein verleiden. Lucan war froh, als er sich loseisen konnte, denn Gregor war entsetzt darüber, daß Lucan das Praktikum noch nicht in diesem Jahr ableisten wollte. «Aber das ist doch das Beste am ganzen Studium!» fiepte er entrüstet auf, bevor Lucan sich zur Bibliothek aufmachte. Lucan war noch nicht bereit, solch eine Entscheidung zu treffen, denn sie würde bedeuten, daß er wußte, was er fortan tun wollte.

Lucan verbrachte eine Stunde zwischen Büchern und Menschen, bis er beim Anblick einer schwangeren Studentin nachdenklich wurde. Trotz ihres runden Bauches schien sie dem Studium munter zu folgen, und ihm wurde bewußt, wie schwer es Lilith damals wirklich gehabt haben mußte. Sie war allein, unaufgeklärt über die natürlichsten Dinge, vereinsamt und gesellschaftlich verachtet.

Auf dem Weg nach Hause wartete Lucan an einer roten Ampel, als ihm seltsame Gedanken kamen. *Lilith ist nicht gestorben. Sie hat gehofft, daß es so sein würde, aber sie ist nicht gestorben.* Er dachte mit ungewohntem Mitgefühl an sie, das immer stärker wurde. Lucan blickte abwesend auf das dunkle Blech seiner Motorhaube und hätte weinen können. *Es war so schrecklich für Lilith, so schrecklich …* Die Ampel sprang auf Grün um, und Lucan fuhr mechanisch weiter. Als ihm ein anderer Gedanke kam, hätte er beinahe vergessen, in der nächsten Kurve zu bremsen. *Liliths Kind!* In Lucans Kopf bewegten sich die Überlegungen hektisch wie aufgeschreckte Fledermäuse. *Was ist aus dem Kind geworden? Wenn es gesund war, dann besteht die Möglichkeit, daß es Nachfahren gezeugt hatte …* Lucan hielt abrupt an. *Dann gäbe es möglicherweise jetzt noch lebende Nachfahren von ihr! Und vielleicht …* Jetzt wurde Lucan richtiggehend blaß vor Aufregung. Er dachte an Liliths Augen. Haifisch. Er dachte an seine Augen. Es hupte hinter ihm, und Lucan parkte seinen Wagen in einer weniger belebten Seitenstraße ordentlich ein und starrte dann durch die Windschutzscheibe auf den Asphalt vor sich. *Es könnten heute immer noch Verwandte existieren. Mein Gott, vielleicht ist das die Erklärung … vielleicht … ich meine, ich kenne meine Familiengeschichte nicht gut genug … vielleicht sind Lilith und ich über irgendwelche Ecken miteinander verwandt?*

Lucan blieb völlig erschüttert von der Idee in seinem Wagen sitzen, ehe er direkt nach Hause fuhr, in seine Wohnung stürmte und sogleich hastig das *Yggdrasil*-Buch öffnete. Er betrachtete Liliths Photo, und zum erstenmal versuchte er sogar, sich selbst in ihren Zügen zu entdecken. Sie hatte wirklich Ähnlichkeit mit ihm. Er war höchst ungeduldig, als er seine Mutter anrief, um zu fragen, ob er vorbeikommen könne. Sie lud ihn freudig zum Abendessen ein, und kaum eine Stunde später saß er mit ihr an dem dunklen Eßtisch, aß Auberginenauflauf und brachte das Gespräch auf die Verwandtschaft. Das Thema lud seine Mutter immer zu Geschwätzigkeit ein, und diesmal initiierte Lucan es freiwillig. Da er seine Augen von seinem Vater geerbt hatte, war er nur an der väterlichen Blutslinie interessiert.

«Hm, Lucan, dein Vater hat nicht sehr viel über seine Familie gewußt. Sein Vater ist gestorben, als er noch ein Kind war …»

Genau wie bei mir …

«Und seine Mutter ein paar Jahre darauf.»

«Hältst du es eventuell für möglich, daß er britische Vorfahren hatte? Ich meine, in den ganzen Kriegswirren war das vielleicht gar nicht so unwahrscheinlich.»

«Ts, du kommst wieder auf Ideen ... Möglich wäre es natürlich schon.»

«Wer könnte denn mehr wissen? Irgendwas muß man doch rausbekommen können?» drängte Lucan.

«Tja, da könntest du nur noch Erdmann fragen, der hat alles gesammelt. Vielleicht hat er ja sogar mal den Stammbaum geschafft, den er immer anlegen wollte.»

Lucan rief gleich von dort aus den Bruder seines Vaters an. Überrascht, aber ebenso erfreut wie seine Mutter, über dieses Thema plaudern zu können, ermunterte er Lucan, ihn doch am nächsten Tag zu besuchen. Begeistert über diese Möglichkeit, fuhr Lucan nach Hause. Mit spürbarer Erleichterung, vielleicht eine mögliche Erklärung für diese bizarre Verbindung gefunden zu haben, konnte er sich wieder Lilith widmen.

23. Februar 1857

Alpträumer.

So lautet der Name des Buches, das ich schreibe.

Aber ich brauche ihm keinen Namen zu geben und brauche es auch nicht zu schreiben. Wozu? Vielleicht für das Kind?

Nein, ich habe das Gefühl, nicht mehr lange genug zu leben, um es zu begrüßen. Es will wachsen und wachsen. Es gibt keine Flucht, nein, keine Flucht. Ich leide an Klaustrophobie. Inwendig. Ich bin so mager. Ich werde verhungern an dem Bastard. Aber vielleicht wird er eher mein Rück-

grat in zwei Teile splittern, oder diese sich tief fressende Kälte wird mich bläuen und erstarren lassen.

Ohne Lavonne wären wir beide schon lange erlöst. Dieser Winter ist so kalt, und der harte Eisgeruch bricht sich durch meine Mauern, ein Geruch wie von verbrannten Eissplittern und versengtem Wasser. Mein Aquariusfebruar. Verschließt du deine Schnee- und Eisaugen vor meinem Leid? Ich bin doch eines deiner Kinder. Dein Wassermannschatten.

Ich widmete dir Worte, wie kannst du mich verenden sehen?

Lucans Haß hatte sich endgültig gelegt. Wie konnte er Lilith nur derart verdammt haben? Sie hatte alles für ihre Worte gegeben, sie hatte härter gekämpft, als man sich vorstellen konnte. Reuevoll strich Lucan über ihre Schrift. Ein bißchen fühlte er sich, als wenn er ihren Schmerz aufbewahrte, ja als wenn er vielleicht ihr Alpträumer war … wie auch immer.

28. Februar 1857

Ich bin kein weindurchtränkter Dichter, und ist dieses Bild auch noch so gefestigt. Niemand muß mir sagen, daß ich Alkohol in «meinem Zustand» meiden soll. Ich hasse des Weines Betrug, seinen herbeigeführten Schwindel und seine traumwandlerische Leichtigkeit.

Doch den Geschmack verehre ich.

Ich verabscheue dieses Portrait der Lächerlichkeit: Züchtige, vornehme Herren und eventuell auch Damen sitzen mit geisterhellten Gesichtern an einem pittoresken Ort, halten ein gefülltes Glas in den Händen und lassen schöne Worte das teure zarte Papier vor lauter süßen Träumen einschmelzen. Oh, natürlich schreiben sie auch über Leid. Ist er nicht bequem und romantisch schön, dieser Schmerz der Leidenden? Ist es nicht schön, von weitem zuzusehen und verklärte, ach so tiefgründende Worte voller Mitleid zu finden?

Doch das wichtigste an eurem kleinen literarischen Zeitvertreib ist dessen Erwähnung.

Ihr schließt euch in erwählten elitären Zirkeln zusammen und stampft verzweifelt den Gott der Worte in eure Niederschriften.

Nicht das geheime Wort an sich ist eures Willens Erstrebung, nur der Titel und der Ruf. Vielleicht auch der Wunsch, dem Pariser Künstlerzirkel gleichzukommen.

Ihr Wilden? Die Freikarte für den Weinrausch und die öffentliche Bewunderung.

Mich nennt ihr einen Philosophaster, einen Scheinphilosophen.

Nun gut, auf eurem Ball möchte ich niemals tanzen, und nicht nur, weil keine Einladung auf mich trifft. Ich bin ein Niemand. Aber ich atme und sterbe in Worten, und ihre leckenden Zungen bringen betäubendes Gift in meine Blutwunden.

Ich bin keine Hure eures primitiven Bordells. Ich erkenne gehängte Schriften, gleichgesinnte Herzen. Sie gibt es, und nicht wenige. Worte wie die einer Brontë. Emily, die kein männliches Pseudonym mehr braucht. Wir sind so einsam. Warum kann ich nicht unter euch weilen und teilen? Warum dieser Stoß in die Einsamkeit? Wo niemals meine Worte wieder laut werden?

Mich will ich sterben sehen. O ja. Aber nicht sie, meine Werke. Meine von mir geborenen Kinder.

Lucans Blick wanderte zu Charlotte Brontës Büchern, die in seiner Bibliothek standen. Er hatte sie gern gelesen, aber wirklich berühren konnte ihn tatsächlich nur Emily Brontë mit ihrer *Sturmhöhe* und ihren einsamen, moorkalten Gedichten.

2. März 1857

Ich will mich ausbluten lassen. Vom Bauch her.

Ich habe nicht den Mut, mein Leben zu beenden? Doch, ich habe den Mut, aber nicht das Herz. Lavonne würde sich zeit ihres Lebens an mir schuldig fühlen.

So wäre ich schuldig geworden an der Heiligkeit des Lebens, des bestimmenden Kreislaufes.

Vor einigen Tagen, als der Winter kurz innegehalten hatte, nutzte ich die Zeit, um meinem Kerker zu entfliehen. Ich ließ mir von Lavonne eine Kutsche bezahlen und bin Richtung Somerset gereist. Blood Spring war mein Ziel.

Es war gut, wieder einmal die Blutquelle zu sichten. Etwas Unerschütterliches, Unveränderliches. Eine einsame, selten reine Unverfälschtheit.

Lassen wir das Christengeschwätz beiseite. Dies ist der heilige Born der Druiden.

Ich wünschte, ich könnte in deine nie versiegenden, eisigen Wasseradern und Venen tauchen und zu deinem Herzstück gelangen.

Was ist es, das auf deinem Urgrund liegt und sein Lebensblut verströmt?

Ist es gleich der Gebärmutter der ewigen Erdmuttergöttin? Ihrem Bauch, der Leben gibt und Leben schändet?

Ich will mehr wissen von deiner Macht. Nimm die Unfrucht aus meinem Bauch und laß sie zurücksinken in das Erdreich, in die Mitte der Dinge.

Ach Gott, laß es eine Fehlgeburt sein! Und sei es auch nur, um den Boden hier zu tränken. Wenn es nicht zum Leben gut sein soll, dann kann es den Bauern als Dünger dienen.

Trotzdem war diese Zeit gut für mich. Frisches, freies Atmen und die Gesellschaft alter Götterdienste.

Kindmensch ist mir nicht genommen worden, obwohl ich durch Schmerzen und eine leichte fieberhafte Erkältung auf ein Zeichen gehofft hatte.

Kindmensch will zäh sein.

Wenn ich mit meinem Bauch an die Wand stoße, schmerzt nur mein Fleisch. Und er, er wird leben.

Fleischklumpenparasit macht sich nicht vergessen.

«Fleischklumpenparasit? Heftiges Wort.»

Lucan sprach auch noch den Namen der Blutquelle laut aus. *Den Ort muß ich mal besuchen. Blood Spring, hört sich irgendwie unheimlich an.*

Lucan nahm einen Bogen Papier und schrieb groß und schwungvoll den Namen der Blutquelle quer über das Weiß. Es schauderte ihn etwas. Dann wandte er das Blatt und schrieb gedankenverlorenen *Lilith Faye Gwyneth*. Er bemerkte es nicht einmal wirklich. Während er noch über Englands geheime Kultorte nachgrübelte, malte er die Buchstaben des Namenszuges aus. Sorgfältig ließ er das Tintenschwarz Bögen und Schnörkel ziehen. Als er dann müde wurde, segelte das Blatt unbeachtet vom Schreibtisch. Lilith war zurück.

Ein Traum, wieder ein Traum. Er hatte einen Frauenkörper. Der angeschwollene Bauch erstreckte sich weit in das Zimmer. Lucan hechelte nach Luft, das Kind drückte ihm Sauerstoff und Blut ab. Plötzlich wurden die Schmerzen, die das trampelnde Monstrum in seinem Inneren auslöste, stärker. Mit einem ohnmachtsstarken Ruck fuhr eine Hand aus seinem Fleisch heraus, und noch eine. Das Grauen war unbeschreiblich. Immer mehr Hände platzten aus ihm hervor und kratzten seine Haut. Der Bauch öffnete sich an vielen Stellen, und Lucan sah durch Schweiß und Blut die gebrochenen Rippen aus seinem Leib starren und die vielen Risse. Die Hände brachen langsam das Fleisch auf und wühlten sich hinaus in die Welt. Blutige, schleimverklebte Geschöpfe mit blauen, hervorquellenden Adern und verwachsenen Augen tasteten sich wie blinde Maulwürfe aus der Höhle empor.

«Mutter!» riefen die unnatürlichen, dünnen Stimmchen, «du mußt uns füttern!»

Starr vor Abscheu und Angst sah er die Wesen in seine Eingeweide greifen und die glibbernden, blutgepumpten Gedärme in ihre Münder schlingen. Die Babys lagen in und auf ihm und kauten langsam und stöhnend seinen Körper an. Schmarotzend lagen sie in Blut und Organen und fraßen ihn auf. Lucan sah, wie sie immer größer wurden. Er wachte schreiend auf, als einer der Säuglinge die Hand nach seinem Gesicht ausstreckte und ein plötzlich bezahnter Mund saugend in sein Auge biß. Lucan schrie und schrie und schüttelte sich. Schwer atmend riß er seine Augen auf. Dunkelheit. Stöhnend wälzte er sich hin und her, wußte nicht, ob er schon wach war und was in den Schatten lauern mochte.

Waren da nicht Stimmen unter seinem Bett? Die kleinen wispernden Stimmchen? Panisch sprang er auf und stieß mit seinem Kopf vor eine Tür. Er lief in den Flur und fand endlich einen Lichtschalter. Aber das Grauen war noch da. *O Gott, ich muß weg hier! Ich muß raus!*

Ohne denken zu können, griff er im Badezimmer nach ein paar Kleidungsstücken, die er sich hastig überzog, und verließ dann barfuß die Wohnung. Draußen schloß er seinen Wagen auf und versuchte, seinem Alptraum davonzufahren. Wimmernd und stöhnend raste er über die verlassenen Straßen. Seine taubgewordenen Füße bedienten mechanisch die Pedale, und er wußte, wohin er wollte. Da gab es nur einen Menschen: Nora.

Lucan schien immer noch die Stimmchen zu hören und fühlte das aufgebrochene Fleisch. Er verließ seinen Wagen, lief die Stufen zum Haus ihrer Schwester hoch und begann, wild zu klingeln. Im obersten Stockwerk ging Licht an, und eine Frau erschien am Fenster.

«Nora?» fragte Lucans schwache Stimme.

«Nein, hier ist Paula. Bist du das, Lucan? Mein Gott, was willst du hier? Nora wohnt nicht mehr hier! Verschwinde!»

Das Fenster wurde wieder geschlossen. Stumm stand Lucan barfüßig auf der eisigen Treppe, bis er sich resigniert auf eine der Stufen setzte und seinen Oberkörper umklammerte. War Nora wirklich nicht hier? Er wollte zurück zum Auto, er sollte besser nach Hause fahren, aber er konnte nicht, denn dort lauerten noch immer die Schatten dieser Mißgeburten auf ihn. *Lucan, geh endlich!*

Wieder klarer werdend, stand er auf, um sich in seinen Wagen zu setzen. Eine Weile noch blickte er beklommen auf das Haus und startete dann den Motor. Ganz allmählich verflüchtigten sich die Nachtbilder und ließen ihn rationaler werden. Als er seine Wohnung betreten und alle Räume vorsichtshalber gründlich nach irgendwelchen ungewöhnlichen Vorkommnissen untersucht hatte, ließ er sich ein Bad einlaufen, weil seine Füße bereits ungesund gefühllos waren. Nichtsdestoweniger sperrte er die Badezimmertür ab, und sein Spiegelbild zeigte ihm, daß er ein Mann war und nichts anderes, augenscheinlich. Seine Finger strichen fragend über seinen Körper. Seine Hände preßten sich auf seinen Unterleib, und hinter seinen geschlossenen Augenlidern stiegen Bilder auf, die ihn wanken ließen. Monolithgeschwüre.

Er blieb lange in der Badewanne liegen und drehte zwischenzeitlich immer wieder das heiße Wasser an. Er wollte es nicht zugeben, aber Tatsache war, daß er ein wenig Angst hatte, das sichere Badezimmer zu verlassen. Die Bilder waren zwar in die Realität getrieben und verstandgeprüft, aber wie so viele Alpträume noch unsichtbar vorhanden.

Lucan faßte wieder und wieder auf seinen flachen Bauch und konnte die Qual mehr als nötig fühlen. Er dachte an Lilith. *Wie konnte der Rote-Schatten-Mann ein Kind zeugen und dann verschwinden? Wieso ist er nicht geblieben? Oder hat er nie davon erfahren? Ach, dumme Fragen! Das ist ja nun völlig unwichtig.*

Als Lucans Haut langsam im Wasser einschrumpelte, verließ er widerwillig die Zuflucht. Die Uhr verriet ihm, daß es fast sechs Uhr morgens war. *Zeit für die Arbeit? Nein, ich kann nicht.*

Jedenfalls beschloß er, nicht wieder ins Bett zu gehen. Er schaltete alle Deckenlichter ein, drehte das Radio auf und begann, die Wohnung zu reinigen. *So komme ich wenigstens mal zum Putzen.* Um halb acht schellte es an der Tür. Lucan zuckte zusammen. Es konnte nur jemand sein, den er nicht sehen wollte. *Zu dumm, hier brennt überall Licht, wirklich sehr unauffällig!*

Vorsichtig schlich er sich zum Fenster und sah hinaus. Nora stand an der Haustür. *Nein!* Er mußte aufmachen, sonst würde sie den Schlüssel benutzen. Unsicher öffnete Lucan die Tür.

«Guten Morgen», sagte sie in einem undefinierbaren Tonfall, als sie auf dem letzten Treppenabsatz angekommen war, «ich dachte, ich bringe dir vor der Uni noch schnell deine Sachen vorbei. Sie waren in meinen Umzugskisten.»

Sie reichte ihm einen dunklen Pullover und einen kleinen Messingkompaß. Es war offensichtlich, daß Nora durch ihre Schwester von seinem nächtlichen Auftritt erfahren hatte, und er verkniff sich die Frage nach ihrem neuen Wohnort.

«Ah ja, das ist nett von dir. Willst du hereinkommen?» fragte er höflich, und sie nickte.

«Oh, du putzt um diese Zeit?»

«Hm ja, ich konnte nicht schlafen.»

Sicherlich registrierte Nora das untypisch laut aufgedrehte Radio, die grellen, ihm verhaßten Lichter überall und natürlich sein völlig übermüdetes Gesicht. Lucan strich sich etwas betreten über die nassen Haare. Aber Nora sagte nichts und ließ sich von Lucan sogar einen Kaffee anbieten. Schweigend beobachteten sie einander.

«Du bist verändert», sagte sie plötzlich, und er sah sie lange an.

«Ja», erwiderte er nur, aber es klang hart und sarkastisch, wie er es aussprach. Auf einmal fragte Nora vollkommen unerwartet: «Lucan, wieso wolltest du, daß ich gehe?»

Überrascht von ihrer Offenheit, wußte er nichts zu sagen.

«Nora, ich wünschte, ich könnte es dir erklären.» Er sah sie bittend an, aber sie wollte es wissen.

«Versuch es mir zu erklären.»

Er atmete angespannt aus und schob seine Tasse auf dem weißen Tisch herum.

«Glaubst du an Genetik?» fragte er nach etlichen Minuten.

«Lucan, was soll das? Willst du mir nicht antworten?»

«Doch. Es ist nur … Nora, glaubst du an …»

Er schüttelte den Kopf, als er sie ansah. *Schwachsinn.* Noras Augen waren vor Enttäuschung und vielleicht auch zurückgehaltener Wut etwas verengt. Sie hatte ihre hellen Lippen fest aufeinandergepreßt. *Wie solltest du mir glauben? Du wartest hier auf einen Grund, den du verstehen kannst. Ich wünschte mir so sehr, ihn dir geben zu können. Verstehst du? Ich weiß nicht mehr, warum du gehen solltest. Doch: Weil da Lilith war. Weil ich dachte, sie … ach. Also was soll ich dir sagen? Ich bin krank?*

Nora war aufgestanden. Sie sah ihn für sein Schweigen fast mit Abscheu an. Als sie so augenscheinlich aufbrechen wollte, erfaßte Lucan eine kurze Panik. *Geh nicht weg!* Wie sollte er es ihr erklären? Wie sollte er irgend etwas erklären? Wieder schwieg er, und sie ging zur Tür. Aber Nora drehte sich noch einmal zu ihm um und fragte ihn etwas im Grunde Belangloses.

«Würdest du mir ein Buch von Lilith Gwyneth ausleihen?»

Lucans Blick wurde ungläubig, seine Augen weiteten sich.

«Du … du willst eines meiner Bücher? Ich meine …»

«Das habe ich doch gesagt», erwiderte sie kühl und sichtlich gelassen.

«Na schön, welches willst du haben?»

«Ich glaube, es hieß *Phantasus*, oder?»

Er nickte. Wortlos machte er sich auf den Weg, um es zu holen. Ihm war seltsam zumute, als er auch dieses Buch aus den Händen gab.

«Sag mal, Nora», begann er dann unsicher, «das Tagebuch hattest du doch sicherlich von diesem Jungen bekommen, oder?» Er beobachtete Noras Reaktion. Sie kniff kurz die Augen zusammen, ehe sie antwortete: «Ja, das habe ich. Er hat es sofort geschickt.»

Lucan hörte ihr aufmerksam zu.

«War noch ein Brief oder so etwas dabei?»

«Nein, nichts weiter. Er wollte nicht einmal Geld dafür haben. Na ja, er hatte ganz offensichtlich einen Narren an dir gefressen.» Nora blickte ihn vielsagend an.

«Ach ja?» fragte Lucan verwundert nach.

«Natürlich, er hat dich doch die ganze Zeit, als wir da waren, nicht aus den Augen gelassen.»

«Hm.» Lucan wurde nachdenklich, und Nora wandte sich zum Gehen. Ein winziger Schritt nach vorn, und er stand hinter ihr. Seine Hände faßten auf ihre Schultern, und sie versteifte sich.

«Nora», sagte er mit leiser Stimme, «ich möchte so gerne, daß du es verstehst. Daß du alles verstehst, aber ich kann es nicht erklären, weil ich es selbst nicht verstehen kann. Das alles ist krank, Nora, gehört nicht in deine Welt!»

Mit einem Ruck drehte sie sich um.

«Wieso weiß der kluge, kluge Lucan eigentlich immer so genau, was in meine Welt gehört?» sagte sie leise und wütend. Lucan starrte sie überrascht an, während sie sich zur Tür drehte, um den Schauplatz endgültig zu verlassen.

«Warte!» forderte er sie auf.

«Worauf denn?» fragte sie angriffslustig, «auf ein bißchen mehr Herablassung?»

Jetzt wurde auch Lucan wütend.

«Du hörst mir jetzt zu!» forderte er eindringlich und trat wieder näher. Er konnte nicht anders und legte seine Hände auf ihre Schultern zurück.

«Lucan!» entfuhr es ihr, und sie wand sich. «Erst läßt du mich los.»

«Ich liebe dich», sagte er zu ihr und schloß seine Augen. «Ich liebe dich.»

«Wieso tust du mir das an?»

Aber Lucan schüttelte unmerklich den Kopf. *Ich weiß es nicht. Ich weiß es nicht.* Resigniert fielen die Hände von ihr ab, ließen sie frei. Er öffnete seine Augen und sah, daß sie nicht gehen konnte. Das trübe Tageslicht vermischte sich allmählich mit dem elektrischen Innenlicht. Die Wohnung glich einem seltsamen Schauplatz von Traumgestalten, so unnatürlich beleuchtet, so unwirklich still. Die Zeit kroch vorwärts, das Licht draußen sprach davon.

Nora tat einen Schritt rückwärts, doch Lucan blieb still. Noch ein Schritt rückwärts, Lucan stand apathisch da. Rückwärts, rückwärts – die Türklinke in ihrer Hand. Sie drückte das kalte Metall leise herunter, zögerte einen Moment lang, bis sie es schaffte, das geträumte Gefängnis und den Alpträumer zu verlassen.

JETZT WAR ES TATSÄCHLICH SO, als wenn Nora ihn verlassen hätte. Sie war willentlich gegangen, hatte eine Entscheidung getroffen. *Das ist jetzt auch egal. Alles ist gut. Nein, ich brauche dich nicht.*

«Ich brauche dich nicht.» Der letzte, laut gesprochene Satz hallte trotzig durch die verlassene Wohnung, eine Kränkung durchbrechend. Natürlich gab es für

Lucan nur einen Weg hinaus: Lilith. Auch wenn ihre Worte und die mißgestalteten Zyklopen eins waren. Wo sollte er schon hin? Ihr Schmerz war gefälliger als der seine.

Lucan kochte sich eine Kanne wärmenden Tee und wanderte mit einer Handvoll Mandeln in seine Bibliothek. Es war nichts Frisches mehr zu Essen da. Ihm war egal, was er aß, Hauptsache, sein Magen schwieg und arbeitete. Lucan sah zu seinem Mißfallen, daß nicht mehr viele Tagebuchseiten mit der vertrauten Handschrift ausgefüllt waren, und so versuchte er, langsam zu lesen, um das definitive Ende hinauszuzögern.

3. April 1857

Die Angst wird größer.

Ich bin nur noch Bauchmensch. Höllenpein, sie steigert, steigert sich.

Fast dachte ich, ich hätte mich daran gewöhnt, aber ich wußte nicht, daß es grausamer werden kann.

Gott sei gedankt, daß Lavonne bei mir ist! Sie erzählt mir stets von ihrer beglückenden Schwangerschaft und der Erfüllung, Mutter zu sein. Ach, ich wünschte, es wäre dein Kind!

Ich wünschte, ich wäre wie du, Lavonne! So fern von allem Anschein. So geborgen, in sich gesichert. Natürlich lebst du deine kleine, erdachte Lügenwelt. Nichts ist sicher, doch du schaust nicht weit genug, um die Abgründe zu sichten, die Erhebung der Welt aus allen Angeln.

Ich wollte, ich könnte es auch so sehen. So unwissend, gutgläubig glücklich.

Das ist das Erstrebenswerteste, wie mir scheint. Wir brauchen keine denkenden Philosophen und leidenden Künstler und auch keine zwielichtigen Adelsleute.

Wir brauchen eine ganze Welt angefüllt mit meiner Lavonne! Eine nach Harmonie strebende Erdkugel mit ihrem Gesicht, mit ihren hellen, guten Augen, mit ihrer unerschütterlichen Sanftheit und Selbstlosigkeit.

Lavonne, verzeih mir all meine schändlichen Gedanken über dich. Aber ich habe nicht gewußt, daß ich zu sein wünschte wie du. Ich habe es nicht gewußt, meine Schwester. Ich weiß von so vielen Dingen nichts.

Ich wäre nicht in der Lage, einen anderen Menschen glücklich zu machen. Mit ihm zusammenzuleben, zu teilen. Ich habe es nie gelernt.

Ich bin nur ein unverzeihlicher Fehler Gottes.

28. April 1857

Der Geistmann wächst mit mir.

Er umarmt meine Träume, und ich versuche zu verstehen, wer er ist. Jemand, der bereit ist, mein Leben zu teilen. Doch warum in der Nachtform? Bist du wirklich nur loser Geist oder meine Phantasie?

Bist du körperlos und herzverlassen? Es ist mir einerlei.

Willst du meinen Körper? So nimm ihn dir jetzt mit all seinem ungeborenen Leben.

Du ferner Engel, weshalb bleibst du bei mir? Bist du von Gott gesandt, um meine Schande zu mildern? Niemand kann das, nein, niemand. Sicher nicht einmal Gott selbst.

Ich will Dir nicht abschwören, Gott der Leben, aber ich kann mich Dir auch nicht zuwenden, da ich mich verraten fühle. Oder ist dies mein Opfer, meine Herausforderung?

Meine Buße für vergangene dunkle Taten? Gott und Engel, verlaßt mich nicht, das Land ist zu blutbespurt.

14. Mai 1857

Rote Schatten sind nicht zu finden, deshalb lese ich in George Catlins Schriften. Fluchten in das Land der schönen Wilden, die mir das Herz zersetzen mit eigenartigem Sehnweh.

Warum kann ich nicht auf Wanderschaft gehen und meine Worte auf allen Kontinenten dieser Erde finden? Meine Sucht geht weit über meine kleine Insel hinaus. Ich will das alles kennen und darüber berichten. Ich will Menschen und Geschichten suchen und saugen.

Ich will die Freiheit fremder Völker spüren. Ihren fliegenden Geist.

George Catlin, ich verwahre den einen Satz von dir ganz besonders.

«Ich liebe ein Volk, das Gott ohne die Bibel verehrt; denn ich glaube, Gott liebt es auch.»

Ach, ich wollte, ich könnte aus meinem dunklen Zeitalter fliehen, hinein in eine unberührte Vergangenheit. Dort, wo ich in Gottes Armen weilte und ihm Freude bereitete.

Und jetzt?

Bin vom Teufel gestürzt.

Nachdenklich schaute Lucan auf die enge Schrift. *Von Möglichkeiten geträumt zu reisen, von einem Männerkör-*

per, von Freiheit. Alles, was ich heute besitze. Wie kann ich unzufrieden sein? Er wußte die Antwort darauf, denn sie hatte ihn lang genug geplagt.

«Weil ich nicht schreibe.»

Das war es und nichts anderes. Deshalb hatte die Beschäftigung mit Liliths Vergangenheit, so dunkel sie auch sein mochte, ihren ganz eigenen Reiz. *Die schönen Wilden sind längst bezwungen, ihre Lebensweise verbannt, ihre Gottesverbundenheit geschändet. Alles entwickelt sich gegen den Strich. Die Zukunft ist nichts Erstrebenswertes.*

30. Juni 1857

Nicht mehr lange, verspricht Lavonne, nicht mehr lange.

Aber ich halte es keinen Tag mehr aus.

Eine schwüle, regendurchzogene Hitze hat sich in meinem Raum ausgebreitet. Ich will nur schreiben. Aber mein Rücken läßt mich auf meinem Lager liegen wie ein marmorner Grabstein.

Mein Gewicht treibt mich hinab. Laß mir meine Worte, Kindmensch! Laß mir nur das.

Ich quäle mich im Liegen dazu, meine Schriften nicht versiegen zu lassen. Und ich schreibe unermüdlich. Nicht hier in meine Gedächtnisschrift, sondern in Bücher, die mit mir sterben. Aber es ist mein Vermächtnis.

Wenn der Schmerz sehr groß ist, dann bist du schreibbereit. Dann ziehst du wie ein Magier die dunkelgebluteten Tücher aus den Abgründen.

Wer ist in der Lage, mich wahrhaftig zu erlösen? Wer könnte das jemals schaffen?

Wo sind sie hin? All die Gestalten, denen ich Flügel gab?

VI

DER SPURENLESER

DIES WAR DAS ENDE von Liliths Aufzeichnungen, obwohl noch etliche unbeschriebene Seiten im Tagebuch folgten. *Sie ist doch nicht etwa wirklich bei der Geburt gestorben?* Lucan blickte beklommen auf den letzten Absatz. Eine Stimme tief in ihm wußte, daß es nicht so gewesen war. Ehe er sich die Frage «Was jetzt?» stellen konnte, wendete Lucan Seite um Seite der leeren Blätter, um keine Zeile von Lilith zu übersehen.

Es war keine Randnotiz, die er dann am Buchende fand, es war mehr als das. Ein paar lose Seiten gefaltetes Seidenpapier lagen im letzten Viertel des Buches. Fasziniert zog Lucan sie zwischen den Buchseiten hervor und faltete äußerst behutsam das feine, dünne Schreibpapier auseinander. Liliths Schrift befand sich auf allen vier Seiten, eng und elegant. War es ein Brief oder etwa ...? Nein, eine Anrede fehlte. Lucans Erregung war unbeschreiblich. *Mein Gott! Vielleicht ist es eine Geschichte* ... Ein Geschenk an ihn, ein Geschenk von demjenigen, der ihm dies geschickt hatte!

Bevor er jedoch diese letzten Sätze lesen würde, mußte er zu seiner Verabredung mit Onkel Erdmann fahren. Die Fahrt würde etwas dauern, und die Worte auf die Schnelle zu lesen, erschien Lucan als frevelhaft.

Aufgeregt zog er sich um und fuhr die dreißig Kilometer bis in Onkel Erdmanns Stadt. Bei einem Glas Apfelsaft für Lucan und einem Schnäpschen für sich selbst eröffnete ihm Onkel Erdmann seinen zunächst chaotisch wirkenden Stammbaum. Stundenlang, wie es schien, ergossen sich Anekdoten über die langweiligere Abteilung der Anverwandtschaft über Lucan. Ob er denn gewußt habe, daß Lieschen Jannek tatsächlich dem Erzbischof Sowieso die Hand oder den Mantelsaum oder irgendwas hatte küssen dürfen? Und daß deren zarter Cousin Karlchen immer Kerlchen genannt wurde? Lucan rieb sich die Augen und versuchte immer wieder, das Gespräch in ihm zuträglichere Bahnen zu lenken.

«Sag mal, Erdmann, haben wir vielleicht aus eurer Linie britische Verwandte?»

«Britisch? Nein, mein Junge, ganz sicher nicht. Alles deutsche Ware», lachte er zünftig und verabreichte Lucan einen knallenden Schlag auf den Rücken. Dann schilderte Onkel Erdmann ihm sehr detailliert und unanfechtbar die tieferen Wurzeln ihrer Vergangenheit. Da war keine Schwester, kein Bruder oder sonstwer, welcher der Nachfahre von Liliths Kind hätte sein können. Nach drei Stunden stieg Lucan, benommen von dem langen Geschwätz, in seinen Wagen und machte sich auf den Heimweg. Eine Verwandtschaft mit Lilith war ausgeschlossen, zumindest so gut wie.

Ach, was machst du dir eigentlich vor? Es war eine abwegige Idee! Hätte das die ganzen Geschehnisse etwa so viel besser erklärt? Außerdem hätte es bedeutet, daß Onkel Erdmann ein Nachfahre von Lilith gewesen wäre. Nicht auszudenken! Lucan fuhr die anonyme Autobahn entlang und seufzte. War es denn tatsächlich möglich, daß er … daß er selbst … Er stöhnte wieder. Plötzlich fiel ihm jedoch ein, was in seiner Wohnung auf ihn wartete, und die angenehme Erregung nahm überhand. Und vielleicht war es hier irgendwo unterwegs, wo er still das Unbegreifliche akzeptierte.

Zu Hause angekommen, aß Lucan eine Kleinigkeit, ehe er die Bibliothek herrichtete. Er öffnete eine Flasche Wein und füllte eine der venezianischen Achatschalen mit der granatroten Flüssigkeit. Er trank ein paar Schlucke, bis er genießerisch die Seidenblätter berührte, sich an dem schönen Papier erfreute und schließlich zu lesen begann.

Wie jeder Tag, dachte sie sich leise, so schnell vergeht die Vergeßlichkeit. So schnell kommen sie über ihre Sorgen und Taten hinweg, und niemand straft sie jemals.

Doch halt, ich höre, ja, ich erlausche Schritte in mir. Sie bewegen sich in meine Richtung. Es kommt jemand, es nähert sich jemand. Es wird Rache geben, denn nichts bleibt ungesühnt.

Der düstere Henker schwenkt sein Beil. «Ich komme dich quälen, ich komme dich foltern, denn du hast deine Hand versündigt», flüstert er.

Sie bettet sich nieder, während er den Raum betritt.

«Wir wollen ein letztes Gespräch führen», sagt der Henker.

Sie nickt auf das weiße Leinen, ihre Wange erglüht an der kühlen Glätte.

«Du hast die Nacht schwärzer gemacht, als der Teufel es je hätte wagen können.»

Sie hebt den Kopf, sie glaubt nicht an die von der Welt erdachte Gott/Teufel-Metapher, nur an ihre eigene.

«Ich habe mich nur selbst gerettet, damit du mich finden kannst. Ich laufe nicht davon, ich warte doch auf dich. Jetzt ist der Moment endlich da.»

Der düstere Henker schüttelt sein Haupt, doch nur die dunkle Kapuze bewegt sich und zeigt nichts seines Gesichtes.

«Wo ist deine Reue? Wo versteckst du deine Angst?»

Sie setzt sich auf.

«In der Leere gibt es keinen Platz dafür, keinen Raum, der sich davon füllen ließe. Hier gibt es nur das Warten darauf, etwas anderes sein zu können. Deshalb erwarte ich den Tod. Ich will eine neue Möglichkeit, ich will mich aufgeben an das, was da kommen möge.»

«Seltsame Worte in dieser Stunde! Sag, sprichst du die Wahrheit? Zieht sich bei meinem Anblick nicht dein Herz zusammen? Kreucht dir die kalte Furcht nicht wie würgende Hände das Fleisch entlang? Fürchtest du mich nicht?»

Der Henker macht einen Schritt auf sie zu. Langsam erhebt sie sich und blickt in das Dunkel, das seine Augen zu verbergen sucht.

«Und reuest du nicht?»

«Reuest du, was du tust? Wenn du die Seelen aus dem Leben holst? An wen gehen deine Gebete? An Gott oder an den Teufel? Wer ist dein Herr, Henker?»

Die Kreatur vor ihr bleibt unbewegt.

«Du verstehst dich auf Worte, auf die Rede. Doch bannen kannst du mich nicht. Ich kenne alle Listen seit alters her. Man hat mir bereits alles angeboten, glaube mir.»

«Und gab es jemanden, der dich versucht hätte?»

Der Henker schweigt, und sie lacht erregt auf.

«Diese Geschichte will ich hören. Diese Geschichte muß die einzige sein, die es wert ist, erzählt zu werden ...»

«Ja, es gibt diese Geschichte, und ich habe sie niemals erzählt. Denn es geht um die zwei einzigen Menschen, die mich jemals hatten rühren können. Es geht um solch großes Mißverständnis und solche große Teufelei und Göttlichkeit wie selten zuvor.»

«Teile sie mit mir, Henker. Ich bestand einstmals nur aus Worten und Geschichten. Jetzt bestehe ich aus der Leere, die sie einmal alle kannte. Die Geschichten wohnten in mir, lauern noch im Raum ... Sage mir, was ich all die Jahre hätte erzählen sollen? Bringe mir die Reue zurück, diese Geschichte nie gekannt zu haben. Gib mir Schmerz, Furcht und Reue zurück, ehe ich mit dir gehe ...»

Sie kniet zu seinen Füßen und bittet um die letzte Geschichte.

«Ich will sie dir erzählen. Diese letzte Geschichte ist die erste, die man dir erzählt hatte, Frau. Doch sie war gelogen und wird weiter gelogen sein über weitere Jahre, so lange, bis einer von den beiden, um die es geht, sich zum erstenmal trauen wird, sich die Wahrheit selbst zu erzählen. Es ist einige Jahrhunderte her, vielleicht warst du damals dabei, hast in der Menge gelebt und eine eigene Version gesehen. Ich werde dir Erinnerungen wachrufen, denn du kannst dich vor den Schmerzen der Welt nicht verstecken.

Es geht um zwei Menschen, von denen niemand wußte, daß sie nur einer Seele entsprangen. Einer von ihnen wußte es auch nicht mehr, er hatte es bei der Geburt vergessen ... Der andere wußte noch alles und mehr. Derjenige, der es nicht mehr wußte, wuchs in einem wohlhabenden Hause auf. Er war intelligent, von wortschneller Zunge und trefflichem Humor. Es gab kaum einen, der ihn verstanden hätte und mit dem er sich verbunden gefühlt hätte. Er war ein einsamer Mensch, bis er den Mann traf, der er eigentlich selbst war.»

Die Seite war zu Ende. *Nicht jetzt!* Seine Hände raschelten ungeduldig mit den Papieren. Es gab keinen Hinweis darauf, ob Lilith weitergeschrieben hatte oder nicht. *Verdammt!* Lucan las die Seiten noch einmal. Es war ein unglaublich vielversprechender Anfang! Ein Anfang, der kein Ende hatte.

Lucan schauderte es ein bißchen bei der Vorstellung, daß Lilith sich womöglich in ihrer Protagonistin gesehen hatte. Ihre Worte über die Worte verrieten es. Doch was für Sünde sollte Lilith begangen haben? War es Fiktion? Die Geschichte gab Lucan reichlich Stoff zum Nachdenken. Interessanter noch war die Frage, welche Geschichte ihr Henker hatte erzählen wollen. War mit der ersten Geschichte etwa die biblische Geschichte gemeint? Lilith war nicht besonders christlich eingestellt, wie Lucan bereits wußte. Hatte sie das Christentum damit verunglimpfen wollen, indem sie sich eine eigene Version *der Geschichte* ausgedacht hatte? War das der Beginn ihrer Abrechnung? Das war sehr gut möglich. Doch was hätte sie diesbezüglich erzählt?

Lucan las die Sätze wieder und wieder, sie waren sauber geschrieben und auf teures Papier gelegt. Wahrscheinlich handelte es sich hierbei um eine Abschrift, und eine Abschrift machte man natürlich nur, wenn die Geschichte bereits im Reinen war, also mußte Lilith sie beendet haben. Er studierte die Worte und versuchte, Liliths Sicht auf diese Papiere nachzuvollziehen.

Sie war bereit zu sterben, um eine neue Möglichkeit zu sein … Zwei Menschen, eine Seele …

Sie hatte davon gewußt. Lucans Hand begann wieder zu zittern, und er legte das Geschriebene vorsichtig auf seinen Sekretär. Die Seiten sahen so lebendig aus, als ob er sich gleich dazusetzen und sie weiterschreiben würde. *Ach, weiterschreiben!* Der Gedanke war so sehnsüchtig, daß er seufzen mußte. Welch ungeheure Möglichkeit!

Weiterschreiben … das konnte man nur dann, wenn man sich auf diese Idee, die Lilith da angedeutet hatte, einließe, auf diese Geschichte. Wenn man das Gefühl zuließe, es gäbe zwei Menschen, die eine Seele teilten …

An diesem Abend saß er lange träumend über den Seiten, während das Kerzenlicht ihm und den anderen Konturen des Raumes altmodisch flackernd die Schärfe nahm. Er dachte mit einem Mal an die Bedeutung seines Namens. Verbindet. Was hieß das? War er, Lucan, eine Art Bindeglied? War er wie ein *und* zwischen zwei Sätzen oder zwei Worten? Ja, er war wie das Wort *und*, was immer es bedeuten mochte.

Die Nacht war weit fortgeschritten, die Kerze nur noch eine kleine, blaue Flamme in einer schimmernden Wachspfütze, aber Lucan war die verrinnende Zeit nicht mehr wichtig. Diese alt gelebte Zeit war verlockender, lebendiger, wenn auch verstörender. Immer, wenn er die Worte las, wie in diesem Moment, wollte er glauben, daß es seine Worte sein konnten. *Seine* Begabung, *sein*

Wissen und *sein* Wortreichtum. Das war es, was ihn so reizte, die Vorstellung, daß sein immerzu geträumtes Ziel auf einmal bereits Wirklichkeit sein sollte. Er hätte Bücher geschrieben. Bücher … Nicht nur einzelne Geschichten, Sätze, Gedichte … Zwischenzeitlich blieb sein Blick auf einem leeren Blatt Papier hängen, wartend, sich anbietend lag es da, noch unnütz, noch so stumm. *Ich könnte etwas aufschreiben. Ein neues Tagebuch für den Anfang, das ist eine gute Übung.*

Er stand auf, um eine neue Kerze zu holen und in das flüssige Wachs zu drücken. Schließlich griff er tatsächlich nach dem wortlosen Weiß und holte auch den von Nora geschenkten Füllfederhalter herbei. Erwartungsvoll setzte er sich an seinen Schreibtisch und nahm das schöne Schreibgerät in die Hand. Die Feder legte sich sanft auf das Papier. Das Datum goß sich mit schnellen, mühelosen schwarzen Tintenstrichen auf die obere Mitte. *Gut.*

Lucan ließ den Füller eine Zeile tiefer erneut ansetzen …

Eine ganze Minute verharrte die kleine Szene wie eine festgefrorene Bilderwelt. Da war kein Mut, kein sich offenbarender Geist, und da war auf einmal wieder die stets gewußte Barriere. Er sollte Lilith sein? Die schöne Wortbeseelerin? *Ha! Ein gelungener Witz!* Er war nur der geistverschlossene Lucan, einer, zu dem die Worte nie gesprochen hatten. *Ich kann nicht. Ich kann doch gar nicht schreiben. Ich bin nicht … Ach verflucht, es geht nicht!*

Entmutigt und von seiner Enttäuschung verraten, starrte er auf den leeren Zettel und zerknüllte ihn mit einer Hand. Resigniert legte er den Füller beiseite, und eine Zeitlang blieb er in seiner eigenen Vergeblichkeit verheddert. Doch er wußte genau, Liliths Welt zu verlieren käme einer profunden Zersetzung gleich, weil einfach nichts anderes mehr eine überzeugende Existenz besaß. Wenn er ihre Welt vergäße, dann wäre da nur noch eine übrig, in der er nichts weiter kannte als eine inhaltslose Einsamkeit, denn die Absonderung war doch längst vollzogen. Er stand auf und stützte sich mit beiden Händen auf die Schreibplatte des Sekretärs auf.

Nora, du warst der einzig lohnenswerte Auffänger. Wenn ich diese Bücher nicht bekommen hätte, dann wäre noch alles, wie es war, nicht? Oder ist es nur eine simple, kleine Lüge? Vielleicht wäre ich eh so krankhaft zerfallen, wer weiß?

Lucan zwang sich, diesen Gedankengang zu beenden. Hilfesuchend hefteten sich seine Haifischaugen auf den losen Manuskriptbeginn, und er bat inständig, Liliths Wirklichkeit möge zum wiederholten Male die seine werden, unverschlossen und bereit, ihn als irgendwen anderen zu akzeptieren, so schwindelig egal, als wen. Langsam ließ er sich wieder auf seinen Stuhl sinken.

Ich brauche mehr Anhaltspunkte für den Fortlauf der Geschichte. Soll der ganze Inhalt um diese Erzählung des Henkers gehen, und ist das andere nur die Rahmenhandlung? Ich bräuchte eindeutig mehr Hinweise. Mehr! Wie geht es weiter?

Was ist wohl aus den anderen Manuskriptseiten geworden? Vielleicht gibt es sie ja auch noch. Vielleicht waren sie bei den anderen Hinterlassenschaften zu finden! Von den Seiten, die bei ihm waren, hatte ja keiner etwas geahnt … Lucan sprang wieder auf. *Nichts von Lilith darf verloren sein. Ich darf gar nicht selbst weiterschreiben! Ich muß ihre Manuskripte finden und wieder zusammenfügen. Ja! Ich muß sie verbinden! Das ist es!* Es wären Bücher, welche die Menschen nie besessen hatten, von denen keiner wußte. *Ich könnte sie veröffentlichen!* Lucan lachte begeistert auf.

Die Beseelung war ganz sein, die Klage über sein Unvermögen vergangen. Sehr wirkungsvoll klammerte er sich an Liliths ferne Schrift. Er mußte sich nichts beweisen, er hatte eine andere Aufgabe, und es war ihm, als hätte er seinen Namen verstanden.

In dieser Nacht war der Entschluß gefaßt, Nora anzurufen, um nach der Adresse des Londoner Jungen zu fragen. Lucan konnte nicht aufhören zu denken, daß es tatsächlich noch mehr Manuskriptseiten von Lilith gab. Vielleicht war sogar *Vom irdischen Gefluche* oder *Alpträumer* dabei. Seine Erregung wuchs. Er mußte versuchen, die Seiten, die die lange Zeit überdauert hatten, in seinen Besitz zu bringen … Der Gedanke, sich aus diesem Grund bei Nora zu melden, war ihm unangenehm, und doch würde er es tun. Als Lucan kurzerhand die Auskunft anrief, um Noras neue Telefonnummer zu bekommen, wurde ihm nur seine eigene genannt. Beklommen legte er auf. Jetzt gab es nur noch die Möglichkeit, bei Noras Schwester Paula anzurufen, und diese Aussicht war besonders nach seiner nächtlichen Ruhestörung nicht sonderlich erfreulich.

Am nächsten Morgen offenbarte ihm das kleine hellblaue Adreßbuch Paulas Nummer. Er gab die Ziffern ein und wartete, sich räuspernd, auf das Gespräch. Die wenig erfreute Stimme, die schließlich mit ihm sprach, gab ihm sehr widerwillig die erbetene Information.

Nachdem das Gespräch beendet war, atmete er ein paarmal tief durch, bevor er den Hörer wieder aufnahm. Lucans Herzschlag hüpfte puckernd durch seine Halsschlagader. Er wählte die Nummer, Knacken, Summen, Tuten, und Noras Stimme drang direkt in sein Ohr.

«Nora? Ich bin's, Lucan. Tut mir leid, daß ich dich störe.»

«Was willst du?» Nora klang auffällig verhalten.

«Ich wollte dich fragen, ob du mir die Adresse von dem Jungen aus London geben kannst. Hast du sie noch?»

Stille. Nach einem heftigen Ausatmen sprach die nach Beherrschung suchende Stimme: «Ja, die habe ich noch. Soll ich sie holen?»

«Nora, wenn es dir nichts ausmachen würde, könntest du mir den Zettel vielleicht zuschicken?» fragte Lucan fest, denn er wollte das Papier in der Hand halten und die Schrift des Geistmannes ansehen.

Stille.

«Ja. Ist das dann alles?»

«Ja.»

Das Gespräch war bereits unterbrochen, die schnellen, aufeinanderfolgenden Lautsignale des Telefons machten ihm aufdringlich deutlich, daß sein Telefonat beendet war. Langsam legte er den Hörer auf. *Du mieses, kleines Arschloch. Du bist so gedankenlos und unsensibel.* Trotzdem war er erleichtert darüber, die Adresse so unkompliziert zu bekommen.

«Ich bin doch längst nicht mehr dein Lucan», sprach er entschuldigend in die Stille, «ich bin eine krankhafte Mischung.»

Als er den Flur verließ, gab er sich einen neuen Namen.

«Lucan Monolith.»

UNRUHIG WARTETE LUCAN auf die Ankunft der Post. Er hatte bereits versucht, einen Brief an den Jungen zu schreiben, denn er war Lucans einzige Verbindung zu Lilith. Erst nach einigen Versuchen stand eine brauchbare Fassung.

Hallo!

Ich denke, du wirst dich noch an mich erinnern. Mein Name ist Lucan Jannek. Wir sind uns auf meiner Suche nach Lilith in London begegnet.

Dank deiner Hilfe sind nun auch ihre Tagebücher zu mir gekommen, und sie sind mir sehr wertvoll. Vielleicht ist es unverschämt zu fragen, ob du mir noch andere Hin-

terlassenschaften von Lilith besorgen könntest, aber ich wäre sehr daran interessiert.

Natürlich würde ich dafür bezahlen. Besonders würde mich noch weiteres Geschriebene jeglicher Art von ihr interessieren.

Wenn du also eine Möglichkeit siehst, melde dich bitte bei mir.

Lucan Jannek

Den Brief empfand er als gestelzt und unpersönlich. *Sieh, was für ein Schreiber du bist!*

Einen Tag später kam die gewünschte Adresse kommentarlos in einem weißen Briefumschlag zu ihm. Lucan zog den ehemaligen Bon hervor und besah ihn sich.

«Gavin. Hm, kein Nachname? Und nur eine Postfachnummer …»

Die Schrift war leserlich und groß. Was sollte es schon zu entdecken geben hinter den gleichmäßigen Druckbuchstaben? Jedenfalls waren sie von einem Menschen aus Fleisch und Blut erstellt. *Seltsam, daß er plötzlich einen Namen hat. Nicht mehr der Junge aus London oder Geistmann. Gavin. Gavin Geistmann …*

Lucan zögerte kurz, ehe er seinen Brief an Gavin in einen Umschlag steckte und adressierte. Dann verließ er entschlossen das Haus in den kaltgrauen Tag, um den Brief abzuschicken.

Das Warten auf eine Antwort wurde zur Qual. Lucan begann, das Gefühl regelrecht zu hassen, ohne eine weitere Schrift von Lilith zu sein. Ohne die Eintragungen fühlte er sich zurückgelassen in ferner Zeit. Da gab es nichts Absehbares mehr und keine zuversichtliche Zuflucht. Er wanderte durch die Leichenhalle seines Lucan-Jannek-Lebens, sah die säuberlich aufgebahrten Tode, die mumifizierten Menschen, alle sprachlos, nur er atmete noch hier. Kein schöner Ort.

Ziellos durchblätterte er wieder und wieder Liliths Schriften, vertiefte sich, löste vorsichtig die Schranken zwischen *dein* und *mein*, zwischen Trug und Tatsächlichkeit. Doch auch das zweite Tagebuch reizte sich bald aus, er brauchte *Neues*. Es war sein einziger gesetzter Mittelpunkt.

Das Warten auf etwas, das vielleicht nicht eintreten würde, machte ihm unsäglich zu schaffen. *Mein Gott, es kann Wochen dauern, ehe ich eine Antwort aus London erhalte.*

Sein Plan war bald gefaßt. *Ich muß nach England. Ich will noch einmal die Straßen abgehen und Ausschau halten. Und Blood Spring besuchen oder sogar Liliths Grab. All diese Orte. Irgendwo mögen Erinnerungen versteckt sein. Vielleicht finde ich auch Gavin. Falls ich das will …*

Ein Brief war unpersönlich, vorsichtig, aber ihm von Angesicht zu Angesicht gegenüberzustehen war eine heikle Sache. *Wieso? Er ist ein Mensch. Nur ein Junge … Was sollte also geschehen?*

Es vergingen lediglich zwei Tage, bis Lucan in einem Flugzeug saß, das ihn in eine alte Heimat entführte.

Nachdem Lucan ein Hotel gefunden und dort etwas gegessen hatte, machte er sich gleich auf den Weg durch Londons Straßen. Aufmerksam ging er die Wege ab, stellte sich die überlebte Vergangenheit vor, und hier und da fand er ihre scheinbaren Überreste. Lange saß Lucan am Straßenrand vor dem Haus, das einmal sein Heim gewesen sein mußte. Er starrte hoch zu dem kleinen Dachfenster, auf deren Gaube zwei miteinander debattierende Stare saßen, und versuchte, die Wirklichkeit ohne mehr als hundertjährigen Verfall zu sehen. Er fühlte sich einsam, wie er da saß und auf eine andere, unsichtbare und längst verlebte Welt blickte. Sollte er noch einmal in das Haus hineingehen? Lucan dachte an seinen Migräneanfall dort oben und gab die Idee auf. Das isolierende Gefühl verrückte ihn, und er mußte es loswerden, denn sonst würde es den Restbestand an Lucan verschlucken. So griff er nach der Kameratasche, die er dieses Mal auf die Reise mitgenommen hatte, und begann, das Gebäude auf den Film zu fixieren, auch die nebenstehenden Bauwerke. Sogar die vom Nieselregen feuchtglänzende Straße, die sich mit wenig Verkehr, dafür aber mit reichlich geparkten Autos der Mittelklasse präsentierte, photographierte er. Danach war er bemüht, sich von diesem Ort loszureißen und zu gehen.

Lucan wanderte weiter die Straßen ab und hielt seine Kamera bereit. Er genoß die bittersüße Atmosphäre der Stadt und versank gleichsam in der Anonymität.

Was suche ich hier? Ist das Masochismus? Auf daß ich niemand mehr sein kann. Weder Lucan noch Lilith.

Er bemerkte, daß seine Schritte sich immer in die Richtung lenkten, die von Mr. Ripleys Antiquariat am entferntesten war. Er war noch nicht bereit, Gavin, dem Geistmann, zu begegnen. Nicht heute, später vielleicht. Er überlegte weitere Orte, die er aufsuchen wollte. Ein paar fielen ihm noch ein, aber was ihn am meisten fesselte, war der Gedanke, Blood Spring zu besuchen.

Lucan leitete an diesem Tag alles für das Mieten eines Autos ein und legte sich früh in das frisch duftende Bett seines unverschämt teuren Hotelzimmers. Intensive Träume fesselten ihn an die Nacht mit Bildern von Lilith bis hin zu seiner Kindheit mit Pascale.

Um acht Uhr war er bereits wach. Er duschte lange und frühstückte ausgiebig, ehe er sich auf den Weg machte. Anfangs irritierte ihn wie immer die verkehrte Fahrweise, aber das legte sich rasch. Er steuerte den gepflegten Wagen Richtung Westen durch den seichten, vorsichtigen Sonnenschein und ließ bald das eng bebaute London hinter sich, durch das er sich eine beträchtlich lange Zeit hindurchgewunden hatte. Er fuhr eine ulmengesäumte Straße entlang, gefolgt von einer Heidelandschaft. Schnell und beständig wechselten die Bilder vor seinem Wagenfenster. Wo eben noch Ackerland war, weiteten sich nun wacholderbewachsene Kalkhöhen aus. Das unberührte Hochland grub Lucan tiefer in die Illusion ferner Zeit, und er ließ seine Phantasie rückwärts gehen. *Es mußte anstrengend gewesen sein, den ganzen Weg in einer Kutsche zu fahren. Der Fortschritt hat eindeutig seine Vorteile.*

Wenig später ragte die Sakralstätte *Stonehenge* beeindruckend in die grauen Himmel. Aber Lucan begnügte sich mit fernen Blicken, die Stätte war sowieso abgegrenzt und weitgehend unzugänglich. Ein leichter Regenschauer kam auf, also fuhr er unbeirrt weiter und gönnte sich erst nach vielen Meilen eine Pause. Er hatte die Moore von Bridgewater erreicht, die Sonne schien wieder blaß und doch warm über die sehenswerte Landschaft.

Lucan vertrat sich die verkrampften Beine und aß und trank etwas. Aber bald zog es ihn weiter, denn der Tag schritt rasch voran. Irgendwann im späten Leuchten des Tages sah er endlich den *Tor* auf dem hohen Hügel thronen, den Tor von Glastonbury. Lucan war angekommen. Für einen kurzen Augenblick verschlug es ihm tatsächlich den Atem. Er hielt den Wagen an, stieg aus und starrte auf das majestätische, einsame Portal, das seinen Bogen durch den abendlichen Sonnenuntergang zog. Lucan fühlte Ehrfurcht. Dort, da, ein ebenso altes Relikt wie er, damals anwesend … heute.

Nach langen, versunkenen Minuten begab Lucan sich schließlich zurück hinter das Steuer. Näher, er wollte näher heran, wollte den Hügel erklimmen, um einmal durch den ehrwürdigen Torbogen zu schreiten. Nach einiger Zeit parkte er dann das Leihfahrzeug und sah zum nahegelegenen Hügel auf. Dies war kein Ort für eine Kamera, er würde sie im Wagen lassen. Ein letzter Besucher kam ihm entgegen, der ihn freundlich grüßte und dann mit einem alten Volkswagen davonfuhr.

Lucan betrat den Weg der pyramidengeformten Anhöhe und wanderte zielstrebig, froh, sich bewegen zu können, das steile Mal hinauf. Die Natur um ihn her ließ den aromatischen Dampf von wilden Kräutern und feuchter Erde hochsteigen, und er atmete ihn genießerisch ein. Der Prozessionsweg führte ihn mit feierlichen Schritten bis hinauf zu dem großen «Tor». Lucan hielt respektvoll inne und ließ seinen Blick umherschweifen. Einer der Hügel, die er erblickte, *Chalice Hill*, hatte eine vollkommen runde Kuppe, wie die Natur sie so symmetrisch perfekt eigentlich nicht hätte erschaffen können.

Die Sicht war ziemlich klar, und Lucan hatte das Gefühl, über allen Dingen und Zeiten zu stehen. Den Tor schließlich zu durchschreiten kam dem Betreten einer sakrosankten Kathedrale gleich. Erfaßt von der anregenden Stimmung, hatte Lucan das Bild von unzähligen, in Kutten gekleideten Menschen im Kopf, die, ihre vielstimmigen Choräle singend, den Weg zum Tor hochwanderten. Das Bild war so stark, daß es ihn schauderte, und er sich vorkam, als entweihte er Boden, der nicht für seine Füße bestimmt war. Langsam schritt Lucan den Weg zurück, in ein monotones, rhythmisches Gehen vertieft, bis er seinen Ausgangspunkt wieder erreichte.

Er sah sich eine Weile um, und dann entdeckte er die Blutquelle, direkt am Fuße des magnetischen Zeichens. Mit plötzlich unsicheren Schritten näherte er sich der Quelle. Machte die feuchtdumpfe Luft ihn so benebelt? Er ging weiter, hielt seinen Kreislauf für überreizt. Dann sah er das dunkelrote Wasser über die alten Steine sprudeln; gurgelnd, plätschernd, stetig murmelnd und seltsam lebendig. *Wie ein Blutstrom*, dachte er gelähmt. Ihn fröstelte es bei dieser Vorstellung. *Das Blut der Mutter?* Stockend näherte er sich, obwohl er den Impuls verspürte umzukehren. Über der eigentlichen Quelle erkannte Lucan eine riesige Steinkammer, die aus einem einzigen Felsblock bestand, und von da aus schien ein Brunnenschacht hinzuzulaufen, umgeben von einer weiteren Kammer. Lucan atmete heftig ein und aus, versuchte, das Schwindelgefühl zu vertreiben und das aufdringlich bekannte Zucken unter seiner Stirn. *O nein, bitte keine Kopfschmerzen, bitte nicht hier!* Aber er spürte den Druck wachsen. Er stolperte vorwärts, berührte die feuchtkalten Steine, in die eine weitere Nische gehauen war. Der Ort begann sich zu drehen und zu verschwimmen. *Himmel, was ist los?* Panik stieg in ihm auf, ein Schatten kroch ihm langsam und kalt den Rücken hinauf. Nachtarme, so feucht und blutig, drückten ihre Finger durch seine Schläfen. Die Quelle gurgelte und atmete gleichgültig weiter, bildete das zentrale Rauschen in seinem Kopf. Lucan klammerte sich an die Steine, unfähig, diesen Platz zu verlassen, während das Rauschen zu seinem Körper zu werden schien, stetig anschwoll und er dann das hohe Schreien hörte, unheimlich und unwirklich wie nächtliches Katzengeschrei.

«Ich will hier raus!»

Lucan preßte seine Hände auf die Ohren. Die befremdliche Stimme aber war in ihm, ließ sich nicht aussperren. Qualvolles Wasser, überall Weinen auf dem Quellengrund, ewig anhaltende Tode.

«Aufhören, mein Gott, aufhören!»

Auf einmal war da eine ferne Frauenstimme, die das hohe Wimmern durchbrach. Was sagte sie? Sie schrie auch, sie schrie. Und *er* schrie. Lucan sprang auf, und ein heftiger Ruck ging durch seinen Körper, als er krampfartig in das Wasser erbrach.

Die Schreie endeten. Stille legte sich in das kalte Gewölbe, Dunkelheit beherrschte die Atmosphäre. Lucan atmete heftig und stöhnend und ergab sich dem Nachtmahr in seinem Kopf, dem vertrauten Widersacher. Er hockte sich auf den Boden, versenkte seinen schmerzenden Schädel an seinen Knien und wimmerte haltlos über die grotesken Visionen hinter seinen Augen.

Als Lucan sich aus seiner Starre lösen konnte, nahm er erschrocken das Sprudeln des Wassers wahr und die dunkle, kalte Umgebung.

«O nein, bin ich immer noch hier? Das ist ein Alptraum. *Raus hier!*» Frierend und von Angst getrieben, drehte er sich in dieser Grabkammer orientierungslos herum. Panisch tastete er sich die feuchten Mauern entlang, bis er stehenblieb und versuchte zu erspüren, aus welcher Richtung der Wind kam, der ihn streifte. Wieder drehte er sich und stolperte und tappte langsam wie ein Erblindeter aus dem bedrohlichen Gemäuer vorsichtig nach draußen, verwirrt von der absoluten Dunkelheit. Mit wankenden Schritten machte sich Lucan desorientiert auf die Suche nach der Zuflucht, die sein Wagen ihm bieten konnte. *Wenigstens bin ich aus dieser Gruft raus.* Während er durch die Umgebung schlich, kam ihm alles wie ein uferloser Traum vor. Filmimpressionen von Werwölfen und anderen Urgestalten kamen ihm in den Sinn. Er versuchte sie zu verdrängen und begann, laut Kinderlieder zu singen; langsam und mit schwerer Zunge, fast wie unter Drogeneinfluß. Immer wieder blickte er zum sternklaren Himmel empor und betete innerlich, daß er sein Auto erreichen möge. Zehn Minuten später sah er tatsächlich den Leihwagen am Wegesrand stehen.

«Gott sei Dank!» murmelte er erleichtert wie niemals zuvor und rannte kopflos die letzten Schritte bis zum sicheren Versteck. Panisch schloß er die Tür auf und ließ sich aufatmend in den Sitz sinken. Seine Hände fuhren nervös unter den Beifahrersitz, um in seiner Tasche nach etwas Eßbarem zu suchen. Er kramte eine Tüte *Vinegar Crisps* hervor und trank in einem Zug seine Wasserflasche zur Hälfte aus. Obwohl ihm übel war, versuchte er, ein paar von den Chips zu essen, weil er seine Migränetropfen schlucken wollte, die er auf nüchternen Magen schlecht vertrug. Lucan riß die Wagentür auf, denn er mußte noch einmal erbrechen, und schluckte die Tropfen schließlich ohne Wasser. Er wartete nicht ihre Wirkung ab, die meist sowieso sehr gering war, sondern verließ sofort diesen entsetzlichen Ort.

Lucan war erschöpft und vollkommen überlastet, seine Augen waren schwer, und sein Kopf wollte nicht aufmerksam sein, und trotzdem konnte er nicht wieder anhalten.

Er fuhr durch die lautlose, beklemmende Nacht, die unbeleuchteten Straßen entlang. Er versuchte, nicht an die etlichen Stunden zu denken, die ihn von seinem Hotelbett trennten – auch wenn weder die Unterkunft noch seine entfernte Heimat eine wirkliche Zuflucht vor dem bieten konnten, was ihm widerfahren war.

Lucan stoppte nur einmal auf dem Weg, um am Straßenrand zu halten und ein paar Minuten lang die Augen zu schließen. Im fahlen Morgenlicht erreichte er London und sein Hotel. Mit zittrigen Beinen verließ er das blaue Vehikel und stolperte entkräftet zu seinem Bett. Endlich konnte er sich den Schlaf erlauben, nach dem es ihn so verlangt hatte. Und der neue Tag war gnädig, befreite ihn von der Erinnerung an Träume.

Am frühen Nachmittag erwachte Lucan einigermaßen ausgeruht und weitgehend schmerzfrei, obwohl es in seinem Schädel dröhnte und waberte. Wirkliche Erholung würde er erst wieder zu Hause in seinen eigenen vier Wänden finden können. Hier in London gab es für ihn nur noch eines zu erledigen, ehe er nach Hause flüchten konnte: Er wollte Gavin finden.

Zunächst aß er eine Kleinigkeit und brachte den Leihwagen zur Autovermietung zurück. Dann machte er sich mit der Untergrundbahn auf den Weg zu Ripleys Antiquariat.

Kurz vor Ladenschluß erreichte Lucan das unauffällige Geschäft. Mr. Ripley war persönlich im Laden, begrüßte ihn freundlich und fragte dann: «Ja bitte? Wie kann ich Ihnen helfen?» Erst nach einem intensiven Blick begann der Herr erkennend zu lächeln.

«Ach natürlich, jetzt weiß ich es. Sind Sie nicht der junge Mann aus Deutschland?»

Als Lucan nickte, sprach Mr. Ripley weiter: «Nanu, was machen Sie denn schon so rasch wieder in London? Haben wohl einen Narren an unserer schönen Hauptstadt gefressen, was?»

Lucan lächelte freundlich zurück.

«Tja, könnte man fast so sagen. Aber ich bin aus einem bestimmten Grund hier. Ich suche nach Gavin.»

Mr. Ripley legte seine breite Stirn in Falten.

«Gavin?» kam die verständnislose Frage. «Welcher Gavin?»

Lucan zog seine Augenbrauen zusammen.

«Der schmale Bursche mit den schwarzen Haaren, der mich das letztemal hierhergebracht hatte.»

«Aber ja, natürlich. Ich konnte mich nur nicht an seinen Namen erinnern. Und ich habe ihn ehrlich gesagt schon lange nicht mehr gesehen. Er ist nur ein paarmal hier aufgetaucht, ein netter Bursche, sehr hilfsbereit, muß ich sagen. Tja, wo er wohnt oder wie er heißt, weiß ich leider auch nicht. Das tut mir jetzt aber leid, mein Junge. Ich werde ihm auf jeden Fall ausrichten, daß Sie nach ihm gefragt haben, das heißt, falls er in nächster Zeit vorbeischaut. Schade, schade. Wie lange sind Sie denn noch hier?»

«Nun, ich reise leider morgen schon wieder ab.»

Plötzlich fiel Lucan etwas ein.

«Sagen Sie, Mr. Ripley, wissen Sie vielleicht etwas über die Blutquelle in Glastonbury? Ich habe sie gestern besucht und möchte gern wissen, was für ein Ort das historisch gesehen ist.»

«Hm, Blood Spring? Tja, da fragen Sie mich was. Das müßte ich doch eigentlich wissen, aber lassen Sie mich kurz blättern, ja? Wäre doch gelacht, wenn ich nichts finden würde. Setzen Sie sich, bitte. Wollen Sie einen Tee?»

Lucan nickte müde und ließ sich auf einem tiefen Sessel nieder. Mr. Ripley verschwand unterdessen nach hinten und kam wenig später mit einer Tasse dampfendem Tee zurück. Dankbar trank Lucan das starke Gebräu, während der alte Herr sich in seinen Büchern versenkte. Es dauerte eine Weile, bis er endlich etwas gefunden hatte.

«Ah, hier haben wir es. Blood Spring war eine druidische Sakralstätte. Jaja, da wurden damals noch Menschenopfer gebracht. Schrecklich! Mit einer ausgeklügelten Vorrichtung, die es erlaubte, eine mannshohe Kammer in der Wand nach Belieben mit Wasser zu füllen. Schauderhafte Sitten. Keine schöne Vorstellung, nicht wahr?»

«Nein, wirklich nicht.» Lucan blickte stumpf und wie von weit her auf die Bücherwogen um ihn herum.

«Der Name und somit auch die ungewöhnliche Färbung des Wassers … Ist es tatsächlich blutrot? Ich war niemals da», unterbrach Mr. Ripley sich selbst, und Lucan nickte bei der Erinnerung an die vergangene Nacht.

«Also, wo war ich noch gleich? Ach ja, die Färbung des Wassers kommt wohl von einer seltenen Wasserflechte, die sich durch das eisenhaltige Wasser gefärbt hat. Tja, unser England hat schon so seine wunderlichen Geschichten. Der Stoff geht niemals aus.»

«Scheint fast so», erwiderte Lucan mühselig. Er wollte gehen, aber vorher mußte er noch etwas versuchen.

«Übrigens waren die Bücher von Lilith Faye Gwyneth wirklich sehr gut. Hören Sie, besteht denn die Möglichkeit, Einsicht in weitere unveröffentlichte Manuskripte zu bekommen? Sie haben mal erwähnt, daß sie noch einige Hinterlassenschaften von Lilith Gwyneth besäßen.»

«Ach, hatte ich das? Ja nun, da sind Sie leider zu spät dran. Keines ihrer Manuskripte war mehr vollständig. Einige lose Seiten, mehr war nicht übriggeblieben. Das tut mir leid. Ihre restlichen Sachen habe ich vor kurzem abgegeben, an einen Sammler, da sind sie gut aufbewahrt. Was soll man nostalgisch sein mit Dingen, die keinem mehr gehören?»

Mr. Ripley nickte mit seinem ergrauten Kopf, während Lucan ihn steif anblickte. *Sie gehören aber jemandem: mir, sie gehören mir, mir allein!*

«Kann ich Ihnen denn noch mit irgendwelchen anderen Büchern weiterhelfen?»

«Nein danke, Mr. Ripley, Sie waren wirklich sehr freundlich», brachte Lucan beherrscht heraus, «aber könnten Sie mir vielleicht noch die Adresse von diesem Sammler geben?»

«Ach herrje, da müßte ich mal suchen. Aber ich glaube gar nicht, daß ich sie mir aufgeschrieben habe. Ich weiß nur, daß es nicht in London war, oder? Irgendwo drüben in Surrey?»

Lucan lächelte gequält und hätte mit Vorliebe einen der Bücherstapel von der Ladentheke getreten. *So ein elender Mist! Was jetzt?*

«Es wäre mir sehr wichtig ... Wenn Sie sich vielleicht noch an den Namen des Sammlers erinnern würden?» versuchte er es ganz ruhig.

«Na, es scheint Ihnen wirklich was dran zu liegen, was? Hm, warten Sie mal, meine Tochter Marge weiß es möglicherweise noch.» Mr. Ripley ging zu einem braunen Wandtelefon und rief seine Tochter an. Lucan zitterte fast vor Aufregung, als er ihn nicken und reden hörte.

«Ach, da haben wir es ja.» Mr. Ripley kam freudestrahlend auf Lucan zu.

«Mr. P. Pryce ist sein Name. Er hat sogar anscheinend auch einen kleinen Antiquitätenladen hier, in Notting Hill. Das können Sie eigentlich nicht verfehlen, ich zeige Ihnen mal die Richtung.»

Lucan atmete auf. Ein Antiquitätengeschäft, das war gut, sicherlich konnte er Liliths Sachen einfach kaufen und mit nach Hause nehmen. *Sehr gut, ja.*

Als Mr. Ripley ihm den Weg erklärte, trat Lucan nervös von einem Bein aufs andere.

«Ich muß jetzt auch gehen. Vielen Dank für alles», nötigte er sich nach der Beschreibung noch heraus und streckte dem alten Mann die Hand entgegen.

«Ach, das war doch selbstverständlich. Viel Glück! Schauen Sie mal wieder vorbei.»

Mit einem kurzen Händedruck verabschiedeten sie sich, und Lucan verließ den unerheblich gewordenen Laden.

Jetzt sofort nach Notting Hill!

Eine fremde Unruhe ließ ihn eilig in die Untergrundbahn laufen und in den richtigen Stadtteil fahren.

Lucan hatte keinen Blick für das farbenfrohe Treiben auf den Straßen, sondern fragte sich hektisch nach dem Antikladen durch. Nach einer Viertelstunde des Suchens hatte er Pryces Geschäft gefunden. Er lief die Stufen zu dem Laden hoch, als er das Schild an der Tür bemerkte: *«Bin kurz weg»*. Lucan stöhnte und versuchte trotzdem, ob die Tür zu öffnen war. *«Inhaber Percy Pryce»* stand noch auf dem Messingschild. *Percy Pryce? Klingt wie die Figur aus einem Werbecomic. Ist das etwa sein Verkaufsname?* Mißmutig blickte Lucan über die Schaufensterauslage. Konnten Liliths Sachen hier zwischen diesem Gerümpel sein? Und wenn ja, würde er sie erkennen? Aber nichts von den Dingen, die dort lagen, erregte seine Aufmerksamkeit, und so setzte er sich ungeduldig auf die Treppe und wartete. Es dauerte zehn Minuten, bis ein Mann mit einem langen, dunklen Zopf erschien. Er trug eine schwarze Lederhose mit passender Weste und dazu ein buntes Hemd mit Fransenbesatz. Er nickte Lucan zu, klimperte mit seinem Schlüssel und ließ ihn herein.

«Sind Sie Mr. Pryce?»

«Richtig.»

«Ach, sehr schön», sagte Lucan erleichtert und lächelte dem Mann zu.

«Sicherlich können Sie mir weiterhelfen. Sie haben vor kurzem aus Ripleys Antiquariat einige antike Sachen erstanden, die Lilith Gwyneth gehört haben. Erinnern Sie sich daran?»

«Klar.» Der Mann blickte ihn an, als wollte er fragen: «Und?»

«Ich wollte fragen, ob Sie die Sachen noch haben?»

«Ja.»

«Ja?»

«Wie ich gesagt habe.» P. Pryce blickte ihn gleichgültig an.

«Ich würde die Sachen gerne kaufen. Der Preis ist mir egal.»

«Geht nicht.»

«Äh, wieso? Was meinen Sie?» fragte Lucan nervös.

«Geht nicht. Meine Frau will sie behalten, sie sammelt.»

Was sammelt sie denn?, hätte Lucan am liebsten gefragt.

«Ich ... ich würde Ihnen wirklich ein gutes Angebot machen. Es ist mir sehr wichtig, diese Sachen zu bekommen, denn ...»

«Geht nicht, hab' ich doch gesagt.»

Lucan zitterten die Hände, und etwas hilflos setzte er wieder an.

«Sehen Sie, ich ... ich ... bin über mehrere Ecken mit der Besitzerin dieser Sachen verwandt, es bedeutet mir also unendlich viel ...»

«Wenn Sie sie nicht vererbt bekommen haben, dann wollte wohl niemand, daß Sie die Sachen haben, oder?»

Lucan blickte den Pryce-Hippie fassungslos an.

«Wie bitte?»

«Die Sachen sind nicht verkäuflich, klar?»

«Aber ich bitte Sie ... ich meine ... ich *brauche* diese Sachen, vielleicht läßt Ihre Frau mit sich reden, vielleicht könnte ich ihr erklären ...»

«Ich sage nein. Sie bekommen sie nicht. So ist das und fertig.»

Der Mann kratzte sich über das Kinn. Lucan war kurz davor, die Beherrschung zu verlieren, denn er fühlte sich hilflos wie selten zuvor. Dieser unleidliche Lederhosen-Jemand wollte ihm Liliths Sachen, *seine* Sachen, nicht geben. Irgendeine Frau saß daheim mit *seinen* Sachen ... *Das darf nicht wahr sein!* ... Lucan schluckte ein paarmal.

«Wollen Sie was anderes kaufen?» fragte der Mensch ihn gelassen und zupfte ein paar orangefarbene Fransen an seinem Kragen zurecht.

«*Nein!* Ich will nichts anderes, ich *will* ...»

«Ganz ruhig, ja? Gehen Sie nach draußen und beruhigen Sie sich.» Es war eine mehr oder weniger subtile Aufforderung zu verschwinden, und Lucan verließ den Laden, denn er hatte den Drang, auf Mr. Percy Pryce einzuprügeln. Er ging ein paar Meter die Straße entlang und lehnte sich dann an eine Hausmauer. Was sollte er tun? Vielleicht konnte er Mr. Ripley bitten, mit diesem Menschen zu sprechen? Lucan schlug einmal auf die Fassade des Hauses, ratschte sich die Knöchel auf und wäre am liebsten in Tränen ausgebrochen. Mühsam versuchte er, sich zu ernüchtern, und fuhr schließlich in sein Hotel zurück.

Er konnte es einfach nicht akzeptieren, die Sachen nicht zu bekommen, sie nicht einmal *gesehen* zu haben. Nach einer schlaflosen Nacht faßte er einen Plan. So unangenehm es ihm auch war, er mußte noch einmal zurückfahren, er mußte wenigstens fragen, ob er ihre Habseligkeiten sehen oder gar berühren durfte.

Fast ein wenig gedemütigt machte er sich am nächsten Tag gegen neun Uhr mitsamt seiner Kamera auf den Weg nach Notting Hill. Er schlich eine Weile durch die morgendlichen Straßen, ehe er Mut faßte und den Pryce-Laden wieder betrat. *O heiliges Wunder!* Nicht Percy Pryce, sondern eine hübsche rothaarige Frau saß in einem der Ohrensessel und strickte. Sie begrüßte ihn freundlich.

«Guten Tag. Ist Mr. Pryce vielleicht zu sprechen?»

«Tut mir leid, der ist vormittags immer unterwegs. Kann ich Ihnen weiterhelfen? Ich bin seine Frau.»

«Oh», brachte Lucan nur hervor und sah die Frau bittend an.

«Ich war gestern schon einmal hier und ...»

«Ach, Sie sind das», sagte sie etwas weniger freundlich und starrte ihn abwartend an.

«Entschuldigen Sie bitte. Ich suche schon so lange nach den Hinterlassenschaften von Lilith Gwyneth ...»

«Ich gebe sie nicht ab.»

«Darf ich fragen, warum? Sind sie von persönlichem Interesse für Sie?»

«Ich wüßte nicht, was Sie das angeht ...»

«Ich frage deshalb, weil sie eine Bedeutung für mich haben ... Ich ...» Lucan brach ab und starrte auf den Saum des patchworkartigen Wollkleides der Frau.

«Wenn ich nur einmal einen Blick darauf werfen könnte ... oder die Sachen photographieren dürfte, irgendwas, irgendeine Erinnerung ...»

Die Frau legte ihr Strickzeug in ein Regal.

«Warum?» fragte sie ihn, und er wußte, daß er ihr eine gute Antwort schuldete.

«Ich hatte den Verdacht, mit ihr verwandt zu sein ... ich habe mich sehr viel mit ihr beschäftigt und ihre Bücher gelesen … Sie ist absolut verkannt, aber ich liebe ihre Arbeit. Was ich über ihr Leben erfahren habe, hat mich sehr berührt …»

Die Frau blickte zu Boden.

«Hm.»

Lucan sah sie an.

«Bitte», sagte er schlicht.

«Na schön, kommen Sie mit.»

Lucan riß die Augen auf. *Tatsächlich?* Er konnte ihre Sachen sehen?

«Danke.» Er war vollkommen beseelt. Schon kam das *Bin-kurz-weg*-Schild an die Tür, und Mrs. Pryce schloß den Laden ab. Lucan folgte ihr durch ein Hinterzimmer, das mit Weichholzmöbeln vollgestellt war, und eine knarrende Treppe hoch. In einer kleinen Kammer, die gemütlich bestückt war mit alten Photos, Schrankkoffern und Bücherregalen, kramte sie eine Kiste hervor.

«Ich will die Sachen nicht abgeben», sagte sie noch einmal, «aber weil es Ihnen so viel bedeutet, dürfen Sie einen Blick darauf werfen.» Als erstes zeigte sie ihm ein silbernes Schreibset. Lucan stockte der Atem. *O mein Gott, ihr Schreibset! Damit hatte sie geschrieben. Damit habe ich …* Er war sehr aufgewühlt und berührte behutsam das kalte Metall. Eine Unzahl an Gefühlen tobte derart heftig durch seinen Kopf, daß er Angst bekam, die Migräne käme wieder zurück. *Ich muß es haben, es gehört mir! Ich brauche es zum Schreiben …* Er versuchte sich loszureißen.

«Gibt es noch Manuskriptseiten? Ich meine, gibt es noch irgendwas Geschriebenes von ihr?»

«Ja, ein paar Blätter. Ihre Tagebücher hatte sich leider schon jemand vor mir geschnappt, die sind weg.»

«Kann ich … kann ich die Seiten bitte sehen …?» fragte er beinahe angstvoll, daß man ihm dies verweigern könnte.

«Hm ja, wenn Sie vorsichtig damit umgehen …»

Lucan sah zu, wie sie eine Schublade öffnete und ein paar Blätter herausfischte. Fiebrig griff er danach, und sein Blick irrte rasch über die erste Seite. Es war aus *Yggdrasil*, er kannte die Stelle … mit Marginalien am Rande. Ihm wurde übel. Hektisch blätterte er weiter. Und hier …? *Verkommene Wahrheit ist der größte Schmerz und Feind. Und was ist das?* Es waren mindestens zwei Seiten mit etwas, das er nicht kannte … *O mein Gott!*

Als er seine Kamera hervorholten wollte, drang eine Stimme zu ihnen hinauf.

«Peggy?»

«Oh, das ist Percy», sagte sie rasch. Augenscheinlich war es ihr sehr unangenehm, daß Lucan hier war.

«Äh, es ist besser, wenn Sie jetzt einfach gehen.»

«Aber ich …»

«Nein, bitte gehen Sie.»

«Kann ich Photos machen …?»

«Nein …», und schon wurde er zur Tür hinausgestoßen. Als er auf der Treppe Percy Pryce begegnete, flog er schneller aus dem Haus, als er Hippie zu ihm hätte sagen können.

Nach seinem Erlebnis mit Peggy und Percy Pryce fuhr Lucan noch einmal zu Mr. Ripley zurück. «Gavin ist nicht zufällig hier aufgetaucht?» fragte er gleich, aber Mr. Ripley schüttelte den Kopf.

«Haben Sie schon Mr. Pryce aufgesucht und Erfolg gehabt?» fragte er seinerseits neugierig, aber jetzt war es an Lucan, den Kopf zu schütteln.

«Ich wollte bei Ihnen auch nochmals nachfragen, ob Sie wirklich alles von Lilith abgegeben haben oder ob eventuell etwas vergessen worden ist? Woher hatten Sie die Sachen eigentlich? Und wissen Sie vielleicht, wo Lilith beerdigt ist?»

«Na, in Ihnen ist die Leidenschaft für die Vergangenheit entfacht worden, was? Wie die Sachen zu mir gekommen sind, kann ich gar nicht mehr sagen. Das ganze Zeug stand schon immer hinten im Laden. Es hätte wahrscheinlich noch hundert Jahre dort drin verbracht, wenn meine Tochter sich nicht eingemischt hätte, um mal ordentlich zu entrümpeln. Sie sagt, ich bräuchte mehr Platz für Bücher als für Trödelkisten. Na ja, recht hat sie.» Mr. Ripley blickte Lucan entschuldigend an. «Dieser Junge, Gavin, der hat eine ganze Menge über Lilith Gwyneth gewußt. Er hat mir mal erzählt, daß sie anonym beerdigt worden ist. Die Eltern mußten ihr wohl damals die Familiengruft verweigert haben. Kein schönes Ende, nicht wahr?»

Lucan schluckte.

«Nein, kein schönes Ende.»

Ehe Lucan den Laden für diesen Aufenthalt zum letztenmal verließ, bleute er Mr. Ripley ein, Gavin zu sagen, er solle sich bei ihm melden, hinterließ zu diesem Zweck seine Adresse und kaufte noch einmal Liliths drei Bücher ein.

«Für einen Freund», log er.

Eigentlich wollte Lucan noch in London bleiben, vielleicht doch noch einmal die Dachkammer besuchen, ihre Wege abschreiten, mehr Photos machen, aber etwas trieb ihn nach Hause. Es war die Aussicht darauf, daß Gavin ihm womöglich derweil geschrieben hatte. Vielleicht hatte er ja doch noch etwas aus Liliths Kiste ergattert und es Lucan bereits zugeschickt.

Auf dem Rückflug atmete Lucan stöhnend durch. *Kein Gavin. Keine Lilith. Keine Worte und einfach nichts mehr. Aber eine Sakralstätte mit Menschenopfern* … Lucan war über die dunkle Stätte verwirrt, die ihn so eindringlich heimgesucht hatte, und er war maßlos enttäuscht über seine vergebliche Mühe, an Manuskripte zu gelangen. Voller Bitterkeit dachte er an die Pryces und Liliths Kiste in deren Haus. *Das Schreibset* … Lucan zog sich der Magen zusammen. *Die unbekannten Worte* …

«Verfluchte Scheiße!» rief er unwillkürlich aus, und die Passagiere neben ihm sahen ihn befremdet an. Was wußten die schon? Was wußten die schon, wie es ist, wenn man nicht die Erinnerungsstücke bekam, die man in einem anderen Leben besessen hatte?

«Was für eine sinnlose Reise!» sagte er noch, an die ältere Dame neben sich gewandt, die sich daraufhin an ihrem Whiskey verschluckte.

VII

Drehpunkt

Endlich betrat Lucan wieder vertrautes Terrain, und seine erste hektische Handlung erfolgte an seinem Briefkasten. *Leer, nichts, kein einziger Brief, nicht einmal eine beschissene Rechnung!* Lucan schlug mit der Faust auf das Blech und hätte dabei gern lauthals geschrien. Wieso schrieb Gavin ihm nicht? Weil der Junge wußte, daß die Sachen bereits vergeben waren? Wieso hatte er sie nicht für Lucan gerettet? Wieso hatte er zugelassen, daß ein Hippie-Pärchen sie in irgendeiner Kammer verrotten ließ? Wütend ging Lucan in seine Wohnung hoch und warf sich auf sein Bett.

Der Flug hatte ihn müde gemacht und auch die durchdachte Nacht zuvor. Die Blutquelle war ihm nicht mehr aus dem Geist gewandert. Hatte er tatsächlich Stimmen, sogar Schreie gehört? Oder waren es nur seine Kopfschmerzen gewesen? Bei dem Gedanken an den Blutstrom, der anmutete, eine geöffnete frische Vene zu sein, durchzog ihn jedesmal Übelkeit und ungenannter Schrecken. *Bin ich schon so sensibel geworden, daß ich auf jahrhundertealte Menschenopfer reagiere? Na bravo!* Lucan bemühte sich, seine Bedenken abzutun, aber ganz tief in ihm blieb diese heimliche Ahnung von einer weiteren, fernen Heimsuchung. Er stand auf, um ins Badezimmer zu gehen. Sein Spiegelbild lenkte seine Aufmerksamkeit auf sich.

«Gib auf, Lilith-Schatz!» sprach er anzüglich zu seinem wie immer blassen Angesicht, das mit wachsamen Haifischinstinkten seine eigene vermischte Persönlichkeit durchmaß und durchleuchtete.

Lucan gönnte sich nach der anstrengenden Reise einen kurzen Schlaf, eine heiße Dusche und ein ausgiebiges Frühstück. Eine leichte Erkältung hatte sich unterdessen in seinem Fleisch eingenistet, die er mit starkem Tee und Ruhe zu bekämpfen suchte.

Während dieser Zeit begann er wieder über Nora nachzudenken. Er vermißte sie. Er sehnte sich nach der Vertrautheit und wahrscheinlich vor allem nach der Normalität und Festigkeit des Lebens mit ihr. Nora war sein letzter realer Halt. *O Lucan, du erregst mein Mitleid wirklich nicht mehr. Immerzu dieselben Tiraden. Was soll dieses Nachdenken, dieses Wimmern? Ja was? Du warst es selbst, der die Trennung wollte. Verstehst du endlich? Du warst es, Lucan. Du bist es selbst gewesen. Und jetzt halt dein nutzloses Mundwerk … Du langweilst mich zu Tode.*

Ein, zwei Tage verstrichen, bis Lucan wieder die Geduld verlor. Kein Brief, nichts Neues von Lilith, nur erwartungsvolle Leere, die niemand füllte. Blicke in die alten Schriften reichten nicht mehr, rissen nur immer wieder die Fragen auf. An erster Stelle war die Frage nach dem Erzeuger des Kindes. Die Frage nach dem Kind selbst, die Frage nach dem Fortlauf der angefangenen Geschichte von Lilith.

Ein Gedanke kam und ging wieder. Unwillig holte Lucan ihn zu sich zurück. Der einzige Weg, um an Antworten zu gelangen? Offenbar ja. Noch eine Rückführung? Lucan war bereit, nahezu alles zu tun, um Lilith zu bereisen. Er könnte noch einmal zu Helen Jonas gehen. Warum eigentlich nicht? Er rief sie an, der Termin war für den nächsten Abend. Die Geduld seines ganzen Lebens schien aufgebraucht zu sein, dennoch hieß es warten. *Nun gut.*

Lucan nahm das nie zu Ende gelesene Buch *Zeitenstürmer* zur Hand und versuchte hineinzufinden. Das Buch war nicht mitreißend, aber unterhaltsam genug, um ihm etwas Zeit zu stehlen. So vertrieb er sich die Stunden mit Schlafen und Lesen.

Am frühen Abend erledigte er ein paar lästige Telefonate. Danach hatte er das dringende Bedürfnis nach gelungener Ablenkung, und die sollte Tibor ihm verschaffen. Bevor er zu seinem spontanen Besuch aufbrach, nahm er sich *Yggdrasil* und steckte es in seine Jackentasche. Er würde Tibor einen Roman von sich zu lesen geben. Es hütete nicht so viele Geheimnisse wie der *Phantasus*. Er wollte wenigstens *einen* Menschen haben, mit dem er, wie auch immer, über Lilith reden konnte.

HOFFNUNGSVOLL DRÜCKTE LUCAN den hellen Klingelknopf und wartete auf das Surren des Türöffners. Die Tür vibrierte und ließ sich aufdrücken. Eilends lief Lucan die zahlreichen Stufen zu Tibors Appartement hoch und trat durch die angelehnte Tür.

«Hallo?» rief er laut, «hier ist dein Lieblingsfreund mit einem Buch für dich!»

Eine Sekunde später kam Tibor in den Flur gesprungen.

«Hey, Lucan! Wo warst du bloß? Ich habe die letzten Tage dauernd versucht, bei dir anzurufen. Alles in Ordnung?»

«Sicher! Verachte mich nur, aber ich war schon wieder in London.»

Tibor schüttelte lachend den Kopf.

«Das halte ich nicht aus! Aber das muß ich wohl.»

«Allerdings», sagte Lucan, zog seine Jacke aus und nahm das Buch aus seiner Tasche.

«Ich habe dir auch was mitgebracht, aber nur leihweise.»

«Toll! Jetzt komm rein. Allerdings habe ich bereits Besuch, wenn du verstehst.»

Doch Lucan verstand erst, als er Tibors bemerkenswert aufgeräumte Wohnküche betrat und dort Pascale vorfand. Sie starrte ihn genauso erstaunt an und schob lächelnd ihre kupferrot getönten Haare hinter die Ohren.

«Oh, hallo Lucan! Wie gut, dich zu sehen! Wir haben uns ehrlich gesagt schon ziemliche Sorgen gemacht.»

Lucan zwang sich zu einem Lächeln.

«Es ist alles in bester Ordnung. Ich hatte eben eine kleine Luftveränderung gebraucht.»

«Kann ich verstehen. Nach dieser verheimlichten Geschichte mit Nora ...», sagte sie und wurde taktvoll von Tibor unterbrochen.

«Willst du Kaffee? Ja? Prima, setz dich. Sieh mal, Pascale, Lucan hat mir ein Buch mitgebracht.» Mit diesen Worten reichte er Lucans *Yggdrasil* an Pascale weiter.

«Was ist es denn? *Yggdrasil*? Merkwürdiger Titel. Lilith Faye Gwyneth», las sie langsam vor, «Lilith Faye Gwyneth? Habe ich den Namen vielleicht schon mal gehört?»

Mit einem «hm» öffnete sie das Buch, das Lucan ihr am liebsten aus der Hand gerissen hätte. Doch Pascale war ein Schriftenliebhaber ...

«So, mein Guter!» sagte Tibor fröhlich, «hier ist dein Kaffee. Jetzt erzähl mal von England», wurde Lucan gleich aufgefordert, als er Pascales eigenartigen Gesichtsausdruck entdeckte.

«Hier ist ja ein Bild der Autorin drin. Das ist aber ungewöhnlich.» Seine Stiefschwester starrte mit zusammengekniffenen Augen auf die bedruckte Seite.

«Hast du mir das Buch schon mal gezeigt?» fragte Pascale Lucan stirnrunzelnd, und Lucan beschlich ein komisches Gefühl.

«Wieso fragst du? Ich glaube nicht.»

«Ach, ich dachte. Das Bild kommt mir irgendwie bekannt vor, obwohl ich den Namen, glaube ich, noch nie gehört habe. Sieht interessant aus. Schreibt sie gut?»

«Ich finde schon. Obwohl es oft sehr eigentümlich formuliert ist.»

«Das macht doch erst die persönliche Note eines Autors aus», warf Tibor ein und nahm Pascale das Buch neugierig aus der Hand.

«Hm, ganz hübsche Frau, aber ein bißchen steifes Bild. Sie war bestimmt so eine verknöcherte englische Jungfrau, die heimlich geschrieben hat und die Vorstellung sehr romantisch fand.»

Tibor lachte über seine Worte, während Pascale die Augenbrauen hob und Lucan ihm das Buch aus der Hand nahm.

«Vielleicht ist das doch nichts für dich», sagte Lucan kühl, während er sich irgendwie gedemütigt fühlte.

«Hey, spinnst du?» fragte Tibor und lachte empört auf, «das ist doch nicht dein Ernst!»

Lucan wollte lachen und seinem Freund das Buch zurückgeben, aber er tat es nicht.

Statt dessen stand er auf und fragte sich, was er hier eigentlich gewollt hatte. Tibor würde er sein Buch nicht geben, dann schon eher Pascale.

«Ich muß wieder los», sagte er nur und ignorierte Tibors fassungslosen Gesichtsausdruck.

Lucan drehte sich um und verließ den Raum. Am liebsten hätte er auch noch nach *Monolith* gesucht, aber er griff nach seiner Jacke und lief die zahlreichen Stufen nach unten, gefolgt von Tibors rufender Stimme, die ihn vor der Haustür allein ließ.

Lucan konnte sich der Aufregung und Nervosität auch heute nicht erwehren, als er Helen Jonas' Praxis betrat. Sie bot ihm wieder etwas zu trinken an, ehe sie fragte, wie es ihm ergangen sei und was er dieses Mal zu erfahren hoffte. Lucan begann in kurzen Worten den Sachverhalt zu erklären. Helen Jonas hörte aufmerksam zu, bis er beim gegenwärtigen Punkt angelangt war.

«Lassen Sie mich mal zusammenfassen», begann sie sorgfältig die Informationen zu sortieren, «also, der Kernpunkt ist jetzt, daß Sie gern herausbekommen würden, was im November 1856 geschehen ist? Gut, dann wissen wir ja ziemlich genau, wo wir hinwollen. Ich denke, ich brauche nicht zu erwähnen, daß Sie die Personen vergangener Leben, die heute noch bei Ihnen sind, erkennen können. Das ist ein wichtiger Aspekt, weil man so in der Lage ist, die heutigen Beziehungen besser zu verstehen.»

Natürlich war das Lucan neu, aber er war zu ungeduldig und sagte nichts. Kurz darauf folgte Lucan den Anweisungen der Frau und legte sich auf das Sofa. Die Entspannungsphase begann. Lucan hatte das angenehme Gefühl von Sicherheit, und diesmal fiel es ihm leichter, sich auf die Führung einzulassen. Sein Körper war warm und schwer und weit weg. Er begann, den Punkt zu fühlen, an dem sich die Zeit drehte und ihn aus seiner jetzigen Gegenwart entließ. So folgte er den Bildern seines Geistes, den wirren kleinen Photographien, und dann verwandelten sich seine Augen in Liliths.

«Wo befinden Sie sich? Was sehen Sie?», hörte er die ihn leitende, körperlose Stimme fragen.

Das Reden fiel ihm schwer, der Mund war so weit weg.

Er sah sich in der Dachkammer in London. Es war kalt, dunkel ...

... und geisterhaft neblig draußen.

Die Welt blaß umrissen wie ein Traumfetzen. Lilith sitzt gedankenverloren an ihrem dunklen Schreibtisch, auf dem nur eine Öllampe brennt. Die Luft des Raumes fühlt sich feucht an und breitet sich klamm an ihrem Körper aus. Der Nebel ist es, der durch die brüchigen Wände und die zugigen Fenster hereingekrochen ist. Sie spürt ihn auch in den Schädel dringen. Er macht sie verschwommen und unwirklich, fast wie eine Geistererscheinung.

Liliths Augen starren in die leere Dunkelheit, und sie passen gut zu der herrschenden Jahreszeit, denn es sind Novemberaugen, so neblig verraucht und kühl wie mattiertes Silber und wie Regen in peitschender See. Liliths Hände ruhen nahe an dem kleinen, warmen Feuerschein.

Das Schreibset steht bereit, ein Blatt liegt auch schon auf dem Pult. Aber sie kann nicht, weiß, daß es immer nur Schmerzen sein werden, mit denen sie die unschuldigen Papierblätter infizieren wird. Ihre Gedanken sind fern von London, fern von bestehender Realität. Der Rote-Schatten-Mann herrscht in ihren Gedanken und das Wissen um eine gewaltsame, hämische Lüge, die ihr ganzes Leben überschattet hat.

«Aber gibt es dich denn nicht? Du warst doch da, hast Worte getauscht, die waren wie meine eigenen.

Wieso will der einzig lebensverstehende Grund sich als unzulänglich erweisen?» flüstert ihre tonlose, kaum wahrnehmbare Stimme. Ihre Hände bedecken jetzt das Gesicht, fahren vom Warten müde und selbstzerzweifelnd über die weiße Haut. Plötzlich wird ihre Stimme laut, erhebt sich mit breiten Schwingen und erfüllt einsam die wandernde Luft.

«Warum weiß ich keinen gottversprochenen, verfluchten Grund zu leben?»

Liliths Blick gleitet über ihre Bücher, und sie lächelt in einem scheiternden Versuch. «Ja, ihr. Ja ...» Aber es klingt aufgebend.

Müde streckt Lilith ihren Oberkörper und stöhnt über ihr schmerzendes Rückgrat. Langsam steht sie auf, um die Nebelseelen mit einem Feuer auszutreiben. Bedächtig wirft sie für die magischen Abendstunden etwas Wacholderzweige in das Höllenherz. Schwerer, besänftigender Duft breitet sich sogleich in der gesamten Dachkammer aus. Plötzlich klopft es. Lilith bewegt sich verwundert auf die kleine Türe zu. Es ist lange niemand bei ihr gewesen.

«Lilith?» ruft die vertraute Stimme, «ich bin es, Weedon!»

Sie streicht sich die losgelösten Strähnen ihres hochgesteckten Haares aus dem Gesicht und öffnet die Tür.

«Weedon!»

Sie streckt ihre Arme nach ihm aus, um ihn zu begrüßen. Er ergreift ihre Finger mit einer Hand und legt auf jeden ihrer Handrücken einmal seine warmen Lippen. In seiner anderen Hand befindet sich ein kleines Paket, welches er ihr lächelnd überreicht.

«Ein Geschenk für mich? Komm herein, mein treuloser Freund.»

Weedon McAlistairs große, breitschultrige Gestalt bewegt sich mit vornehmen Bewegungen in den Raum hinein. Sein Erscheinungsbild ist wie immer makellos. Der dunkle, gebürstete Anzug und der schöne schwarze Zylinder, den er auf ihrem Schreibtisch ablegt, kleiden ihn. Seine Gesichtslinien sind energisch und gerade geschnitten, seine blaugrünen Augen blicken direkt und ehrlich. Lilith liebt diesen distinguierten Ausdruck. Aber es haben sich auch schon einige Sorgenfalten in seine Haut gebissen, ausgeprägt, aber charmant.

Weedon wartet höflich im Stehen, bis Lilith das Paket geöffnet hat. Eine gedruckte Ausgabe von *Yggdrasil* liegt in ihren Händen. Lilith starrt gerührt auf den schwarzen Einband. Vorsichtig tasten ihre Finger sich über die Blätter. Da! Auf der zweiten Seite ist tatsächlich eine Photographie von ihr.

«Ich hoffe, es gefällt dir, Lilith. Du siehst auf dem Bild wunderschön aus.»

Erstaunt blickt sie zu ihm auf. Sie hat selten einen so persönlichen Kommentar aus seinem Munde vernommen.

«Danke», murmelt sie verlegen.

Du findest mich schön, Weedon?

Ich bin nicht schön. Nein.

Du brauchst nicht höflich zu sein. Weiß Gott nicht.

Sie bittet Weedon, auf einem der noch guterhaltenen Thomas-Chippendale-Stühle Platz zu nehmen, und bereitet schnell einen Tee. Sie selbst läßt sich ihm gegenüber auf das Sofa sinken.

«Wie geht es deinem Rücken? Helfen die Medikamente?», beginnt Weedon das Gespräch.

«Hm ja, manchmal helfen sie.» Sie lacht kurz auf. «Aber wenn ich beim Schreiben die Zeit vergesse, tun sie es nicht mehr.»

Weedon sieht sie eindringlich an.

«Lilith, sei mir nicht böse, wenn ich das sage, aber du solltest nicht mehr so viel schreiben.»

«Was?»

Er blickt in ihr ungläubiges Gesicht, in die sich so unmißverständlich verweigernden Augen. Besonders nach dem darauffolgenden Satz.

«Du solltest einen Mann haben, der für dich sorgt, Lilith.»

Fassungslos schweigt sie. Aber eine starre Kälte windet sich gefährlich aus ihren Augen hervor.

«Es tut mir leid. Ich wollte dir nicht zu nahe treten, aber bist du niemals einsam?»

Liliths Augen senken sich zu Boden, der Kopf neigt sich zur Seite.

Ob ich jemals einsam bin? Wer will das wissen?

Ich war nie wirklich einsam mit dem Mann meiner Seele.

Aber … Gott, wo ist er nur …

Sie kämpft mit den Tränen, wendet ihr Gesicht nun vollständig ab.

Keine Tränen vor Weedon.

«Lilith, verzeih mir. Ich habe kein Recht, dich so etwas zu fragen. Weil …»

Seine Stimme bricht kurz ab.

«Weil ich dich auch im Stich gelassen habe. Ich war so lange nicht bei dir.»

«Weedon, hör auf damit!» spricht sie eindringlich.

«Lilith, hör doch, es gab einen Grund, warum ich nicht hier war.»

Doch Lilith ist wieder gefaßt und dreht sich ihm zu. «Bitte. Ich will diesen Grund gar nicht wissen.»

«Aber es ist etwas Wichtiges …»

Lilith hält einen Moment überlegend inne.

«O Weedon!» Plötzlich blitzen ihre Augen auf. «Verzeih mir. Jetzt weiß ich, was du meinst. Es geht um eine Frau, nicht wahr? Du bist verliebt?»

Weedons Gesicht bleibt ernst und wie immer gefaßt. «Ja, ich liebe sie.»

«Ach gut. Weedon, ich freue mich für dich. Wirst du sie bald heiraten?»

«Das hoffe ich.»

«Was bedeutet denn das? Hat sie dir schon eine Absage erteilt? Oder hast du sie etwa noch gar nicht gefragt?» Liliths scharfe Augen richten sich auf den stummen Weedon.

«Ich wußte es doch. Du hast sie noch nicht gefragt, nicht wahr? Dann tue es. Beeile dich, vielleicht wird sie nicht warten wollen.»

«Meinst du?»

«Natürlich!»

Nachdenklich lehnt sich Weedon zurück und trinkt ruhig seinen Tee aus. Schließlich steht er auf und wandert grübelnd über die aufdringlich knarrenden Holzdielen.

Das hat ihn also so lange aufgehalten.

Ich hoffe für ihn, sie sagt ja und wenigstens einer von uns beiden wird glücklich.

Während ihres Freundes Schritten greift Lilith wieder zu ihrem neuesten Kind. *Yggdrasil* liegt leicht und dunkel in ihrer Hand.

Das ist es, wofür ich lebe.

Meine Ehe, mein Vermächtnis.

Liliths Versunkenheit wird von Weedon unterbrochen, der jetzt vor ihr steht. Langsam setzt sich der Freund neben sie und greift nach ihren Händen. Warm drückt sie seine kalten Finger.

«Lilith Faye», spricht er sanft und blickt ihr gerade ins Gesicht. Sie kann seinen Duft wahrnehmen, eine Mischung aus starker Seife und Zigarrenrauch.

«Lilith Faye!» wiederholt er ernst, «willst du meine Frau werden?»

Liliths Gesicht wird aschfahl.

«Was …?», flüstert sie verwirrt und tonlos. «Was …»

Seine Hände nehmen die ihren zu sich, und sein Mund küßt ihre Fingerspitzen.

«Lilith», sagt er dann wieder, «ich will, daß du mich heiratest. Du mußt jetzt noch nichts sagen, hör mir nur zu. Lilith, ich liebe dich. Das ist mir nicht erst heute klar geworden. Ich liebe dich schon sehr lange, verstehst du? Ich will mit dir zusammensein, mich um dich kümmern. Bitte sag ja, bitte.»

O Gott! Das kann nicht sein. Tu mir das nicht an!

O Gott, was soll ich tun …?

Weedon, warum …?

Lilith starrt in das vertraute Gesicht, das all seine Distinguiertheit verloren hat, und sie kann nichts sagen.

«Ich kann dich glücklich machen, das weiß ich. Ich kann deine Bücher veröffentlichen und …»

«Was soll das heißen?» kommt endlich ihre Stimme wieder hervor. «Falls ich deinen Antrag ablehne, wirst du nichts mehr von mir verlegen? Willst du das damit sagen?»

«Nein, nein. Ich meine, vielleicht kann ich dann nicht mehr ... Ich ...»

Nach diesen schnell gestammelten Worten kommt der klare Satz heraus: «Ja, ich kann dich dann nicht mehr verlegen. Lilith, es sind die Kosten.»

Der Haifisch ist erwacht, beherrscht ihr Gesicht, sichtet den Feind.

«Das ist eine Erpressung, Weedon McAlistair. Weshalb würdest du denn meine Bücher verlegen, wenn wir verheiratet wären? Was ändert das an den Kosten. Was?»

«Du wärest dann meine Frau, alles wäre anders.»

«Weedon, hör auf damit, wie kannst du mir so etwas antun? Du weißt, wie wichtig mir meine Bücher sind. Du bist doch mein Freund, wieso ...?»

«Aber Lilith, du kannst doch das haben, was du dir wünschst. Fällt es dir denn so schwer, ja zu sagen? Was erwartest du dir denn noch von deinem Leben? Willst du hier eines Tages verhungern? Lilith, ich beschwöre dich! Es ist das einzig Richtige, und ich liebe dich doch. Vergiß das nicht!»

Es ist ein Alptraum. Das passiert alles nicht wirklich.

Ich Weedons Frau?

Der einzige Weg, um meine Bücher veröffentlichen zu können?

Nein, nein. Niemals!

Sie entreißt Weedon ihre Hände.

«Ich kann dich nicht heiraten, Weedon. Es tut mir leid.»

«Lilith, denke genau darüber nach. Siehst du denn nicht, wie gut es für dich wäre? Ich bin ein angesehener Bürger Londons. Du müßtest dich nicht mehr hier verstecken.»

Lilith atmet heftig aus. «Nein, Weedon, ich bin mir ganz sicher. Ich kann und werde dich nicht heiraten.»

Weedon lehnt sich fassungslos zurück.

«Wartest du auf etwas Besseres? Glaube mir, das wird nicht passieren. Wer soll dich denn nehmen? Du bist eine Ausgestoßene, der gesellschaftliche Tod. Aber mir ist das egal, ich will dich, Lilith.»

Sie kann nicht glauben, was sie da hört.

«Ich bin Abschaum? Und ich soll dankbar sein, wenn du mich nimmst? Verschwinde hier, Weedon, und laß dich nicht mehr blicken.»

Aber Weedon geht nicht, schüttelt nur den Kopf.

«Dann sage mir, was du dir erhoffst. Wartest du tatsächlich auf deinen Phantasus? Ja? Eine Traumgestalt, die vollendet ist und es immer sein wird, weil sie niemals wirklich erscheinen wird? Was für eine perfekte Partie, nicht wahr? Hält sie dich auch warm, Lilith, tut sie das? Was bist du, Lilith? Ein gefühlloses Etwas? Ein Mensch ohne Bedürfnisse? Das kann ich nicht glauben. Brauchst du denn niemanden? Herrgott!»

Bei seinen letzten Worten ist er aufgesprungen, beherrscht, nicht zu schreien. Lilith sitzt da und welkt unter seinen Worten und der schonungslosen Wahrheit hinter ihnen. Aber sie fängt sich und steht ebenfalls auf. Sein Blick irrt in ihr steinernes Gesicht.

Ihre tödlich grauen Augen scheinen wie immer die Luft um sie herum zu durchstechen.

Aufgewühlt sieht er auf ihren herzförmigen bleichen Mund, seine Hände greifen nach ihren steifen Armen, und er zieht die schmale Gestalt an sich heran. Sein Mund drückt sich heftig auf ihre widerstrebenden Lippen. Lilith kann nicht denken, kämpft nur um ein Ende. Doch die gewaltigen Arme drücken sie unbeugsam an sich. Der fremde Mund erstickt ihre Schreie. Dann nimmt er endlich die Lippen von ihr.

«Hat sich das nicht gut angefühlt, Lilith, sag? Brauchst du mich nicht?»

«Du hast den Verstand verloren, Weedon. Laß mich sofort los.»

«Aber du brauchst mich doch auch, Lilith. Du brauchst mich.» Und wieder drückt er ihr sich windendes warmes Fleisch an sich.

«Oh Lilith, ich liebe dich.»

Sie will schreien, aber sie kann nicht. Seine Hände fahren über ihren Körper, und Lilith wird bewegungslos.

Das kannst du mir nicht antun. Nein, du wirst es nicht tun.

Gott, hilf mir, bitte, laß es nicht zu!

«Weedon», versucht sie hervorzupressen, «bitte tu das nicht!»

Aber er achtet nicht auf ihre Worte, er hat sich bereits zu sehr seiner Raserei ergeben.

«Du liebst mich?» schreit ihre unnatürlich hohe Stimme in den Raum. «Ist das deine Liebe zu mir? Du verdammter Bastard!»

Ihre Stimme bricht ab, der schwere Körper treibt sie nach unten, dorthin, wo es keine Worte mehr gibt. Ihr Kopf schlägt auf das Mahagoniholz der Sofalehne. Die gewaltsamen Hände reißen an ihren Kleidern herum. Sie liegt da, ohne jedes Wort, denn hier unten ist es zu dunkel, hier kann nichts mehr existieren.

Tote Augen aus heller Asche starren aus der Dunkelheit hervor. Töne schleichen saugend in ihr Ohr, stöhnende Laute, bar jeden Gottes.

Dann spürt sie ihre auseinandergerissenen Beine und das blanke Metall, das ihren Bauch durchstößt. Die Luft bleibt ihr weg. Sie sieht eine ferne groteske Grimasse über sich.

Nichts endet.

Ein Kind wacht auf.

Menschen, die nicht da sind.

Gott, der vergessen hat.

...

«Alles ist wieder gut. Lösen Sie sich von dem Schmerz, er liegt hinter Ihnen. Lassen Sie die Heilung zu.»

Lucan wurde langsam aus seinem vergangenen Trauma herausgeführt.

«Wir werden gleich noch einmal darüber reden. Ich mache ihnen jetzt erst mal eine schöne Tasse heißen Tee. Essen und Trinken hilft, sich wieder zu erden.»

Nachdem die eigentliche Rückführung beendet war, blieb Lucan noch stumm liegen und hörte, wie Frau Jonas taktvollerweise das Zimmer verließ. Er war in einem unwirklichen Schockzustand, die erlebte Vergewaltigung noch viel zu nah an seinem jetzigen Leben.

Frau Jonas hatte ihr Bestes getan, um ihn vorsichtig durch dieses Stadium zu führen. Lucan bewegte sich und wollte gehen. Helen Jonas war noch nicht wieder da. *Gut, ich verschwinde.*

Er wollte nicht mehr davon sprechen, brauchte keine Erklärungen und Verarbeitungsgespräche.

Was gab es da zu heilen? Da war eine geöffnete Wunde an einem Körperteil, das er nicht mehr besaß. Lucan warf 125 Euro auf den kleinen Tisch und verließ das Zimmer. Der Korridor war leer, und so floh er aus der Wohnung.

Lucan verbot sich das Wissen um die Erinnerung und fuhr narkotisch zurück zu seinem Heim, verschloß die Tür und begann zu schreien. Er krümmte sich zusammen, wimmerte, stieß immer wieder mit seinem Körper gegen die Wände. Lucan war eine einzige verkrümmte Lilith. Der beklemmend wirkliche Schmerz über die scheinbar gerade erst erlebte Schändung nötigte ihn. Und nicht nur das, es war auch das Wissen um den Seelentöter, das Wissen um den damaligen Namen und … den heutigen.

VIII

Blutquelle

LUCAN WAR ABGERUTSCHT und fühlte sich wie betäubt. Er dachte an all die Seiten von Liliths Tagebuch und den so offensichtlichen, jetzt verständlichen Haß. Kein liebender Entjungferer, kein Geliebter, nur ein Kind, das die Saat weiterführte, nicht zuließ, daß Erinnerungen verbleichen konnten.

Lucan verließ das Bett nicht, blieb zusammengerollt liegen und trieb zwischen Welten, die allesamt ihre reelle Faßbarkeit verloren hatten. Er war ein verletztes Seltsam, ein geschlechtsverwirrtes Uneinig.

Nach einem Tag, den er in agonischem Selbstmitleid verbrachte, begann Lucan, sich von seiner Empfindlichkeit und seinem Selbst fortzubewegen, und zwar in Richtung des unvergessenen Schänders.

Unverdauter Haß quälte ihn dermaßen, daß Lucan plötzlich wieder Energie hatte, das Bett zu verlassen. Wäre da nicht der Name des Verräters so vertraut um ihn, vielleicht hätten seine wüsten Rachegedanken ihn nicht beseelt. *Ich will, daß du weißt, wie sehr du mich vergewaltigt hast. Jetzt hier so unschuldig unwissend bist du, nicht wahr? Du hast nicht geglaubt, daß Erinnerungen auferstehen können und die Schuld noch nicht abgetragen ist, du elende Kreatur! Ich will dir meine Wunde zeigen und hoffen, daß du damit weiterleben kannst. Wie konn-*

test du? Wie konntest du nur so etwas tun? Lucan verließ in steigernder Anklage das Haus, wollte das Gefühl kennen, diesem Menschen hier und jetzt mit seinem Wissen gegenüberzustehen.

Nach kurzem Weg erreichte Lucan sein Ziel, aber niemand war daheim. Er setzte sich in sein Fahrzeug zurück und wartete. Die Minuten krochen ihm quälend ins Gedächtnis, ließen ihn immer wieder den niederträchtigen Mißbrauch spüren.

Lucan hatte feuchtkalte Hände, sein Herz hämmerte grausam und durchdringend in seinem Körper. *Reiß dich zusammen, reiß dich zusammen!* Der Gedanke der Gegenüberstellung ließ Übelkeitswellen durch seinen Leib rollen. Endlich richteten sich Lucans Augen auf den Schänder und blickten in das freundlich lächelnde Gesicht. *Ich verabscheue dich so!*

Sein Haifisch versuchte systematisch, den verborgenen Gewaltmenschen unter der neuen Fassade zu entdecken, irgendeinen Hinweis, aber nichts weiter als die starken Gefühle, die sich in den Augen widerspiegelten, und winzige Kleinigkeiten verbanden die Personen miteinander. Lucan stieg zögernd aus seinem Wagen und starrte stumm über die hochgewachsene Gestalt, den jetzt selbst so ausgelieferten, jungen Frauenkörper. Er war bemüht, sich von dem Anblick loszureißen, er war rational und trotz allem geteilt und verwirrt. Lucan wurde in die Wohnung hochgebeten. Lange Zeit geschah nichts, außer daß er sich sogar bemühte, gezwungen höfliche Worte zu wechseln.

«Ja, mir geht es wieder ein bißchen besser. Wie läuft es bei dir so zur Zeit?»

«Oh, ich kann nicht klagen, alles läuft wie geplant.»

«Fein!» preßte er heraus. *Ich freue mich, daß es wenigstens dir gut geht, o ja.*

Sein Gegenüber blickte ihn ernst an, schien die unsichtbaren Schwingungen, die so lastend im Raum lagen, zu spüren. *Geh wieder, Lucan, verlaß diesen Ort! Es ist nicht gut, daß du hier bist.* Langsam stand er auf.

«Ich muß wieder gehen», sagte er unbestimmt.

«Lucan, warte mal!»

Ihm war unbehaglich zumute, trotzdem blieb er stehen.

«Ist alles in Ordnung mit dir?»

Jetzt nicht so etwas.

«Lucan. Wir machen uns ein bißchen Sorgen.» Ihn durchzuckten innere Stromstöße. *Du machst dir Sorgen um mich? O ja, das hast du immer getan.*

«Klar! Mir geht es ausgezeichnet. Du kannst dir deine Sorgen sparen, verstanden?» sagte er unüberhörbar sarkastisch.

«Schon gut!» sagte sie beleidigt.

«Natürlich! Worüber genau machst du dir Sorgen? Daß ich mein Leben schon wieder verpfuschen könnte? Ja?»

Er mußte sich wirklich zurückhalten, um ihr nicht zu sagen, daß *sie* sein Leben verpfuscht hatte. *Sie.* Lucan wandte sich um, ehe er die Kontrolle verlieren würde. Er machte ein, zwei Schritte, ignorierte ihr wiederholtes «Lucan», als er plötzlich ohne Warnung ihre Hände auf seinen Schultern spürte. Seine Kehle wurde eng. Er hörte keine Worte mehr, fühlte nur wie gelähmt die Finger auf seinem Körper. *Ihre* Finger, *seine* Finger.

Ihr markanter Parfümgeruch stieg ihm wie ein Narkotikum in den Kopf. Alte Schwingungen vermischten sich mit der Gestalt, die hinter ihm stand. Die versteckte Lilith erkannte die vertrauten Ströme des Widersachers. Der Seelentöter griff wieder nach seinem Fleisch, und seine Luftröhre krampfte sich immer weiter zusammen, er konnte nicht atmen. Sein Mund war aufgerissen, aber es kam kein Ton hervor. Er wollte wieder Lucan sein, Kontrolle haben, zurücktöten, aber er war wie an die Erinnerung gefesselt. Er hörte noch einmal die weibliche Stimme, die Weedon gehörte und eigentlich doch nicht, bis er mit einem heftigen Ruck das Vergangene abschüttelte und die Frau von sich stieß. Seine blinden Schritte bewegten sich hastig über die feste Welt zurück, fort von den Überresten Weedon McAlistairs.

Erst hatte das Telefon ununterbrochen geläutet, jetzt schellte es mit zermürbender Beharrlichkeit an seiner Tür. Lucan wartete angespannt auf das Ende dieses aufdringlichen Wespenangriffs, während er sich an seiner aus London mitgebrachten Teetasse festklammerte. *Kommt nicht hier herein, laßt mich in Ruhe … aber wenn es Nora ist? Nein, warum sollte sie …* Lucan sackte wieder in sich zusammen, als die Schelle endlich verstummte. Müde stellte er das benutzte Geschirr zusammen und drehte fast ein wenig hilfesuchend an dem schwarzen Radiogerät herum, bis ein Streichquartett angenehme Töne in den einsamen Raum produzierte. Lucan hörte aufmerksam zu und blickte währenddessen aus dem Küchenfenster auf die wenig belebte Straße. Er versuchte, wieder ruhig nachzudenken. Lilith suchte nach Worten, nach ihrer Vollständigkeit, aber Lucan scheute den Weg, der ihm unausweichlich schien. *Sie ist doch meine einzige Flucht. Ich will jedes Stadium meines Daseins kennen, irgendwann auch wieder schreiben können.*

«Ich will raus aus dieser Existenz, will nicht mehr hier sein, kann nicht mehr hier sein.»

Lucan wollte nach Liliths Frieden suchen, den er verloren glaubte. Er war noch immer umnebelt von dem Haß auf den damaligen Peiniger und dem Erkennen um seine stete, nie verstandene Anwesenheit. Das war also die Erklärung, das hatte ihn so viele Jahre lang begleitet. Ahnungen waren bereits dagewesen, nur unverstanden. *Auf welch seltsamen Ebenen das Leben verläuft! Und wie schwer es ist, das auszuhalten!*

Die darauffolgende Nacht war der Geistmann wieder bei Lucan. Er tauchte wie violettes Mondlicht in Lucans Traum, der sich im Innern eines Eisenbahnwaggons abspielte. Der Junge stand abwartend in der Abteilungstür, während Lucan mit einigen andere Passagieren auf den Sitzen zweiter Klasse saß. «Ich kann warten», schien der Blick des Geistmannes zu sagen, aber Lucan schaute weg, er versuchte, aus dem Fenster zu sehen, aber dort spiegelte sich nur das elektrische Licht des Wageninneren gegen die Dunkelheit draußen. Lucan wußte, daß er aufstehen sollte, doch etwas in ihm sträubte sich dagegen.

«Ich kann nicht», flüsterte er dem Jungen entgegen und verschränkte hilflos seine Arme vor der Brust. Der Junge zuckte mit den Schultern und setzte sich auf einen Platz nahe der Tür. «Ich bin hier», sagte er, bevor er eine Tüte Lakritze und ein zerfleddertes Buch aus der Tasche zog und sich damit beschäftigte. Lucan konnte seinen Platz den ganzen Traum lang nicht verlassen. Als er aufwachte, hatte er Magenschmerzen.

Tatsächlich ging er an diesem Tag zur Arbeit und quälte sich in die Normalität des Alltags zurück. Doch darin Ablenkung von der Erinnerung finden zu können war ein Fehlschluß. Noch dazu wurde er in das Büro seines Vorgesetzten gebeten, der ihm klar mitteilte, daß von nun an wieder deutlich mehr Einsatz von Lucan zu bringen sei, um seine Anstellung zu rechtfertigen.

Natürlich hätte es Lucan nicht wundern sollen, und doch traf ihn diese Rede am ungünstigsten Tag. *Mein Gott, alles zerstört sich langsam, ich bin nicht in der Lage, irgend etwas wirklich richtig zu machen oder halten zu können …*

Zu Hause saß er am Küchentisch, starrte auf die Wand, die er vor einigen Wochen mit einem der Stühle beschädigt hatte, und konnte nicht glauben, was aus seinem Leben geworden war. Das Telefon klingelte. Sollte er drangehen? *Ach, warum eigentlich nicht.*

Lucan hielt den Hörer an sein Ohr und war gleich darauf mit Tibor konfrontiert, der ihn mehr oder minder zurückhaltend fragte, ob alles mit ihm in Ordnung sei, schließlich sei er es nicht gewohnt, daß Lucan dramatische Abgangs-Inszenierungen in sein ansonsten so berechenbares Repertoire aufgenommen hatte. Lucan schmunzelte etwas.

«Tut mir wirklich leid, Tibor, du hast vollkommen recht. Ich wollte mich bei dir melden, aber ich glaube, mir geht es im Moment einfach nicht besonders gut», sagte er ehrlich.

«Wäre ich im Traum nicht drauf gekommen», meinte Tibor lakonisch. «Treffen wir uns heute abend? Ich komme vorbei, wenn du willst, und sag bloß nicht nein.»

«Habe ich eine Wahl?»

«Keineswegs. Du hast eine Stunde, um dich frisch zu machen und für ein paar Getränke zu sorgen. Ich bringe etwas feste Nahrung mit.» Klack. Tibor hatte aufgelegt.

Lucan atmete durch, vielleicht war es genau das richtige für den Abend. Tibor hatte immer eine erstaunlich weltliche Wirkung auf ihn. Vielleicht sorgte er an Noras Stelle ein bißchen für Lucans Boden unter den Füßen.

Lucan bereitete den Abend mit Tibor vor und war beinahe entspannt. Sicherlich konnte er nicht über das eine Problem sprechen, aber er mußte auch nicht verhehlen, wie schlecht es ihm ging.

Als Tibor kam und die erste Flasche roten Weines sich gleichmäßig auf beide Blutkreisläufe verteilt hatte, war Tibor davon überzeugt, daß Lucan unter der Trennung von Nora litt und unter dem Gefühl, nicht zu wissen, was er aus seinem Leben machen sollte. Das war in Ordnung, denn beides stimmte, auch wenn es nicht der Hauptgrund war.

Doch als Tibor etwas von Pascale erzählte und wie wundervoll er sie fand, verlor Lucan kurz die Nerven.

«Nimm dich vor ihr in acht, sonst könnte sie dir übel zusetzen.»

Tibor blickte Lucan ernst an.

«Kannst du dir vielleicht vorstellen, daß sie bei mir das Gegenteil bewirkt? Sie hat eventuell auch Seiten an sich, die du noch nicht hast sehen wollen.»

Lucan schwieg verblüfft, und Tibor fuhr vom Wein ermutigt fort: «Vielleicht ist das unter Geschwistern normal, ich weiß das nicht. Ich weiß nur, daß sie unter deiner Ablehnung leidet.»

«*Bitte? Sie* leidet?» spuckte Lucan hervor. «Sie fängt doch nicht etwa an, sich bei dir über mich auszuheulen, oder? Das halte ich nicht aus!»

«Ganz ruhig, Lucan. Sie heult sich nicht aus, das ist gar nicht ihre Art. Ganz im Gegenteil, es ist ziemlich schwer, ihr etwas über dich zu entlocken. Ich glaube, dir ist gar nicht bewußt, wie sehr sie an dir hängt.»

«Na bravo! Wenn du wüßtest ...»

Lucan marschierte ins Badezimmer und versuchte, sich zu beruhigen. *Sie hängt an mir ... klar ... Sie hängt eher an mir fest, das ist es, gebunden durch etwas, was gewesen ist ...*

Lucan spritzte sich kaltes Wasser über das Gesicht und ging zu Tibor in die Küche zurück.

«Tibor, es ist nett, daß du helfen willst, aber das ist eine Angelegenheit zwischen Pascale und mir. Sei mir nicht böse, aber ich habe meine Gründe.»

Tibor zog die Augenbrauen hoch und biß sich nachdenklich auf die Unterlippe.

«Na schön, aber sei auch mir nicht böse, wenn ich *meine* Gründe habe, deine Schwester zu mögen.»

Lucan sagte nichts mehr. Es schien, als würde er auch den letzten Rückhalt einbüßen müssen.

Als Tibor gegangen war, beugte sich Lucan aus dem Küchenfenster, um ein bißchen die Nachtluft zu riechen. Es war ein feuchtmodriger Geruch, der von frostiger Kälte durchzogen war.

In diesem Augenblick traf Lucan eine Entscheidung. Da warteten noch Antworten, da sprachen noch Rätsel, und er konnte nichts anderes tun, denn er fühlte Lilith mehr als jemals zuvor. Es gab nur das Rückwärts. Alles andere schien er zu verlieren.

Lucan drückte entschieden das Fenster zu und öffnete eine der Küchenschubladen. Er durchblätterte die glatten Broschüren, die seine Hände herausgriffen.

Mit leisem Bedauern ließ Lucan auch Helen Jonas zu den abgelegten Rückführungs-Therapeuten verschwinden. Er konnte nach seinem unhöflichen Abgang nicht noch einmal zu ihr. Statt dessen ließ er die Telefonnummer der Wassers auf dem Tisch liegen, um sie am nächsten Morgen anzurufen.

«Hallo, ich bin Lea Wasser. Kommen Sie doch bitte herein.» Die korpulente Frau führte ihn in ein größtenteils hellblau gehaltenes Zimmer, das mit Bücherschränken, Sitzgelegenheiten und einem Schreibtisch angefüllt war. Sanft dämmeriges Licht breitete sich beruhigend im Raum aus. Nach einem Augenblick kam ein Mann hinzu, der sich als

Frederik Wasser vorstellte. Die beiden sahen sich unwahrscheinlich ähnlich, hatten das gleiche rötliche Haar und eine auffällig geformte Nase. Lea lachte über seine Blicke.

«Wir sind kein Ehepaar. Wir sind Geschwister, Zwillinge sogar.»

Lucan schätzte die beiden fröhlichen Menschen auf ungefähr fünfunddreißig Jahre.

Nach einigem Geplauder lockerte sich die Atmosphäre, und sie kamen auf die Rückführung zu sprechen. Lucan wies auch hier, genau wie bei seiner letzten Führung, nähere Erläuterungen von sich, er wußte bereits mehr als genug darüber. Er erzählte ihnen einige Minuten lang von seinen bisherigen Erfahrungen mit Lilith. Die Wassers hörten aufmerksam zu. Frederik machte sich einige Notizen in ein kleines Schreibbuch und hakte mit einigen Fragen etwas nach, um die Zusammenhänge genau zu umreißen.

«Also wollen Sie in das Ende dieser Schwangerschaft gehen?» fragte Lea Wasser ihn dann, und er nickte.

«Gut», sagte sie und dämpfte das Licht, «legen Sie sich hin. Wenn es für Sie in Ordnung ist, werde ich die heutige Sitzung führen, während Frederik das Wichtigste mitschreibt. So können Sie später noch einmal in Ruhe darüber nachdenken.»

Wieder nickte Lucan und legte sich auf die bereitstehende Liege. Wenig später führte Leas Stimme ihn in den Ort zwischen jeglicher Zeit. Er war auf dem Weg in den unbekannten Teil von Liliths Leben. Hier hoffte Lucan etwas Vergessen zu finden, etwas Heilung. Die Geburt sollte ihn gleichsam von dem Schrecken ihrer

Leiden erlösen. Es dauerte nicht lange, bis Lucan sich entspannte, doch in den richtigen Zeitraum zu gelangen nahm viel Fingerspitzengefühl von Lea in Anspruch. Etwas in Lucan wehrte sich dagegen, diesen Lebensabschnitt noch einmal zu erleben. Es war, als wenn Lucan wie ein Gummiball immer wieder von der Erinnerung wegprallte. Doch irgendwann in einem unaufmerksamen Augenblick seiner Abwehr tat sich eine Lücke auf, und Lucan fiel in sein gewesenes Ich hinein, um sich zu erinnern. Wieder war es die Dachkammer, die seine Augen erblickten, doch diesmal war der Novembernebel mitsamt der Kälte entschwunden, diesmal war es Sommer, und die kleinen Fenster waren mit Tüchern verhangen.

«Lavonne, ich werde es keinen Tag länger ertragen. Das Kind wird mich niemals verlassen, und es ist so heiß überall.»

Hilflos weint Lilith in den Armen ihrer Schwester.

«Beruhige dich, Lilith, es kann nicht mehr allzulange dauern.» Lilith spürt, daß Lavonnes weiche Stimme versucht ist, ihr jeden Schrecken zu nehmen.

«Lavonne, ich liebe dich. Ich würde hier sterben ohne dich, ich würde ...»

Lilith bricht ab, das Ungetüm im Bauch tritt in ihr Fleisch, versagt ihr den Atem. Ihr gesamter Körper ist mager und die Haut fast durchsichtig. Grotesk ragt der vollmondartige Bauch aus ihrem Leib hervor. Ihr Gesicht ist verzerrt und blaßgrau gewelkt, und nur ihre Augen unter den dichten tückischen Brauen flackern noch vertraut und wild. Lilith beobachtet, wie Lavonne voller Mitleid über den stickigen Speicher blickt und schaudernd innehält.

«O Lilith, hier sind überall Spinnen! Ich werde Amelia bitten, sie wegzumachen!» Sie schüttelt sich einmal, ehe sie sich wieder liebevoll Lilith zuwendet.

«Lilith, meine Liebe, ich muß jetzt gehen. Aber Amelia wird bei dir bleiben, sie ist eine wirklich gute Hebamme. Sie hat meine beiden Kinder zur Welt gebracht, und ich vertraue auf ihre Fähigkeiten, hörst du? Es kann gar nichts passieren. Ich werde versuchen, so schnell es irgend geht, wieder bei dir zu sein. Halte aus, Lilith.»

Lavonnes Lippen berühren die schweißkalte Stirn der sich windenden Frau. Lilith stöhnt und klammert sich an Lavonnes Hand.

«Bitte, komm zurück.»

«Natürlich, ich verspreche es dir.»

Lavonne verläßt leise und schnell die Dachkammer. Amelia setzt sich sogleich an Liliths Bett, versucht ihr etwas krampflösenden Tee einzuflößen. Lilith ist dankbar für die unbekannte Frau mit den wissenden, helfenden Händen, die ernst und mit gütigen Augen ihrer Arbeit nachgeht.

«Amelia», flüstert Lilith, «danke, daß Sie bei mir sind.»

«Ach Kleines», tut sie es ab, «das ist meine Arbeit, und ich tue sie gern. Jetzt haben Sie mal nicht solche Angst. Es wird alles schneller vorbei sein, als Sie glauben.»

Dankbare, hilflose Kinderhaiaugen blicken zu ihr auf. Lilith ist ausgezehrt wie ein lebendiges, kindgebärendes Skelett, als müßte sie bei der Geburt auseinanderbrechen, um das Kind zu befreien, um selbst das Kind zu werden, weil nur noch *ein* Herzschlag zu arbeiten vermochte.

Amelia befühlt noch einmal den atmenden Bauch.

«Das Kind liegt richtig herum. Bald ist es soweit!» flüstert sie der fortdämmernden Lilith zu. «Ja, schlafen Sie noch etwas. Das ist gut.» Amelias Stimme geleitet sie in erlösenden Schlaf. Trotz allem ist Liliths Leib der pulsierende Hintergrund jedes Traumes, das eigentliche Zentrum, das nie wirklich vergessen ist. Nur heute hat sie das Gefühl, sich lösen zu können. Ein leichte Herrlichkeit umfängt sie. Sie ist frei.

«Lilith, komm zu mir!» hört sie eine undeutliche Stimme aus dem Universum, das sie zu durchrasen scheint.

«Lilith.»

Jetzt bemerkt sie erschrocken, daß sie durch ein Gesicht fliegt. Ein Gesicht, zusammengesetzt aus aberhundert Sternen und Planeten. Sie schreit auf, aber dann erkennt sie die Gestalt, es ist der Geistmann. Sie fliegt zurück zu seinem sich verformenden Angesicht. Jetzt ist er neben ihr, er lächelt nur, ist unsichtbar wie ein kleiner Wind oder ein fernes Irrlicht. Es ist schön, wie er aus Sternenstaub zu bestehen scheint. Sie bemerkt nicht, daß sie ebenso aussieht.

«Ich werde hier bleiben!» spricht sie beseelt.

«Das geht nicht, Lilith, du mußt zurück. Und ich komme auch dieses Mal mit dir!»

«Nein, nein, hier bin ich erlöst und glücklich.» Sie dreht sich anmutig durch Nebel und Licht.

«Lilith, nimm meine Hand. Wir gehen.»

Widerstrebend versucht sie zu entkommen, aber auf einmal fühlt sie die Schwere in ihren Körper zurückkehren und die Schmerzen.

«Nein», schreit sie gellend durch das kleiner werdende Universum, «nein, nein!»

Sie stürzt.

Die Wehentätigkeit setzt heftig ein. Lilith wimmert und schreit, fällt in die erdgebundene Ohnmacht. Sie bleibt gefangen in den erschreckenden Krämpfen ihrer Wehen, die immer wiederkehren und ihr Fleisch wie von Messerstichen erzittern lassen. Das Licht, das sie durch ihre Pein hindurch wahrnimmt, verändert sich. Es ist Nacht geworden, sie liegt da und fühlt sich von Gott ein weiteres Mal verraten. Warum erlöst er sie nicht von diesem Leid, warum befreit er sie nicht von Weedons Saat? Sie schreit unter dieser Folter, während die Nacht heller und heller wird und bleich den Kerzenschein trübt. Die Kraft ist ihr längst gegangen und alles, was sie zu einem Menschen gemacht hat. Es dauert Ewigkeiten der Qual, ehe die Hebamme ihr endlich befiehlt, das Wesen aus sich herauszupressen. Liliths Gesicht wirkt hohl und rötet sich unter der unermeßlichen Anstrengung drastisch. Sie ist nur noch besessen von dem Wunsch, diesen Bastard aus ihrem Leib zu stoßen.

Sicher ist er verformt und häßlich durch all mein Hassen.

Dann ist Lavonne kurz vor dem endgültigen Akt der Geburt wieder neben ihr. Etwas quält sich aus ihr heraus, reißt ihr das empfindliche Organ auf, das auch

Weedon verwundet hatte. Die Erinnerung hört nicht auf. Etwas wird gezogen, etwas verläßt sie. Die Schmerzen lassen nicht nach, und ein hohes Schreien ertönt.

«Ein Junge, Lilith, es ist ein Junge!»

Doch Lilith hört nichts mehr. Sie ist weit weg in ohnmächtiger Erschöpfung. Von ferne spürt sie, wie ihr etwas Warmes und sich Windendes auf die Brust gelegt wird. Sie windet sich ebenso, sie will es nicht bei sich haben, sie will schlafen, ohne jemals wieder zu erwachen.

Aber Lilith wacht wieder auf, hört das Schreien und erinnert der Qualen.

Lavonne bringt ihr lächelnd das Kind, doch Lilith wehrt sich, kann seinen Anblick nicht ertragen. Ein kleines, violettes Monstrum mit dunklen Haaren und mitternachtsblauen Augen. Aber es ist heraus aus ihrem Fleisch und selbst geformt aus nichts anderem. Dieses Wesen hatte sich aus ihrem Körper und Blut einen eigenen Leib gewirkt. Lilith will wieder schlafen, für alle Tage. Doch irgendwann ist sie wieder kräftig genug, um das Bett zu verlassen. Amelia ist gegangen und auch Lavonne wird sie bald verlassen.

«Lilith, du weißt, wie gern ich das Kind zu mir genommen hätte, aber William würde es niemals gutheißen. Aber ich kann dir immer Geld zukommen lassen, dann kann das Kind bei dir bleiben. Es wird schon alles gut, ganz sicher.»

Lavonne verläßt sie, nur sie und das schreiende Fleisch bleiben. Stumm steht Lilith an seiner Wiege, starrt ihn an und haßt ihn nach wie vor.

«Was soll ich mit dir? Ich werde dich nicht anfassen wollen, ich werde niemals … Du mußt weg hier.»

Lilith entfernt sich wieder, sie hat teuflische Angst vor diesem absonderlichen Wesen.

Ich bin verflucht von ihm. Ich bin wahrhaft verflucht.

Der Gedanke, dieses Geschöpf zu füttern, bringt sie in Panik.

Aussaugen wirst du mich wie ein Vampir. Du hast genug von mir genommen.

Dann sieht sie das Geld auf ihrem Schreibtisch liegen, das Lavonne ihr gelassen hat.

Ich muß weg hier, ich muß weg.

Ein Bild entsteht vor ihren Augen, eine grausame Flucht. Lilith ruft eine Kutsche, die Fahrt wird sehr lang werden. Hastig packt sie ein paar Sachen zusammen, greift die Korbwiege mit dem aufgebrachten Säugling und verläßt London. Die Fahrt erlebt sie wie im Delirium, sie ist nicht mehr zurechnungsfähig, kann nicht mehr wirklich auseinanderhalten, was zur Wirklichkeit gehören will und was nicht. Es dauert Tage, bis sie endlich da sind, und Nächte, in denen sie das Zimmer mit dem Schrecken teilt. Die Wirtinnen oder Stubenmädchen müssen dem Kind die Flasche geben, denn Lilith will es nicht anrühren.

Dann ist sie an ihrem Ziel angekommen. Die Kutsche entfernt sich, und der Tag neigt sich ergeben vor dem Nachtgeschehen. Bedächtig und ruhig tritt Lilith vor die Quelle. Blut strömt aus ihr hervor, bleiches Mondblut. Es ist finster. Sie kann nichts erkennen, kniet nur nieder und betet in langer, inbrünstiger Ohnmacht.

Dann setzt das hohe Schreien ein, wie eine unheimliche Klage. Lilith kann nichts sehen, kann nur fühlen, was sie da tun wird. Ihre Hand greift an ihre Hüften, löst den festgebundenen Dolch. Ihr Leib zittert, ihr Verstand ist vergessen. Die Fingerspitzen tasten nach dem lebendigen Atem vor sich und fassen zum erstenmal bewußt die dünne, unnatürlich weiche Haut an. Aber sie tastet den leibhaftigen Teufel ab. Besinnungslos holt die Hand aus, das Schreien schwillt ohrenverzerrend an, bricht ab, verstummt und hat keinen Atem mehr.

Plötzlich wird sich Lilith des warmen Blutes an ihren Händen bewußt. Sie kreischt hysterisch auf. Sie greift nach dem bewegungslosen, blutfeuchten Fleisch und läuft gellend dem Wasser entgegen. Die losen Überreste fallen in den Brunnenschacht. Vor Schmerz und Marter kreischend, taucht Lilith Kopf und Hände in den rauschenden Blutstrom.

Sie hechelt nach Luft und spürt das eiskalte Wasser sie angreifen wie mit Klauen. Überall sind Krallen an ihr. Sie schreit gurgelnd in die rote Flüssigkeit. Das Quellenblut strömt in ihren Mund hinein, schwemmt das Blut des toten Kindes zurück in ihren Körper, bis der Schmerz der Kälte sie von ihrem Wahn befreit und die Besinnung zurückbringt. Sie taumelt, ihr Puls hetzt und ihr Atem jagt nach Sauerstoff, und langsam erreicht das Begreifen sie mit einer unwirklichen Ruhe.

Lilith verläßt diesen Ort, weiß, daß sie ihn in diesem Leben nicht wieder betreten wird.

Die Erinnerung macht einen Sprung, setzt in der Dachkammer wieder ein, deutlich und ruhig. Es ist Nacht in

Liliths Heim, sie sucht Vergessenheitsschlaf. Worte schwimmen wie Wellen durch die Dunkelheit.

«Jetzt hast du es doch getan.» Der Geistmann ist bei ihr.

«Du hast davon gewußt? Du hast immer davon gewußt? Warum hast du nichts gesagt? Warum hast du mich allein gelassen in den letzten Nächten?» Liliths Stimme ist brüchig vor Scham und Trauer.

«Ich habe dich nie allein gelassen. Ich war doch die ganze Zeit bei dir.» Des Geistmannes Stimme entfernt sich.

«Ich muß dich jetzt verlassen. Aber wir sehen uns wieder, Lilith Monolith.»

Wieder wanken die Bilder zur nächsten klaren Szene.

«Lilith, wo ist das Kind?»

Lavonnes Aufschrei hallt durch die kleine Kammer. Sie blickt fragend in das geisterhafte Gesicht ihrer leblosen Schwester.

«Es ist tot, Lavonne!»

«O mein Gott!»

Lavonne fällt weinend in Liliths Arme.

«Es tut mit so leid für dich, es tut mir so leid.»

Lilith bleibt starr.

«Weine nicht, Lavonne», spricht ihre Stimme mit dunklem Klang, «ich habe Gott nur das Kind zurückgebracht, das er mir in seiner Gnade geschenkt hat.»

Lucan wurde von Worten geführt und von Worten besänftigt, und doch blieb der Schrecken bestehen. Eine warme Hand legte sich für viele Minuten auf die seine, und die Männerstimme sprach zu ihm: «Beruhigen Sie sich, Lucan. Es ist immer schwierig, derartige Dinge von sich zu erfahren, aber glauben Sie mir, dergleichen Taten haben wir alle irgendwann einmal begangen. Wir haben doch immer wieder die Gelegenheit, alles zu bereinigen. Menschen haben uns etwas angetan, wir haben anderen etwas angetan oder uns selbst. Es scheint wie ein Teufelskreis.»

Lucan konnte nichts sagen, hörte nur wie erstochen zu, war aber dankbar für die beschwichtigende Stimme Frederik Wassers.

«Rückführungstherapien zielen darauf ab, Ihre Abgründe und Probleme aufzudecken, damit Sie in der Lage sind, Ihre Schwierigkeiten im heutigen Leben zu verstehen und damit zu leben. Sie können Phobien, Krankheiten und all diese Dinge erklären.»

Lucan blickte den Mann an.

«Sogar ganz offensichtliche Zeichen an unserem Körper wie Muttermale oder ähnliches können uns auf schwere Verletzungen an den Körpern vergangener Inkarnationen hinweisen», sprach Frederik weiter. «Nichts an unserem jetzigen Körper ist Zufall, keine einzige Veranlagung. Wir haben uns vorher sorgsam ausgesucht, wie wir beschaffen sein müssen, um gewisse Konflikte aufzuzeigen und um aus körperlichen Schwächen lernen zu können.»

Lea Wasser setzte sich neben ihren Bruder und sagte: «Wie einmal ein weiser Mensch sagte: *‹Unser Fleisch ist die Prägung unseres eigenen Geistes.›*»

«Genau», sagte Frederik, und Lucan nickte benommen.

«Vielleicht klingt das alles sehr abgedroschen, wenn ich sage, daß wir uns ganz einfach in Vergebung üben müssen.» Jetzt lachte Frederik leise auf. «Natürlich ist es ganz und gar nicht einfach, denn sonst wären wir wohl nicht so lange in unsere irdischen Existenzen verstrickt.»

Lucan schwieg und versuchte, die Worte zu erfassen.

«Ich kann nicht glauben, daß ich so etwas getan habe», flüsterte er rauh, und Frederik Wasser beugte sich näher zu ihm.

«Das waren nicht Sie, Lucan, das war nur ein Teil, ein Aspekt von Ihnen. Einer von Tausenden!»

Lucan registrierte die Worte, aber fragte sich dennoch, wie er all das jemals vergessen sollte.

Was soll ich tun? Ich weiß gar nicht mehr, wer ich noch bin. Mein Gott, was bin ich nur? Was, was, was? Und wer? Wo ist Lucan denn noch?

Da war der größtmögliche Widerwille, Lilith zu sein. Es war zu viel an Wendepunkten. Lucan bemerkte, daß er zugelassen hatte, daß Lilith sich wie fremdes Blut in ihm ausgebreitet hatte.

«Wie soll ich jemals wieder zurückfinden?» fragte Lucan sich, als er wieder zu Hause war und sich eine Tasse Kamillentee aufbrühte.

Was von mir gehört eigentlich wirklich zu Lucan? Lucan dachte an Keenan Addams aus *Yggdrasil* und an Odins Satz über die Wahrheit. «Die Wahrheit ist, daß du in diesem Augenblick bist.» Und er weinte, weil er Lucan verloren hatte. Und Lilith. Weil er dachte, niemand mehr sein zu können.

IX

VORWÄRTS

LUCAN VERBRACHTE DEN ABEND ruhelos auf seinem Bett. *Ich brauche jemanden, egal, wer ich auch sein mag. Lilith braucht Lavonne, und Lucan braucht Nora, nach wie vor. Aber könnten sie meine Abgründe verstehen? Wie sollte ich es erklären?*

Ihm fielen Lea und Frederik Wasser ein und ihr Angebot, jederzeit für ein Gespräch bereit zu sein. Aber es waren Fremde, die eigentlich nichts mit ihm zu tun hatten.

«Ich brauche jemanden», sprach er hilflos in den Raum und wußte doch nicht, was jemand für ihn würde tun können. Er setzte sich aufrecht in sein Bett und lehnte sich mit dem Rücken an die Wand, um seine Ablenkung in Chaucers *Canterbury Tales* zu suchen, dann in dem nächstbesten Buch, das ihm in die Hände fiel. Mehr als zehn Minuten konnte ihn diese Beschäftigung nicht zerstreuen. Selbst das Lesen hatte längst eine andere Qualität bekommen. Schlaf war auch nicht zu finden, denn er dachte zwanghaft über Lilith nach. Jetzt schien Lucan zu wissen, auf welche Tat der Henker in ihrem Manuskriptanfang anspielte. Lucan holte die Seiten hervor und las sie noch einmal. Die Protagonistin, die stark an Lilith angelehnt schien, war nicht in Reue verfallen, sondern hatte für eine Zeitlang, wer weiß, für wie lange, ihre Worte verloren. War das für sie die größte Strafe? Lucan seufzte. Sie hatte auf ihre Weise gereut, das hatte sie sicherlich. Eigentlich gab es nur noch die eine Frage zu Liliths Textanfang: Was war diese größte Geschichte, die es zu erzählen gab? Im Grunde war es unwichtig geworden. Die Besessenheit davon hatte sich in Lucans Rückwärtsbewegungen allmählich zersetzt. Was hielt Lucan selbst für die größte Geschichte? Er zuckte mit den Schultern, er kannte keine.

Erst gegen halb vier versank er in Schlummer.

Das Aufwachen am nächsten Tag machte ihm deutlich, daß er diese Erinnerungen nicht mehr aushielt. Er konnte es nicht verhindern, daß immer wieder verschiedene Sequenzen der gestrigen Rückführung ihn durchblitzten wie ungesunde Elektrostöße: Das Schreien von Lilith und das des Kindes, das Gefühl, die Tat im Dunkeln getan zu haben, das warme Blut und das stille, weiche Fleisch in seinen, in *ihren* Händen. Lucan strampelte die Decke von sich und setzte sich auf die Bettkante.

So etwas Ähnliches sollen wir alle schon mal getan haben? Und das war nur ein Aspekt von Tausenden in mir?

Wer wußte schon, was für Taten noch in seiner Erinnerungsgrube auf ihn lauerten? *Aber ist die Chance dann nicht auch da, daß ich bereits viele gute Dinge gemacht habe?* Lucan strich sich erschöpft die dunklen Haare nach hinten und legte dann seinen Kopf auf die Knie. Natürlich hätte es Lilith nie zu dergleichen getrieben, wenn ihr nicht diese Vergewaltigung angetan worden wäre. Er dachte an Pascale. Er drückte sich seine

Fingernägel schmerzhaft in die weiche Haut des Unterarmes. Trotzdem, dachte er plötzlich, trotzdem hätte Lilith es nicht tun müssen. Sie hätte das Kind abgeben können. Sie hätte …

Die nächsten Tage zwang Lucan sich zu neuem Arbeitseifer, um seinen Verlagsjob nicht zu verlieren, aber gleichsam war alles andere in ihm so viel drängender, daß ihn die Vorstellung sogar gelassen ließ, daß ihm gekündigt würde. Die Konzentration auf etwas und die Entspannung, wenn er nichts zu tun hatte, waren gleichsam anstrengend; es war ein unseliger Zustand.

Das änderte sich nach einer Nacht, in der Lucan klar träumte: Er saß wieder in dem jetzt stillstehenden Eisenbahnwaggon, und alle anderen Passagiere außer ihm hatten das Abteil verlassen. Doch wo war der Junge? Hatte er nicht warten wollen?

Lucan stand unsicher auf und bewegte sich durch die anderen Abteile. Er betrachtete die Menschen und suchte den Jungen. Er fand ihn in der zweiten Klasse, er saß lässig in seinem Sitz, hatte einen Walkman auf und hörte Musik. Als Lucan näherkam, öffnete er seine Augen, lächelte und hob einmal seine Augenbrauen an.

«Sollen wir die Kulisse wechseln?» fragte er Lucan, und dieser nickte befangen. Es wurde einen Moment dunkel, Wasser rauschte im Hintergrund.

«Nein!» brachte Lucan heraus, «warum bringst du mich hierhin?»

«Weil wir noch nicht fertig sind. So kann es nicht bleiben, du bist schon so weit gekommen.»

«Tu mir das bitte nicht an!» schrie er beinahe.

«Ich tue dir nichts an, Lucan, *du* tust dir etwas an, und das ist nicht mehr nötig.»

«Laß mich bitte … das Kind … ich kann nicht, das Kind …»

«Glaubst du, daß irgend etwas zufällig geschehen kann? Glaubst du, daß nur du Entscheidungen treffen kannst?»

«Was … was meinst du damit?»

Das Wasserrauschen war leiser geworden und verschwand, aber es war noch immer dunkel.

«Können wir kein Licht anmachen? Es ist so dunkel.»

«Wir können nichts sehen, weil du nicht sehen willst», sprach er beruhigend. «Jeder Mensch hat einen freien Willen und trifft eigene Entscheidungen. Du wählst, Lilith wählt, Weedon wählt.»

Lucan sog den Atem scharf ein.

«Lucan, hör mir zu. Was würdest du Weedon sagen, wenn du ihn jetzt sehen könntest?»

«Weedon sehen?» fragte Lucan entsetzt. «Ich weiß nicht, ich würde ihn anschreien wollen.»

«Dann tu es doch. Schrei Weedon an.»

Die Szene wandelte sich langsam, als würde jemand das nächste Bühnenbild hineinschieben, und Weedon McAlistair stand in einem grünen Salon. Lucan sah sich verkrampft um und starrte den Mann aus seiner Erinnerung an.

«Was ist los, Lucan, wolltest du ihn nicht anschreien? Hier hast du die Gelegenheit. Denke an die Schmerzen, denke an die Schuld!»

Aber ihm, Lucan, fiel es schwer. Es dauerte einige Momente, bis Lucan Lilith zuließ und die alten Gefühle sich rasend giftig in ihm ausbreiteten. Er schrie die Weedon-Gestalt an, die immer mehr in sich zusammensank, bis nur noch ein Kind vor ihm saß und sich ängstlich suchend umsah.

«Warum brauchst du mich nicht?» fragte es Lucan, und er hielt bestürzt inne.

Die Szene wechselte langsam wieder und verdunkelte sich.

«Und was würdest du dem Kind sagen?» fragte der Junge Lucan sanft aus dem Zwielicht, das sie beide umgab.

«Dem Kind ...» Lucan würgte und stöhnte.

«‹Verzeih mir›, würde ich sagen wollen, ich weiß es nicht ...»

«Dann tu es. Bitte es um Verzeihung», schlug der Junge gelassen vor, und schon verschob sich der Hintergrund und zeigte etwas, was aussah wie ein Zimmer mitten in der Luft des Universums, mit Planeten, die hinter der unsichtbaren Wand ihre Bahnen zogen. Lucan sah sich um, aber kein Kind tauchte auf, nur der Junge blieb vor ihm stehen.

«Sag es ihm ruhig.»

«Aber ...»

«Lucan, sag es mir ruhig. Nicht für mich, denn ich muß es nicht hören. Sag es für dich.»

«Ich verstehe nicht ...»

«Dann verstehe das, was Lilith nicht verstehen wollte. Ich habe dir nichts zu verzeihen.»

Lucan sackte in sich zusammen. Der Junge setzte sich zu Lucan auf den Boden.

Erst nach einiger Zeit konnte Lucan aufblicken. Er sah in die wandernden Lichter und fing an zu schluchzen. «Verzeih mir … verzeih mir alles, ich … ich …»

Der Junge lächelte.

Lucan weinte bitterlich, und als er die Augen wieder öffnete, fand er Lilith vor sich. Sie saß wie auf der *Yggdrasil*-Photographie steif auf einem dunklen Holzstuhl und sah an ihm vorbei. Entgeistert blickte er sie an. Wie konnten sie zwei sein und sich gegenübersitzen? Existierten sie beide parallel? Lucan drehte sich erschrocken weg. Ein Teil von ihm wollte sich zu Lilith umwenden, aber der andere Teil zog die Flucht ins Wachsein vor.

EINE WOCHE LANG BLIEB LUCAN in einem buchlosen, leselosen, arbeits- und studiumlosen Zustand. Mit der Erleichterung, selbst eine Entscheidung zu treffen, hatte er seine Stelle im Verlag gekündigt. Keine Bücher mehr, keine Kompromisse, denn nichts anderes hatte diese Arbeit bedeutet.

Er suchte die Leere seiner weißen Räume, sie waren so ansprechend, wie das leere Weiß eines Blattes ihn immer abgeschreckt hatte. Leere, Wortlosigkeit, Raum, um sich selbst zu hören. *Ich will mein Leben zurück!*

An einem Tag telefonierte Lucan kurz mit Tibor. Vielleicht konnte Tibor ihm nicht helfen, aber Lucan entschied, daß er sich weiterhin um diese Freundschaft bemühen wollte, Pascale hin oder her.

Nach dem Gespräch mußte Lucan daran denken, daß es ausgesprochen absurd und verrückt war, Tibor aufgrund von etwas so Diffusem wie einer bereits gelebten Vergangenheit davon abzuraten, sich auf Pascale einzulassen.

Lucan zog sich aus, legte sich ins Bett und starrte durch das Fensterglas in die regengraue Nacht. Was wäre, wenn die Seele von Liliths Kind jetzt hier sein und ihn für den Mord anklagen würde? Müßte ihn das heute als Lucan treffen?

Die Efeublätter draußen raschelten leise im Wind, und Lucan dachte daran, wie er Lilith in seinem Traum gegenübergestanden hatte, als wären sie zwei. In gewissem Sinne waren sie zwei und existierten unabhängig voneinander. Wie paßte das zusammen?

Lucan setzte sich im Bett auf und zog die Beine an. Der Wind fing an, gegen das Fenster zu drücken, und klatschte den Efeu an die feuchte Scheibe. War Lucan noch ein Kindesmörder? Wenn ja, dann mußte er auch noch alles andere sein, was er jemals gewesen war, doch wie sollte das funktionieren? Also konnte er jetzt nur Lucan sein. *Er* hatte diese Tat nicht begangen und konnte sie auch nicht gutheißen; *er*, Lucan, war kein Kindesmörder. Ein Teil von ihm würde sich nicht aus der Verantwortung herauslösen können, diese Tat verübt zu haben, aber dieser Teil war nicht alles, was ihn heute ausmachte.

Er ließ seinen Körper zurück auf die Matratze fallen, wälzte sich eine Weile in seiner Bettdecke herum und stieß immer wieder mit der Konsequenz dieser eben erlangten Schlußfolgerung zusammen, bis er sie annehmen mußte. Genauso wie Lucan kein Kindesmörder war, war er auch nicht vergewaltigt worden. Dann aber hatte auch Pascale jene abscheuliche Tat nicht begangen. Weedon McAlistair war Liliths Vergewaltiger, nicht Pascale!

Diese Nacht wollte Lucan bewußt einen Traum suchen, doch er konnte nicht einschlafen; noch immer umrauschte der Wind seine Festung mit beunruhigenden Geräuschen. Also beschloß er, es anders anzufangen. Er konzentrierte sich wie bei den Rückführungen lange auf seinen Atem, um sich zu entspannen. Irgendwann stellte er sich wieder den Augenblick im Traum vor, als er Lilith gegenübergestanden hatte. Es dauerte eine Weile, bis die Szene klar wurde. Als es soweit war, ging Lucan auf die starre Lilith zu, um das zu versuchen, was sie nicht tun konnte. Jeder Schritt schien so schwer und löste doch gleichsam leise und langsam den Druck aus Lucans Innerem, den Druck aus seinem Kopf.

«Lilith?» fragte er vorsichtig, doch sie wich vor ihm zurück.

Lucan ging weiter auf sie zu, ignorierte ihren Widerstand, der eigentlich sein eigener war. Alle Kulissen würden fallen, wenn er sie irgendwann erreichte.

Am Dienstag stand Lucan gegen Mittag auf und lief, nur mit seiner Pyjamahose bekleidet, durch die kalte Wohnung. Das Telefon klingelte, und Lucan ignorierte es. Erstaunt blickte er aus dem Fenster und sah kleine Eisflocken taumelig durch den Wind treiben. Es war April, das war sicherlich der letzte Schnee vor dem Sommer! Er sah zu, wie die Flocken unaufhaltsam zu Boden wehten und auf dem nassen Asphalt zu Straßenwasser wurden.

«Und dafür der lange Weg aus dem Himmel, ihr einfältigen Flocken?»

Seine Stimme versuchte, nach etwas Zynismus zu haschen, statt dessen kam er sich wie ein kleiner Junge vor. Ein frischer Schneetag war von Bedeutung, der Welt fehlten dann beinahe alle Farben, und die eisglitzernde Erzählung sprach von neuen Reichen. Gedankenverloren öffnete Lucan eines der hinteren Fenster und ließ die kalten Eissterne in sein Zimmer tanzen. Lucan sang leise das Scheeflocken-Begrüßungslied aus Kindertagen.

«Schneeflöckchen, Weißröckchen, wann kommst du geschneit?
Du kommst aus den Wolken, dein Weg ist so weit.
Komm setzt dich ans Fenster, du lieblicher Stern …»

An dieser Stelle verlor sich auch schon die Erinnerung an den Text. Lucan summte die Melodie weiter und ließ sich genüßlich die Knochen von den kalten Freunden gefrieren. Plötzlich hörte er die Türglocke und zuckte zusammen. Unschlüssig schlich er sich an eines der vorderen Fenster, um den Eindringling zu enttarnen, aber es war schon niemand mehr zu sehen.

Lucan ging zurück und kniete sich auf den eisigen Boden. Noch immer fielen die kleinen Sterne, und manche legten sich zum Sterben auf Lucans Haut. Er schloß die Augen und beteiligte sich andächtig an ihren Toden. Als er wieder aufblickte, stand Nora in der Tür. Sie sagte kein Wort, schaute ihn einfach an. Resigniert schloß Lucan erneut die Augen. *Das ist nicht Nora. Es ist nur einer von den gefallenen Eissternen. Komm, lege dich zum Sterben auf meine Haut … Laß uns ein Ende begehen.* Als er die Augen wieder aufschlug, kam der Eisstern näher, die Eiswinterblume.

«Komm!» sagte er jetzt laut, «lege dich zum Sterben auf meine Haut.»

Er sah zu, wie ihre Augenbrauen sich fragend hoben. Kein Stern, es war wirklich Nora. Sie ging langsam zum Fenster, um sich nach draußen zu lehnen. Ihre Hände faßten nach den Schneegeistern. Vielleicht begriff sie, was er gemeint hatte, denn sie sah zu, wie sie auf ihrer Wärme schmolzen. Einen Augenblick lang schloß sie ihre Augen, und der schneidende Wind brannte sich auf ihre geröteten Wangen. Dieser Schneetag heute schien unwirklich und vertraut, es war fast so, als könnte man Dinge tun, die man sonst nicht wagen würde. Aber heute konnte man, weil nichts unwirklicher schien als man selbst.

Nora wandte sich vom Fenster ab und kniete sich zu Lucan auf den Boden. Sie blickte in den verendeten Haifisch und nahm seine kühlen Finger in ihre Hände. Einen Moment lang war Stille, bis Lucans Finger sie losließen, um ihr Gesicht zu berühren. Dann kamen seine Lippen hinzu und Lucans Mund wurde wärmer, seine Arme zogen sie an die kalte Haut, und sie küßten sich, während der Schnee weiter durch die Luft wirrte.

Nachdem Lucan das Fenster zugestoßen hatte, begann er, Nora mit vorsichtigen Fingern zu entkleiden. Sie legten sich auf Noras schwarzen, weichen Wintermantel und klammerten sich vor Kälte zitternd aneinander. Lucan lag da ohne jedes Wort, denn hier unten wurde es warm und wohl, hier konnte nichts mehr existieren.

Lucan und Nora lagen zusammen auf dem Boden und blieben in ihrer Umarmung. Lucan kam eine Idee, er sprang plötzlich auf und zog Nora mit sich ins Badezimmer. Dort stellte er Kerzen auf und ließ heißes Dampfwasser in die große Wanne einlaufen. Nora lächelte.

Es dauerte eine Weile, bis die Badewanne gefüllt und bereit für ihre Winterknochen war. Genüßlich ließen sich beide hintereinander in das heiße Wasser gleiten. Es war Lucans erster zufriedener Moment mit einem Wissen, wer er war und wer er sein wollte. Erschöpft schloß er seine Augen und spürte Noras Kopf auf seiner Brust, seine Hände lagen auf ihrem Bauch. Dieses sichere Gefühl machte ihn benommen. Nach ein paar stillen Minuten war es ihm, als wenn er etwas sprechen müßte, damit der Moment, es zu tun, nicht verging.

«Nora», begann er leise, «daß du jetzt hier bist ...» Er hielt kurz inne. « ... es tut so gut. Nora, ich schäme mich dafür, wie ich bin. Es tut mir leid, wie ich dich behandelt habe. Ich verstehe gar nicht, daß du jetzt hier bist.»

Nora lachte in einem undefinierbaren Ton auf.

«Ganz ehrlich gesagt, verstehe ich es auch nicht.»

Mit zögernder Stimme fragte Lucan sie: «Wirst du mir das jemals vergeben können?»

Es blieb einen Moment still.

«Wäre ich sonst jetzt hier?»

Ihre Worte erstaunten ihn mehr als alles andere. *Was, du vergibst mir einfach, was ich getan habe?*

Nora fing an, sich zu bewegen, und drehte sich herum, so daß sie Lucans Gesicht sehen konnte.

«Das Phantasusbuch hat mir wirklich sehr gefallen», sagte sie unvermittelt und ließ ein bißchen duftendes Wassers über ihre Arme laufen. «Es ist eine ziemlich mitreißende Geschichte, aber auch traurig. Glaubst du, daß es so einen Phantasusmenschen wirklich geben kann? Ich meine, träumst du von so etwas?»

Lucan strich sich irritiert die Haare aus dem Gesicht.

Hat das Buch dir meine Geheimnisse verraten?

«Wenn ich ehrlich bin, habe ich tatsächlich von so einem Menschen geträumt. Es ist nur seltsam zu bemerken, daß ich selbst das bin, wonach ich gesucht habe.»

Nora blickte ihn fragend an.

«Ich meine, man sucht nach etwas, das gar nicht so weit weg von einem existiert. Man kann es auf ausgedachte und anwesende Menschen projizieren und daran glauben. Vielleicht gibt es so jemanden tatsächlich irgendwo, aber man wird mit seiner Phantasiegestalt so beschäftigt sein und auf sie warten, daß man ihn höchstwahrscheinlich übersehen wird. Der Traumgott wird keinem anderen Sterblichen auch nur den Hauch einer Chance lassen. Vielleicht ist der wichtigste Mensch immer derjenige, der gerade bei dir ist, der dich vorbehaltlos liebt und für dich da ist. Das ist mehr wert als alles andere.»

Nora hob leicht ihren Kopf an.

«Du hast anscheinend viel darüber nachgedacht.»

Lucan zuckte unmerklich mit den Schultern, und er verfolgte mit seinen Augen die Lichtringe, die sich mit jeder neuen Bewegung durch das Wasser auf Noras Haut malten.

«Ich möchte dich etwas fragen, Lucan. Du verehrst Lilith Faye Gwyneth, oder?»

Er versteifte sich etwas.

«Als Schriftstellerin, ja.»

«Du hast doch ihr Tagebuch gelesen. Hatte sie denn nicht auch ein interessantes Leben? Bestimmt, nicht wahr? Manchmal wünschte ich, jemand wie sie zu sein.»

Lucan richtete sich etwas heftig auf, das Wasser schwappte leicht über den Wannenrand.

«Vielleicht ist das gar nicht so reizvoll!»

«Was meinst du denn damit?» fragte Nora verwirrt.

«Lilith zum Beispiel hatte ein sehr schwieriges und schmerzhaftes Leben. Eines, das ich mir nicht wünschen würde.»

«Hm.»

Eine Weile spielte Nora mit dem Badeschaum auf Lucans Brust.

«Lucan?» kam dann ihre Stimme zaghaft wieder auf. «Darf ich dich fragen, was in den letzten Monaten mit dir los war? Du hast dich von allen sehr zurückgezogen. Sogar Tibor ist besorgt und sagt, daß du dich sehr verändert hast. Was ist mit dir? Kannst du es mir sagen?»

«Tja ... Nora, das ist eine schwierige Angelegenheit. In einem Wort kann man es eine Identitätskrise nennen.»

«Und in mehreren Worten?» hakte sie nach, und Lucan lachte leise auf.

«Na gut, ich will es versuchen. Wie heißt noch dieser schöne Satz? Sei vorsichtig mit dem, was du dir wünschst, es könnte dir gewährt werden. Ich denke, ich wünschte, jemand Bestimmtes zu sein, nur nicht der, der ich gerade bin oder gewesen bin ... Die meisten wollen das vermutlich. Woher sollen wir eigentlich wissen, was wir wirklich zu sein haben? Ich jedenfalls habe ganz ehrlich keine Ahnung mehr», sprach Lucan nüchtern.

«Ich glaube, ich kann verstehen, was du meinst», begann Nora langsam, «aber wenn man anfängt, darüber nachzudenken, wird man verrückt. Niemand kann mir sagen, was richtig und was falsch ist. Manchmal wollte ich, es wäre so. Aber ich kann nur für mich selbst die Verantwortung übernehmen und für mich entscheiden, was gut ist und woran ich glauben soll. Und das jeden Moment aufs neue.» Nora machte eine verlegene Pause, während Lucan überrascht über ihre Worte nachdachte.

«Hört sich das dumm für dich an, Lucan?» fragte sie unsicher, und Lucan zog erstaunt von ihren Worten die Brauen hoch.

«Ganz im Gegenteil!» sagte er ehrlich. «Es hört sich irgendwie ... gesund an.»

Sie blieben beide still, und ihre Hände plätscherten im Wasser herum und produzierten neue Licht-Mandalas. Lucan dachte unwillkürlich über Liliths Leben nach.

Das sind alles Stunden, die ich schon gehabt habe, Wege, die ich bereits gegangen bin, stehengeblieben, wo ich stand, aufgehört, wo ich hätte anfangen sollen. Mit Lilith hatte er zurückgeblickt. Plötzlich fiel ihm etwas Entscheidendes auf: So sehr, wie er rückwärts lebte, hatte sich Lilith vorwärts orientiert. Lucan wollte all das, was Lilith bereits gelebt hatte, während Lilith durch ihre Tagebucheintragungen klar offenbart hatte, daß sie sich einen anderen Körper, eine andere Zukunft mit anderen Möglichkeiten wünschte.

Lucan dachte verblüfft an Noras Satz, daß man sich jeden Moment aufs neue entscheiden muß, wer man ist und was man tun will. *Das ist es.* Nicht zurückblicken und auch nicht nach vorn, sondern auf das, was gerade ist, auf die Mitte, auf den Schwerpunkt, an dem man in jedem Augenblick wieder steht. Lucan kam der Satz Odins in den Sinn, den Lilith in *Yggdrasil* geschrieben hatte: «Die Wahrheit ist, daß du in diesem Moment bist.»

Er streichelte Noras Schulter, wartete noch eine Weile, bis er dann die Frage stellte, vor der sie sich vielleicht beide gefürchtet hatten.

«Kommst du zurück?»

Nach einer kleinen Pause, sagte Nora: «Ich kann es dir nicht sagen. Ich weiß nicht, was ich tun soll. Vielleicht ist es nicht gut für uns, so eng zusammenzuleben.»

Sehr leise fügte sie noch hinzu: «Ich habe mich von dir abhängig gemacht, habe dich für mich denken lassen. Ich glaube, ich habe sogar manchmal gehofft, wie du zu werden.»

«Ausgerechnet wie *ich*? Was soll der Unfug? Ich wünsche dir alles, bloß nicht *das*!»

«Sei ehrlich: Hältst du mich manchmal für einfältig?»

Lucan konnte Noras Gesicht nicht sehen, denn sie hatte sich an seine Schulter gelehnt. Er konnte fühlen, wie Nora sich etwas anspannte, aber er blieb stumm.

«Sag es ruhig, wenn es so ist.»

Lucan räusperte sich und sagte: «Ich weiß nicht, ob du mir das glaubst, aber ich habe dich immer beneidet. In vielen Dingen wollte ich sein wie du, Nora. So gefestigt und klar, so fern von all dem abartigen Gewucher.»

Eine bedeutungsvolle Stille blieb zwischen ihnen hängen, bis Nora ihr Gesicht zu Lucan wandte und ihn vorsichtig ansah.

«Kommst du irgendwann zurück?» fragte er sie noch einmal. Sie lächelte unbestimmt.

LUCAN HÖRTE NORA GEHEN. Unschlüssig blieb er im lauen Bad liegen und sah durch das flüssig schwankende Gläserngrün hindurch auf seinen Körper. *Was ist, wenn es stimmt, daß mein Körper die Prägung meines eigenen Geistes ist ...?*

Lucan erhob sich ein Stück aus dem Wasser und griff hinter sich in einen Schrank. Er förderte einen kleinen, verschmierten Plastikspiegel zutage und sprach nachdenklich in das verschwommene Glas: «Lilith, du hast einmal in dein Tagebuch geschrieben, daß du Geschichten auf Körper schreiben möchtest. Hast du geahnt, wie sie jemand lesen soll? Hast du gewußt, wie es funktioniert?»

Die reflektierende Glätte sank in das Wasser und fing die Wellen des Kerzenlichtes ein. Ihm gefiel die Idee, sein eigenes Buch zu sein.

Mitten im Nachtdunkel stand Lucan am geöffneten Fenster und blickte auf die sternfunkelnde Schneedecke. Er mochte es, wenn das Mondlicht kühl und eisigblau den Ausschnitt der Welt berührte, den er gerade sah. Die Nacht war ungewohnt hell und tonlos und die Luft bitter und klar. Lucan verspürte das Bedürfnis, sich ganz neu auszudenken. Er stellte sich ein paar Fragen, denn es war Zeit, einige Entscheidungen zu treffen. Er erwog seine Möglichkeiten und dachte unversehens an das dreimonatige Ethnologie-Praktikum und die Herausforderung, die es zu bieten hatte. Im Grunde konnte er tun, was immer er wollte.

Er atmete noch einmal den weißen Schneegeruch ein und schloß das Fenster. Eine Weile schlenderte er durch die mondblaue Wohnung, ehe er seine Bibliothek betrat, das Licht einschaltete und lange die Buchreihen betrachtete. Er ging zu seinem Lesetisch, dann zu der Fensterbank, und suchte Liliths Bücher zusammen. Er strich über die verschiedenen Einbände, deren Prägungen trübe schimmerten, und ordnete sie entschieden ins Regal ein, wo sie nun schlicht zwischen all den anderen Worten standen.

Lucan drehte sich herum, und sein Blick fiel auf den Sekretär und die Bögen weißen Papiers auf ihm. Seltsam gelassen starrte er sie an. Endlich überkam ihn der Impuls, etwas schreiben zu können, ja, schreiben zu müssen. Von diesem Antrieb überrascht, nahm er eines der Blätter, griff nach dem Füller und schrieb einen einzigen Satz auf:

Ich bin jetzt kein Schriftsteller.

Lucan verließ die Bibliothek und vergaß, die Tür hinter sich zu schließen.

Die Autorin

Katja A. Freese, geboren 1973 in Kamen, zog nach dem Abitur nach Dortmund (wo sie noch heute lebt). Dort versuchte sie sich in mehreren Studiengängen – von Prähistorischer Archäologie bis hin zur Literaturwissenschaft –, merkte jedoch bald, daß sie durch das Studium von dem abgehalten wurde, was sie eigentlich tun wollte: schreiben.

Diese Erkenntnis kam allerdings nicht überraschend, denn Texte hat sie seit frühester Jugend verfaßt, und mittlerweile kann sie aus allen Sparten der Schreibkunst etwas vorweisen: Romane, Kurzgeschichten, Kindergeschichten, ein Theaterstück, Gedichte, Essays, Songtexte.

Erschienen sind bisher von ihr Kurzprosa in einer Anthologie sowie Kurzgeschichten in einer Zeitung. Mit *Der Rückwärtsleser* veröffentlicht Katja A. Freese ihren ersten Roman.

Juliane Werding

SONGBUCH

Lieder 1971-2001

ISBN 3-906347-56-7
460 Seiten, gebunden
EUR 12,- / Fr. 21.60

Juliane Werding gehört seit Jahrzehnten zu den erfolgreichsten deutschsprachigen Sängerinnen und hat im Verlauf ihrer bewegten Karriere das Publikum immer wieder mit ihrem Mut zu neuen musikalischen und persönlichen Experimenten überrascht.

Nun werden ihre Lieder erstmals in Buchform veröffentlicht. Die 183 Texte aus den Jahren 1971-2001 zeichnen die Entwicklung einer selbstbewußten, kämpferischen und liebevollen Frau nach. Wie keine andere verbindet Juliane Werding darin Alltägliches und Hintergründiges, philosophische Tiefe und Sinnlichkeit, Lebensfreude und bissige Zeitkritik zu einer Einheit – der Einheit des Lebens in all seinen vielfältigen Facetten und Stimmungen.

Neben den Abbildungen der Plattencovers erhält das Buch auch seltene Photos aus dreißig Jahren Juliane Werding.